LES SOLEILS
DE SIÀM

© First-Gründ, 2011
ISBN : 978-2-7000-3236-9
Dépôt légal : octobre 2011

Ouvrage publié sous la direction de Xavier Décousus
Conception couverture : Olo Éditions
Maquette intérieure : Charles Boitier

Éditions Gründ
60, rue Mazarine
75006 Paris – France
Tél. : 01 53 10 36 00
Fax : 01 43 29 49 86
Internet : www.grund.fr

Laurent Luna

LES SOLEILS DE SIÂM
l'enjeu

GRÜNDromans

À Élodie et Guillaume, mes amours.

1

Debout, face à la fenêtre de sa chambre, Loreleï contemplait le déluge qui transperçait la nuit. Un lourd rideau de pluie parvenait à corrompre la beauté des habits lumineux dont la ville s'était parée peu avant de s'assoupir.

Treize étages plus bas, les passants avaient abandonné les artères rectilignes pour retrouver la chaleur de leur foyer. Et seule la danse hypnotique des phares jaillissant des véhicules prouvait que New York n'était pas morte.

Le souffle chaud de Loreleï esquissa sur la vitre un cercle de buée dans lequel elle dessina un smiley au sourire triste. Le point qu'elle imprima sous l'œil rond représentait une larme. Une larme figée tandis que, sur ses joues, la jeune fille sentait rouler les premières gouttes de son chagrin. D'autres rejoignirent cette marque de souffrance, formèrent deux fins ruisseaux qui sinuèrent depuis la source brûlante de son désespoir jusqu'aux commissures de ses lèvres. Leur cours fut dévié par les soubresauts qui agitaient ses épaules et lui comprimaient la poitrine, bloquant sa respiration en une succession de saccades douloureuses.

Pleurer faisait mal. Or, jamais auparavant elle n'avait pleuré ainsi.

Elle s'essuya le visage du revers de son bras. La manche de son pull blanc s'imbiba de ses larmes, mais ce geste simple n'effaça pas l'origine de sa peine.

Ses parents divorçaient.

L'annonce de leur séparation, une heure plus tôt, pendant qu'ils dînaient en silence, avait eu l'effet d'un ouragan dévastateur. Quelques paroles avaient suffi à briser l'univers qu'elle connaissait, sur lequel elle s'appuyait pour grandir, heureuse, malgré la malformation cardiaque dont elle souffrait et qui pouvait la tuer à n'importe quel moment. Un monde d'amour pulvérisé par une phrase que sa mère avait lâchée, d'un trait, tête baissée, comme si elle avait honte de ses mots : « Ton père et moi n'allons plus vivre ensemble, ma chérie. »

Un monde d'amour pulvérisé, pour toujours…

En parler l'apaiserait.

Avec l'espoir d'échapper aux idées noires qui l'assaillaient, Loreleï tourna vivement le dos au smiley triste et à la ville balafrée par le déluge, puis s'installa sur la chaise à roulettes de son bureau qu'elle déplaça d'avant en arrière, de quelques centimètres à chaque fois, en un mouvement régulier. Un va-et-vient qui, peu à peu, fit refluer la tension nerveuse qui l'habitait. Elle maîtrisa ses sanglots, même si quelque part dans sa poitrine, là où siègent tous les sentiments, la douleur se terrait, prête à ressurgir, tel un clown effrayant surgissant de sa boîte.

L'ordinateur portable s'ouvrit entre ses mains.

Elle se connecta à Internet et parcourut les messages de sa boîte mail. Des lignes de messages publicitaires défilèrent sur son écran. Des pubs indésirables qu'elle effaça l'une après l'autre. Elle cliqua ensuite sur la liste de ses contacts, réduite aux rares membres de sa famille et à une amie, la seule qu'elle avait : Katelyn Hoffman-Baker.

Kate l'écouterait. Ou plutôt la lirait.

La fenêtre de dialogue s'ouvrit. Un message apparut dans le prolongement du prénom de son amie.

– Bonsoir, ma belle. Déjà le nez dans ton devoir de littérature ?

Les doigts de Loreleï coururent sur le clavier.

– Pas envie. Pas le temps. Plus d'espoir.

– Ho, ho ! Que t'arrive-t-il ?

– Mes parents se séparent.

Une poussière de temps se dissipa avant que Kate n'écrive, aussi vite qu'elle aurait parlé :

– Oh non ! Galère !

– C'est bien pire que ça !

– J'ai connu la même chose avec les miens. Pas facile au début. Mais on s'habitue. Sois forte. Je suis avec toi.

Loreleï se donna le temps de peser les mots qu'elle allait afficher à l'écran. Lorsqu'elle n'était encore qu'une enfant, Kate avait vécu le divorce de ses parents comme une continuité, un événement normal dans la vie d'un couple. Depuis bientôt cinq ans, en compagnie de ses deux petits frères, Kate habitait chez sa mère qui avait refait sa vie avec un homme et ses trois enfants - deux filles plus jeunes et un garçon un peu plus âgé qu'elle. Loreleï savait que son amie n'était pas indifférente au charme de son « nouveau frère ».

– Tu n'avais que neuf ans quand tes parents ont divorcé. Je vais en avoir quinze. Toute ma vie, je les ai vus ensemble, amoureux.

– Ils t'aimeront toujours, tu sais.

– Je ne sais pas. Je ne crois pas, non.

– Si ! tu verras ! Eux ne s'aiment plus, mais tu n'y es pour rien. Ce n'est pas ta faute, ne l'oublie pas !

Loreleï doutait que son amie ait raison. Ses parents en avaient peut-être assez d'elle. Les soucis que son faible état de santé leur causait n'étaient-ils pas à l'origine de leur décision ? Se pouvait-il qu'ils ne se supportent plus parce que leur fille unique était devenue un fardeau, une entrave à leur amour ?

– J'ai peur, Kate. Mon père prétend qu'il veut me garder, mais il est pilote de ligne : il n'est jamais à la maison, et j'ai besoin de quelqu'un pour...

Les points de suspension qu'elle déposa furent complétés dans la seconde.

– Pour t'emmener à l'hôpital si ton cœur te joue un mauvais tour, c'est ça ?

Kate avait vu juste. Loreleï devait rester sous la vigilance permanente d'un adulte. La malformation invisible dont elle souffrait risquait de la conduire aux urgences d'un service cardiologique à chaque instant. Voilà pourquoi sa mère avait abandonné son poste de juriste, presque quinze années plus tôt, lorsqu'elle avait mis au monde sa fille. Les médecins lui avaient appris que son cœur était mal formé, très fragile, qu'il pouvait s'arrêter de battre à tout moment, au moindre effort, pour repartir ensuite, si elle avait un peu de chance.

— Mon père ne sera pas là pour s'occuper de moi si jamais... si jamais mon cœur cesse de battre. Et ma mère n'a pas de travail. Pas d'argent. Elle n'obtiendra pas ma garde.

— Tout dépend de ce que dira le juge. Il peut exiger que ton père lui verse une pension.

Des voix se firent entendre à l'autre bout de l'appartement, en provenance de la salle à manger. Faibles au début, elles montèrent crescendo.

Loreleï tendit l'oreille. Son père, pourtant si calme, si doux d'habitude, haussait le ton. La colère perçait dans chacun de ses mots :

— Que tu ne me supportes plus, Martha, et que tu veuilles vivre ta vie loin de moi, je le conçois ! Que tu souhaites reprendre ton ancien métier, ça, je m'en balance, c'est ton problème désormais ! Mais crois-moi, ce que je peux t'assurer, c'est que ma fille restera avec moi !

— Tu n'es jamais là ! hurla sa mère, au bord de l'hystérie. Tu ne sais même pas ce que j'ai vécu, tu ne l'imagines même pas ! Et tu t'en moques ! Tes avions, tes passagers, tous ces pays où tu voyages, voilà ce qui a de l'importance pour toi ! Le reste ne compte pas, n'a jamais compté ! Et maintenant, tu voudrais me faire croire que tu te préoccupes de ma fille ? Écoute-moi bien, Damian, tu ne l'auras jamais, tu m'entends ? Jamais !

Loreleï demanda à son amie de patienter. L'échange entre ses parents virait au combat verbal, des insultes fusaient de part et d'autre. Elle devait intervenir.

Elle se leva et marcha à petits pas rapides vers l'un des trois interrupteurs de sa chambre. Tous étaient reliés à une alarme, et lorsque son cœur s'emballait, menaçant de s'arrêter, elle devait oublier la douleur et se précipiter pour l'enclencher. Sa mère accourait pour l'emmener aux urgences.

En ce mois d'avril, l'alarme résonnerait pour la première fois depuis le début de l'année...

Elle appuya sur l'interrupteur placé près de la porte, à côté de celui qui commandait la lumière.

Les cris de ses parents se bloquèrent dans leur gorge. Un bruit de course dans le couloir de l'appartement et, deux secondes plus tard, ils entraient dans sa chambre, le visage marqué par le fléau de l'angoisse.

Ils ont vieilli, trouva Loreleï.

Son père commençait à perdre ses cheveux, pourtant si noirs il y avait peu. Ses tempes se creusaient et l'épais volume de sa chevelure s'était réduit de moitié. Des cernes soulignaient son regard, autrefois si pétillant, aux origines asiatiques. Ses yeux noisette semblaient avoir perdu leur clarté et s'assombrissaient derrière un perpétuel voile humide. Sa vue avait dû baisser : désormais, il ne quittait plus ses lunettes. Ses épaules étaient voûtées, comme si le poids de la vie les avait obligées à fléchir.

Sa mère avait perdu de sa superbe. Elle avait été grande et élancée. Mais ses hanches s'étaient élargies ; elle paraissait plus petite, aussi. Ses yeux vert clair, dont Loreleï avait hérité, s'étaient fanés comme l'herbe douce à la fin du printemps. De vilaines rides tiraient son regard vers le bas, son front se plissait en permanence, et la blancheur de la racine de ses cheveux trahissait son âge. La teinture blonde, que la coiffeuse lui refaisait chaque mois, n'y pouvait rien.

Le temps est sans pitié. Il abîme le beau. Flétrit la douceur. Assassine les cœurs.

– Je veux que tout redevienne comme avant, implora Loreleï avant qu'une lance de feu transperce sa poitrine.

Sourcils levés vers le ciel, elle croisa le regard de ses parents, y lut la terreur, puis ce fut l'obscurité.

Et le silence.

Sur l'écran de son ordinateur, Loreleï ne vit pas les mots de son amie, qui défilèrent pendant des heures. Des mots d'inquiétude. Elle ne sentit pas les bras de son père qui l'empêchèrent de s'effondrer sur le sol ni les larmes qu'il versa et qui ruisselèrent de son visage sur celui de sa fille. Pas plus qu'elle n'entendit les cris d'effroi de sa mère ni le bruit de ses talons dans l'appartement, dans le hall de l'immeuble puis à l'intérieur du parking souterrain.

Son cœur avait capitulé face au chagrin.

En ce mois d'avril, l'alarme avait résonné pour la première fois depuis le début de l'année.

2

Loreleï souleva les paupières, lentement, avec difficulté, comme si elles pesaient aussi lourd que des sacs de blé.

Un terrible vertige déforma la réalité, qui se mit à tanguer autour de la jeune fille. Une bonne minute s'écoula avant qu'il ne faiblisse. À travers la masse cotonneuse qui troublait sa vue, Loreleï discerna les angles d'un mur blanc. L'armature métallique d'un pied de lit se dessina en surimpression. Plus près d'elle, des draps bleus épousaient le contour de ses jambes tandis que ses bras, maigres et dénudés, reposaient par-dessus.

Son regard glissa vers la droite. Une grande fenêtre laissait entrer les rayons du soleil. Ils dardaient dans la pièce des lignes jaunes qui n'emprisonnaient aucune particule de poussière.

Quelque part derrière Loreleï, un électrocardioscope pulsait son bip à intervalles réguliers.

Un lieu aseptisé, une chambre d'hôpital, comprit-elle enfin.

Elle commanda à ses doigts de remuer. Ils s'exécutèrent, malgré les milliers de picotements qui tentèrent de les en empêcher. Puis elle voulut parler, entendre le son rassurant de sa voix lui confirmer qu'elle avait survécu à son arrêt cardiaque. Sa bouche resta scellée. Et c'est une voix éraillée qui surgit sur sa gauche. La voix d'une femme âgée, à l'accent asiatique prononcé.

– Tu ne dois pas bouger, a dit le docteur. Il a dit aussi que tu devais garder ton calme, pour que ton petit cœur ne recommence pas à te faire souffrir.

Assise sur une chaise près du lit, Loreleï découvrit une femme vêtue d'une tunique brillante, rouge et noir. La peau de son visage ressemblait à du lait caillé à la surface d'une casserole. Deux yeux minuscules, sombres et bridés, la contemplaient avec tendresse. Un sourire posé sur des lèvres fines conférait à la vieille dame, aux cheveux gris comme la cendre, un air jovial, avenant, presque protecteur.

– Qui êtes-vous ? réussit à articuler péniblement Loreleï.

– Je m'appelle Hao. Et je suis… Ce n'est pas important pour le moment, nous en parlerons plus tard. Repose-toi encore un peu. Tiens, regarde ce que je t'ai apporté.

Loreleï la vit retirer une chaînette en argent qu'elle portait autour du cou. Un pendentif bleu et lisse, de forme ovale, comme une pierre décorative d'aquarium, y était suspendu.

– C'est pour… moi ? demanda-t-elle, chaque mot s'échappant de sa gorge avec difficulté, dans un souffle fatigué, presque éteint.

– Je te l'offre. Il va accélérer ta guérison, promit Hao en lui glissant le bijou au creux de la main.

Le contact n'était pas désagréable. Il était doux ; caresse légère très vite remplacée par une sensation inattendue.

– C'est… chaud, fit Loreleï tandis qu'une onde de bien-être parcourait son poignet, remontait le long de son bras, chatouillait son épaule, sillonnait ses vertèbres pour se répandre dans tout son corps.

– Laisse-toi aller, ma petite, ne résiste pas. Le soleil de Siàm te veut du bien.

– Le soleil… de Siàm ? Qu'est-ce que c'est ? voulut-elle savoir, sa gorge se dénouant pour libérer ses mots avec plus d'assurance, plus de vigueur qu'auparavant.

– C'est une pierre magique, pleine d'énergie. Celui ou celle qui la porte peut profiter de la force du soleil de Siàm, qui brille dans un monde lointain, inconnu de la plupart des hommes. Si la porteuse de la pierre est affaiblie, elle recouvre la santé. Et si elle est en bonne santé, le soleil lui offre encore plus de robustesse pour affronter les aléas de la vie. Mais le soleil est efficace seulement si l'âme de son porteur est pure. Sinon, il n'a aucun effet et perd sa couleur d'azur jusqu'à devenir rouge sang, ce qui signifie qu'il est mort. Le soleil est en toi désormais. Prends soin de lui, comme il prendra soin de toi.

Loreleï n'était pas certaine d'avoir tout compris. Jamais elle n'avait entendu parler de cette pierre capable de guérir. Jamais elle n'avait entendu parler de ce monde sur lequel la vieille dame devisait avec ardeur. Et si la chaleur de la pierre ne s'était pas diffusée aussi rapidement dans ses veines, lui procurant une vitalité inespérée, sans doute aurait-elle pensé que l'esprit de Hao était malade. Désespérément dérangé.

Pourtant, une onde de bien-être s'était diffusée dans chaque parcelle de son corps. Loreleï se sentait mieux. Beaucoup mieux.

La danse cotonneuse du brouillard avait disparu. Le vertige qu'elle avait ressenti avait cessé de lui donner la nausée. L'impression tenace que ses articulations étaient faites d'un métal rouillé s'était transformée en certitude qu'elles avaient retrouvé leur agilité.

Et surtout, son cœur frappait fort dans sa poitrine, sans heurts ni saccades douloureuses.

Loreleï ouvrit la main. Le joyau, malgré son inertie, pulsait une série de vibrations qui allaient en s'affaiblissant, comme s'il terminait d'accomplir son œuvre de guérison. Elle l'approcha de ses yeux vert clair et s'y plongea, non sans ressentir un léger frisson de délice.

Longue d'environ quatre centimètres pour moins de trois de large, la pierre était devenue presque transparente. Lorsque la jeune fille la tint près de son iris, la chambre d'hôpital se nimba de bleu. Loreleï pivota légèrement sur elle-même, jusqu'à entr'apercevoir, au travers du soleil de Siàm, Hao, qui lui souriait toujours.

De minuscules éclairs zébrèrent le centre de la pierre.

– On dirait qu'elle est vivante, dit la jeune fille, regrettant aussitôt ses paroles, certaine que, cette fois, c'était la vieille dame qui la prendrait pour une folle.

– Parce qu'elle est vivante. Comme tout ce qui nous entoure et n'est pas création humaine, elle vit. Mais quand tout être vivant existe d'abord pour lui-même, le soleil de Siàm ne vit que pour les autres, car il a besoin de donner. Il s'offre pour perdurer et devenir plus fort. Aujourd'hui, il a trouvé quelqu'un à qui s'offrir : toi, Loreleï Than.

– Vous savez qui je suis ? s'étonna la jeune fille en se redressant, à sa grande surprise, sans le moindre effort.

Hao abandonna son sourire. Soudain nerveuse, elle tapota le bout de ses doigts les uns contre les autres, puis lissa son habit brillant en se levant. C'était une femme petite et ronde, aux gestes vifs et précis. Elle s'empara du manteau posé sur le dossier de sa chaise et l'enfila précipitamment.

– Je dois te laisser, ma puce. Si je trouve un docteur, je lui dirai que tu te sens beaucoup mieux. À mon avis, il te laissera sortir très prochainement.

Elle s'apprêtait à quitter la chambre quand Loreleï la retint d'un mot bref :

– Attendez !

La vieille dame, dos tourné et main posée sur la poignée de la porte, resta immobile.

– Vous ne m'avez pas dit pourquoi vous étiez là, près de moi, à me veiller. Ni qui vous étiez vraiment, pas plus que vous ne m'avez expliqué d'où provenait cette... pierre magique, et comment vous l'avez eue. J'aimerais savoir.

– Ta mère est partie il y a quelques minutes après t'avoir veillée une nuit entière et presque toute la journée, mais ton père ne va pas tarder à te rendre visite. Il répondra à certaines de tes questions. À certaines : celles qui comptent le plus. Celles dont il n'a pas oublié les réponses.

– Je ne comprends pas ! Restez, s'il vous plaît !

Loreleï avait encore mille choses à lui demander. Mais tandis qu'elle descendait les draps sur ses jambes, la porte se refermait déjà sur la mystérieuse Hao.

Craignant d'être une nouvelle fois prise de vertiges, elle eut un long moment d'hésitation avant de quitter son lit. Était-ce raisonnable de se lever alors qu'elle se remettait tout juste d'un arrêt cardiaque ? Elle prit une profonde inspiration, comme un spéléologue au moment de se jeter dans la gueule d'un gouffre sans fond.

Puis elle se lança.

Son équilibre était instable. Elle tituba pas après pas, mètre après mètre ; elle n'avait aucun objet auquel se retenir en cas de chute. Mais très vite, ses craintes disparurent quand une nouvelle onde de chaleur fusa du creux de sa main pour s'insinuer dans tout son corps jusqu'à la pointe de ses pieds. Une force qui lui donna de l'assurance, de la stabilité, et enfin tout le courage qu'elle gardait endormi au plus profond de son être.

Le soleil de Siàm inondait son corps d'une puissance bienveillante.

Sitôt la porte de sa chambre franchie, Loreleï fit ce que tous les médecins lui avaient interdit depuis toujours, de peur que son cœur si fragile n'y résiste pas : elle courut.

À sa gauche, un panneau lumineux indiquait la sortie. La vieille dame avait dû prendre cette direction.

Les pieds nus de Loreleï crissèrent sur le sol en lino. Elle croisa un infirmier qui regarda cette petite fusée en pyjama bleu le frôler sans s'arrêter, coudes au corps, cheveux noirs flottant derrière elle. Un patient sortit de sa chambre, et elle manqua renverser le support de la perfusion qu'il poussait devant lui. Elle s'excusa brièvement et bifurqua dans un couloir sur sa droite.

Un homme en costume noir, casquette de commandant de bord sous le bras, barrettes dorées sur ses manches et ses épaulettes, la bloqua dans son élan.

— Loreleï ! s'écria Damian, son père. Où vas-tu ainsi ? Pourquoi n'es-tu pas dans ton lit ? Et... tu courais ! Tu ne dois pas ! C'est dangereux, tu le sais !

– La vieille femme, papa ! Je dois rattraper la vieille femme ! s'exclama-t-elle, oubliant les paroles de Hao, qui lui avait affirmé que son père n'allait pas tarder à lui rendre visite.

Ne manquait que sa mère pour que sa prémonition soit complète.

– Attends ma puce, dit-il en s'accroupissant devant sa fille, les mains posées sur ses épaules. Je n'ai pas vu de vieille femme. Et tu ne dois pas cour...

– Elle est forcément passée par là, l'interrompit-elle.

– Garde ton calme. C'est mauvais pour ton cœur de...

– Je sais tout ça, papa. Mais je vais bien, ne t'inquiète pas. Je dois retrouver la personne qui est venue dans ma chambre. Elle y était il y a tout juste trois minutes et j'ai besoin qu'elle réponde à mes questions.

– Je ne comprends pas de quoi tu parles. Qui est cette femme ? fit-il, inquiet. Pourquoi s'est-elle rendue dans ta chambre ? C'était une infirmière ?

– Non ! C'était... (Elle écarta d'un geste les explications qui lui faisaient perdre du temps.) Peu importe ! Je dois la rattraper !

La main douce mais ferme de son père l'immobilisa.

– Je t'assure que je ne l'ai pas croisée. Elle a dû prendre une autre sortie. Allez, viens avec moi, nous allons éclaircir tout ça ensemble. Je t'accompagne jusqu'à...

– Laisse-moi ! lâcha-t-elle en se dégageant d'un coup d'épaule. Je peux y retourner toute seule ! Je ne suis pas paraplégique !

Le ton inhabituel de sa fille glaça le sang de Damian. Loreleï elle-même, si agréable en temps normal, fut étonnée de sentir la colère prendre le pas sur le calme que sa malformation la contraignait à adopter en permanence. Il ne fallait pas qu'elle s'emporte. Tout ce qui pouvait nuire à son cœur représentait un danger qu'elle devait fuir. Pourtant, elle ne ressentait aucune douleur à s'énerver, seulement une once de remords envers son père.

Tandis qu'elle revenait sur ses pas, son père sur les talons, la palpitation de chaleur qu'elle avait ressentie au creux de sa main se dissipa totalement.

Elle entra dans la chambre et Damian referma doucement la porte avant de s'y adosser.

– Alors, ma chérie, parle-moi de cette femme. Une personne âgée, m'as-tu dit ?

Loreleï s'installa sur la chaise qu'avait occupée, peu avant, sa mystérieuse visiteuse.

– Elle m'a donné ça ! dit-elle en tendant le pendentif à bout de bras.

Il oscilla comme un pendule en quête d'un lieu, d'une personne disparue ou d'une force surnaturelle.

Damian se pencha et observa la pierre bleue.

– C'est joli.

– C'est tout ce que tu trouves à me dire ? demanda-t-elle en soulevant les sourcils. Que c'est joli ? Cet objet ne te rappelle rien ?

Il lança sa casquette de pilote au pied du lit et tendit la main pour attraper la pierre. À peine la toucha-t-il qu'il ressentit une vive douleur.

– Bon sang ! Ce truc est brûlant !

Elle la serra à pleine main et releva lentement ses yeux vers ceux de son père.

– Non, elle n'est pas brûlante, elle est seulement un peu chaude. En tout cas, pour moi, elle est seulement un peu chaude. Maintenant j'aimerais que tu m'expliques qui est cette vieille femme et d'où vient cet objet. Je crois que tu le sais !

Il se passa les mains dans ses cheveux clairsemés, les recoiffant d'un mouvement brusque, nerveux.

– Écoute ma poupée, je…

– Et ne m'appelle plus « ma poupée », s'il te plaît. J'aurai quinze ans l'été prochain. Malgré ma petite taille, je ne suis plus une gamine !

Elle regretta la brutalité de ses paroles, mais se retint de se mordre la lèvre pour ne pas dévoiler son sentiment. Son père devait comprendre qu'elle n'était plus une enfant. Que sa santé fragile ne faisait pas d'elle une impotente. Et qu'à l'avenir, puisqu'il comptait se séparer de celle avec qui il avait vécu pendant vingt ans, il devrait considérer sa fille comme une femme à part entière, capable de gérer sa vie, avec l'assurance d'une personne au caractère affirmé.

Terminée la poupée. Envolée la petite fille. Elle était Loreleï Than, une jeune femme ivre de vie, assoiffée d'aventures, de nouveauté, de liberté.

Pas un seul instant elle ne s'aperçut que le soleil de Siàm venait d'influencer sa personnalité, la modifiant en profondeur.

– D'accord ma poup… ma grande, corrigea-t-il. Mais je suis désolé de te dire que je ne sais pas qui est cette femme, ni d'où sort cette pierre.

– Pourtant, elle m'a affirmé que tu saurais pourquoi elle me veillait. Que tu me dirais aussi qui elle est, et d'où provient le soleil de Siàm.

Damian pâlit brusquement. Sa bouche s'entrouvrit sur un mot silencieux.

– Qu'est-ce que tu dis ? s'enquit-elle, inquiète de le voir ainsi, l'air hagard.

– Siàm.

– Le soleil de Siàm, c'est comme ça qu'elle a appelé la pierre. Elle prétend qu'elle détient un pouvoir magique. Et je suis certaine qu'elle ne m'a pas menti, conclut-elle en taisant à son père la vitalité qu'elle sentait courir dans ses veines.

Il se laissa tomber lourdement au pied du lit, tellement ébahi qu'il ne se rendit pas compte qu'il broyait sa casquette de commandant de bord.

– Je n'ai plus entendu ce nom depuis… (Il réfléchit intensément, son regard levé au plafond) depuis bientôt quarante ans. J'étais loin d'avoir ton âge.

Elle le laissa à ses souvenirs et patienta. Quand il reprit la parole, sa voix avait une étrange intonation de jeune garçon.

– Je ne devais pas avoir plus de huit ans, commença-t-il.

Loreleï était suspendue à ses lèvres, avide d'en apprendre davantage sur lui, sur ce passé qu'il cachait, depuis toujours, comme s'il en avait peur, ou honte.

3

Damian contemplait le plafond dont les lézardes menaçaient d'arracher des plaques entières de peinture blanche, de les morceler, comme la gangue de son esprit se morcelait pour libérer ses souvenirs.

– Je ne t'ai jamais parlé de ma vie, Loreleï, de ce qu'elle a été, parce que j'ai toujours préféré oublier ce passé douloureux qui fut le mien.

Les rares fois où elle l'avait questionné sur le sujet, ses réponses s'étaient résumées à quelques mots : « Mon père est mort depuis longtemps. Et ma mère a disparu lorsque je suis devenu pilote de ligne, peu avant ta naissance. Je n'ai jamais su ce qu'elle était devenue. »

Petite, elle avait ressenti une profonde tristesse pour lui. Mais en grandissant, elle avait cru déceler les vibrations du mensonge dans son intonation. Et depuis peu, elle se demandait s'il lui avait dit la vérité sur ses parents, sans pourtant le questionner plus avant, de peur qu'il ne se sente mal à l'aise si vraiment il avait menti des années durant.

Nerveux, il se tordait les mains.

– Je dois aussi t'avouer que je ne t'ai pas dit toute la vérité, fit-il, comme s'il venait de lire dans ses pensées. J'espère que tu ne m'en voudras pas trop.

Elle lui offrit un sourire rassurant. Quels que soient les mensonges de son père, elle l'aimerait toujours.

– Je n'étais qu'un bébé lorsque mes parents sont venus s'installer aux États-Unis. Ils avaient fui un pays meurtri par des dizaines d'années de conflits : le Vietnam. Ma mère ne parlait pas un mot d'anglais, n'avait aucune formation, aucun métier. Elle était jeune et belle, vaillante aussi. Mais ne pas connaître la langue du pays dans lequel on réside est un sérieux handicap pour trouver du travail. Elle a donc commencé par apprendre les rudiments de l'anglais; mon père l'a beaucoup aidée car lui le parlait couramment. Et deux mois après leur arrivée à New York, elle cumulait déjà plusieurs emplois. Des journées de labeur qui duraient jusqu'à seize ou dix-sept heures.

Il marqua un silence. Loreleï l'invita à continuer :

– Quel genre de travail ?

– Elle faisait des ménages dans des entreprises. Elle lavait et repassait le linge de particuliers dont elle gardait aussi, parfois, les enfants. Il ne lui restait que peu de temps pour l'unique loisir qu'elle s'octroyait et qui, plus tard, lui offrirait un nouvel emploi : l'ésotérisme. Mais son activité de voyance n'étant guère fructueuse, ta grand-mère a vite été contrainte de reprendre des petits boulots pour participer à la survie de notre famille.

– Ton père ne travaillait pas ?

– En arrivant aux États-Unis, il a tout de suite fait une demande afin d'obtenir la nationalité américaine. Son rêve était de voler. Il souhaitait s'enrôler dans l'armée, devenir pilote d'avions de chasse. Mais l'administration a refusé qu'il devienne américain. Son rêve s'est effondré.

Loreleï comprit pourquoi Damian était devenu pilote de ligne. Quelque part, il avait poursuivi le plus cher désir de son père. Elle l'imagina enfant, écoutant les récits palpitants de celui qu'il devait idolâtrer. Des récits merveilleux d'hommes capables de fendre les airs plus vite que n'importe quel oiseau, de se déplacer au-delà de la vitesse du son par-dessus les mers, les contrées habitées ou sauvages, et même de caresser les nuages du bout des ailes.

Un rêve inaccessible pour cet homme, mais réalisé des années plus tard par son fils.

– Qu'a-t-il fait, alors ?

– Il a investi toutes ses économies dans un triporteur.

– Un triporteur ? Ce vélo avec deux roues à l'avant ? Mais pourquoi faire ?

– Il l'a équipé d'un caisson qu'il avait confectionné avec quelques planches. Je me souviens qu'elles étaient badigeonnées de rouge. J'avais été impressionné par sa dextérité à peindre deux superbes dragons noirs de chaque côté. Il était doué, son sens de la minutie aurait pu lui ouvrir d'autres horizons que ceux, désespérément fermés, vers lesquels il choisirait de se diriger par la suite.

Damian fit une pause, semblant réfléchir à tous ces métiers que son père aurait pu exercer s'il avait eu conscience de son habileté.

Il chassa très vite ses regrets en s'ébrouant, puis reprit d'une voix nostalgique teintée d'amertume :

– À l'intérieur du caisson, il avait encastré une plaque de cuisson qui fonctionnait à l'aide d'une bouteille de gaz.

– Que faisait-il avec tout cet attirail ?

– Il utilisait cette plaque pour réchauffer des hot-dogs qu'il préparait dans la minuscule cuisine de notre appartement. Il les vendait ensuite au pied des immeubles d'affaires new-yorkais. L'idée n'était pas mauvaise ; à l'époque déjà, tous les midis, les bureaux se vidaient de leurs occupants pour remplir les rues d'hommes et de femmes pressés et affamés. Mais d'autres commerçants ambulants étaient mieux équipés que lui, et étaient installés depuis bien plus longtemps. Ils avaient leurs habitués : je te laisse imaginer comment son affaire a vite tourné à la banqueroute.

– Il a dû être déçu, dit-elle, compatissante.

– Terriblement, mais il n'a pas baissé les bras. Tour à tour, il s'est essayé au lavage de voitures en pleine rue, au cirage de chaussures sur le trottoir, à la vente de sorbets aux multiples parfums avec l'espoir, vain, que les hommes d'affaires prendraient le temps de déguster un dessert. Ensuite, il s'est lancé dans le démarchage à domicile d'extincteurs, d'assurances, et de livres en tous genres. Il faut croire qu'il n'était pas doué pour le commerce : ses tentatives se sont soldées par des échecs.

– Au moins, vous aurez mangé des hot-dogs et des glaces, ironisa-t-elle sans méchanceté.

– C'est vrai, lâcha-t-il en riant. J'ai frôlé l'overdose plus d'une fois.

Loreleï comprit aussi pourquoi son père faisait toujours très attention à son équilibre alimentaire. Avoir mal mangé, et certainement rarement à sa faim, l'avait marqué au plus profond de son être.

Les blessures de l'enfance ne s'effacent pas. Vicieuses, elles se lovent dans un recoin de l'esprit où il est difficile de les déloger.

– N'a-t-il pas connu la réussite dans au moins une de ses entreprises?

Son père se rembrunit. Sans chercher à mal, elle venait de toucher un point sensible, une souffrance encore vivace malgré les années qui s'étaient enfuies.

– Non, dans aucune, même s'il y a mis toute son énergie.

– Il a fini par baisser les bras, n'est-ce pas?

– Oui, reconnut-il tristement. Il en a eu assez de dépenser le peu d'argent que ma mère rapportait au foyer pour, à chaque fois, subir des échecs. Et non seulement il a cessé de vouloir s'installer à son compte mais il a aussi disparu, du jour au lendemain, sans un mot, pas même un au revoir. Je crois qu'il a fini par se persuader qu'il n'était qu'un fardeau…

Damian se pencha en avant. Les coudes posés sur ses genoux, il se frotta énergiquement le visage, comme si ce geste pouvait effacer son chagrin. Loreleï quitta sa chaise et vint s'asseoir sur le lit, près de lui. Elle entoura son bras fin autour du cou de son père, l'attira vers elle et lui déposa un baiser sur la joue.

– Tu n'es pas obligé de tout me raconter aujourd'hui.

– Je préfère continuer. Je te dois bien ça, après toutes ces années pendant lesquelles j'ai travesti la vérité.

Elle l'embrassa de nouveau et attendit qu'il retrouve le courage d'enchaîner. Les mots finirent par sortir, aussi précis que le fil de ses souvenirs pourtant lointains.

— Les clients ne se bousculaient pas pour apprendre leur avenir de la bouche d'une femme bafouillant à peine quelques mots d'anglais. La plupart étaient des hommes, plus attirés par sa beauté que par ses supposées prédictions. Je me souviens qu'un jour - je devais avoir sept ou huit ans -, un type aux allures de Chewbacca, tu sais, l'un des héros de *Star Wars*. (Loreleï fit oui de la tête lorsqu'il se tourna vers elle pour guetter sa réponse.) Eh bien, ce type, immense barbu aux cheveux longs, est entré dans le cabinet de voyance pendant que je faisais mes devoirs de lecture. (Je disparaissais chaque fois qu'un client se présentait.) Sans me saluer, ce géant poilu m'a tout de suite demandé d'aller chercher ma mère. Mais je n'ai pas eu à le faire : il y avait ce petit carillon, suspendu au-dessus de la porte d'entrée, qui l'avait déjà alertée. Je crois qu'elle savait qu'il ne venait pas pour se faire prédire l'avenir, car sans hésiter et sans avoir l'air surprise, elle a tendu la main et il lui a remis une grosse valise. Puis il est sorti comme il était venu, sans un salut, tandis qu'elle s'installait à sa table de voyance pour ouvrir son colis.

— Que contenait-il, papa ?

Pour la première fois depuis que Damian était entré dans la chambre, elle l'avait appelé « papa ». Il apprécia et lui offrit un sourire où la tristesse filtrait malgré tout.

— Il contenait une boîte rectangulaire en carton, assez volumineuse, qui ressemblait à une boîte de jeu.

— Je ne vois pas le rapport avec la disparition de ton père.

— J'y viens, ma poupée, dit-il, oubliant sa promesse de ne plus l'appeler ainsi. Cet étrange personnage a donc laissé à ma mère la valise contenant cette boîte. Je me souviens d'avoir été intrigué ; tu penses, un jeu, moi dont les parents n'avaient pas les moyens de m'en offrir un, j'étais comme un chercheur d'or devant la plus gigantesque des pépites. Je mourais d'envie de savoir en quoi il consistait, quel était son but, quelles fabuleuses figurines ou cartes mystérieuses il pouvait abriter. Mais ma déception a été à la hauteur de mes espoirs lorsque ma mère m'a appris que j'étais trop jeune pour en comprendre les règles. J'ai eu beau insister, rien n'y a fait, elle n'en a pas démordu et est allée jusqu'à m'interdire de toucher à cette boîte, précieuse à ses yeux, sans que je comprenne pourquoi.

— Peut-être ne contenait-elle pas ce que tu espérais ? avança Loreleï, songeant à de la drogue, ou à tout autre produit illicite que la femme aurait été prête à « dealer » pour nourrir son fils.

— Je sais à quoi tu penses, mais si ma mère était assurément une excentrique, je peux te garantir qu'elle n'était pas malhonnête.

Loreleï en doutait : les voyants traînent une réputation de charlatans. La crédulité de personnes souvent désespérées alimente leur fonds de commerce.

Oser avoir de telles pensées envers sa grand-mère la mit mal à l'aise. Elle apaisa sa conscience en se disant que cette femme, qu'elle n'avait pas connue, possédait de réels dons de médium et que la boîte devait contenir des objets en relation avec cette pratique.

— Je n'ai pas vu ce que contenait la boîte, admit Damian. Ta grand-mère ne l'a pas ouverte et s'est empressée de la soustraire à ma curiosité. Si j'ai oublié les illustrations qui recouvraient ce trésor à mes yeux d'enfant, le nom inscrit dessus s'est imprimé dans mon esprit. Je l'ai assimilé à la disparition de mon père.

— Pourquoi, dis-moi ? Quel lien entre cette boîte et lui ?

— Parce qu'il n'est jamais rentré à la maison après que l'étranger eut apporté le jeu.

— Mais il n'y a aucun rapport entre eux, ou s'il y en a un je ne vois pas lequel. Je ne comprends toujours pas.

— Tu ne vas pas tarder à comprendre. Ma mère m'a dit que mon père était parti dans un monde dont peu de gens sur Terre connaissent l'existence. Un monde où seuls quelques rares êtres humains peuvent se rendre pour découvrir qui ils sont vraiment,

pour percer à jour leur véritable personnalité, celle qu'ils ignorent eux-mêmes, au-delà de la simple apparence physique. Elle
m'a dit qu'il avait franchi les frontières de Siàm, conclut-il en
laissant peser le silence.

Loreleï ne put s'empêcher d'ouvrir sa main pour y contempler la pierre bleue.

« Le soleil de Siàm », lui avait dit la vieille dame. Une pierre
dont le porteur bénéficiait de la force du soleil et qui provenait
d'un monde lointain, inconnu de la plupart des hommes. Son
énergie se diffusait dans les veines de celui qui le détenait, à la
condition que son âme soit pure.

Se pouvait-il que le nom sur la boîte...

– Comment s'appelait le jeu, papa ?

Leurs regards se croisèrent. Dehors, au même moment,
un nuage noir s'interposa entre le soleil et la petite chambre
d'hôpital, la plongeant dans une pénombre qui ne laissa entrevoir à Loreleï que le visage de son père.

Des rais de foudre, sans coup de tonnerre, provoquèrent une
succession de flashs lumineux à l'intérieur de la pièce lorsque
Damian répondit, d'une voix troublée par l'émotion :

– La Frontière de Siàm.

4

Au cœur du maelström qui agressait New York, mille tambours hurlaient leur cacophonie arythmique. Plus violente encore qu'avant l'attaque cardiaque de Loreleï, la pluie frappait à la fenêtre de la chambre d'hôpital.

Adoptant une attitude aux antipodes de la hargne des éléments, la jeune fille posa une main délicate sur la joue de Damian. Un geste qu'elle avait rarement osé faire, comme si la tendresse d'une fille envers son père était un interdit.

Il déposa un baiser sur les doigts fins de Loreleï avant qu'elle ne se lève pour se diriger vers la fenêtre.

– Quand j'étais petite, tu me disais que ta mère avait disparu. Pour moi, ça signifiait qu'elle était morte, mais je me trompais, n'est-ce pas?

Une demi-douzaine de coups de tonnerre résonnèrent en rafale avant qu'il ne réponde.

– Elle s'est occupée de moi jusqu'à ce que j'intègre l'US Air Force, où j'ai appris à piloter des bombardiers.

– Et ensuite? demanda-t-elle en pivotant brusquement vers lui. Qu'est-elle devenue?

– Quelques jours avant ma première permission, elle m'a envoyé une lettre.

Il se tourna vers elle. Les éclairs qui zébraient les cieux invitaient, dans la chambre, leur éblouissante clarté à intervalles irréguliers. Ils éclairaient le visage de Damian, auquel ils conféraient un aspect livide, presque maladif.

Loreleï serra le poing sur le soleil de Siàm. Le pouvoir qu'il détenait, et dont elle ne doutait pas, aurait rendu ses couleurs à son père. Il lui aurait offert l'énergie qui semblait l'avoir fui.

Mais elle se souvint de la brûlure qu'il avait ressentie quand il avait effleuré la pierre. Son corps s'enflammerait-il s'il l'empoignait ? Se transformerait-il en brasier de douleur dans ce lieu de guérison, dans cet hôpital qu'elle souhaitait quitter au plus vite ?

Elle chassa d'un geste inconscient de la main ses atroces pensées et reprit le fil de la discussion :

– Que contenait ce courrier ?

– Il disait que son pays natal lui manquait, qu'elle y retournait pour combler ce vide en elle, que je ne devais pas lui en vouloir, qu'elle ne m'abandonnait pas : elle me laissait vivre ma vie.

– Mais elle n'est jamais revenue, c'est bien ça ?

Il prit une profonde inspiration, puis expira longuement, comme pour trouver le courage qui lui faisait défaut afin de continuer son récit.

– Le mois dernier, après un quart de siècle d'un silence qui a été une torture de chaque instant, elle m'a téléphoné.

– Depuis le Vietnam ? s'enquit-elle en se jetant en travers du lit.

– Non, elle m'appelait d'une maison qu'elle louait à proximité de Des Moines, dans l'Iowa.

– Mais c'est génial ! Tu te rends compte ? Tu vas pouvoir la retrouver, et moi, je vais connaître une grand-mère que j'ai toujours crue morte, dit-elle en rampant à plat ventre sur les draps pour poser sa tête sur les genoux de son père.

– Tu as raison : c'est vraiment génial, confirma-t-il avec peu d'entrain.

– Tu n'es pas heureux de la revoir, après toutes ces années d'absence ?

– Elle a dû changer, et moi aussi. Mais en effet, je suis sincèrement impatient de la retrouver, de savoir pourquoi elle ne m'a pas donné signe de vie, de… de l'embrasser, tout simplement.

Elle le laissa aux retrouvailles qu'il devait déjà imaginer et leva son bras en l'air, le pendentif oscillant sereinement, comme si lui aussi respectait les espoirs de Damian.

Le grondement du tonnerre s'éteignit peu à peu. Les nuages refluèrent en direction de l'océan. Le soleil en profita pour déposer un rai de lumière dans la chambre.

– Papa ? Cette vieille femme que j'ai vue, tu crois qu'il pourrait s'agir de grand-mère ?

– Je ne pense pas. D'ailleurs je vais questionner les infirmières : je trouve quand même assez inquiétant que des inconnus puissent approcher les malades aussi facilement. Quant à ma mère, elle était peut-être voyante, mais pas au point de connaître la date et l'heure précises de ton hospitalisation.

– Tu dis toujours « ma mère », je ne connais même pas son prénom.

– Elle s'appelle Hao.

Un large sourire éclaira le visage de Loreleï.

– Qu'est-ce qui t'amuse ? voulut-il savoir.

– C'est un joli prénom. Un très joli prénom, vraiment.

***

Le 4×4 de Damian était prisonnier des embouteillages. Si le véhicule montrait toutes ses qualités pratiques quand la petite famille profitait, une fois par an, de courtes vacances à la montagne, en ville il se réduisait à l'état de ver. Un ver supplémentaire, rampant parmi les millions d'autres qui encombraient les artères creusées dans Big Apple.

Loreleï contemplait les feux arrière du véhicule qui les précédait. Leurs reflets rouges exerçaient sur elle une sorte de pouvoir hypnotique, ou peut-être n'était-ce que la fatigue qui tentait de l'emporter au pays des songes.

Cela faisait moins d'une heure qu'elle avait quitté sa chambre d'hôpital. L'insistance de son père auprès du médecin de garde n'avait pas été étrangère à cette sortie prématurée. Le docteur n'avait pas caché sa surprise face à une rémission aussi rapide. Sa patiente se portait bien, son pouls était régulier, sa tension artérielle excellente. Se rendant à l'évidence, il l'avait autorisée à rentrer chez elle en lui conseillant néanmoins plusieurs semaines de repos.

Comme pour chacune de ses attaques précédentes, Loreleï savait qu'elle resterait cloîtrée, dans l'appartement dont ses parents étaient propriétaires, au treizième étage d'un immeuble cossu de Manhattan. Elle étudierait, des heures durant, via Internet et les cours par correspondance qu'elle suivait depuis qu'elle avait dix ans.

Dix ans…

L'âge qu'elle avait lorsque la première crise l'avait terrassée, en pleine cour d'école, alors qu'elle jouait avec un groupe d'enfants de son âge.

Presque cinq années, interminables, durant lesquelles Loreleï était restée enfermée dans sa chambre, à éviter le moindre effort, la plus petite contrariété, pour ne pas affronter le pire : une nouvelle attaque cardiaque. Son seul loisir était de correspondre avec Kate. Heureusement, cette dernière trouvait toujours un sujet de discussion qui leur évitait de s'ennuyer. Pourtant, il y en avait un que Katelyn n'abordait jamais : sa paralysie des jambes, qui la maintenait clouée à un fauteuil roulant. Une forme de pudeur vis-à-vis de son handicap, avait compris Loreleï.

Les deux jeunes filles avaient fait connaissance par le biais d'un forum d'écriture. Toutes deux partageaient cette même passion de la littérature. Elles prenaient du plaisir à s'échapper de leur quotidien monotone en inventant des histoires qu'elles déposaient sur le papier, avant de les transférer sur l'écran de leur ordinateur. Elles ne sortaient presque jamais, ne fréquentaient personne et, en dehors des escapades en famille lors des vacances, ne voyageaient qu'au travers de leur imaginaire.

Une passion commune qui les avait rapprochées.

Un mode de vie imposé par leurs problèmes de santé, qui avait scellé leur amitié.

Et une promesse qu'elles s'étaient faite : se rencontrer, un jour, et partir, ensemble, pour voyager, en vrai.

Loreleï était désormais convaincue que le soleil de Siàm lui donnerait l'énergie nécessaire pour tenir cette promesse d'évasion. Ne lui restait qu'à trouver le moyen de rejoindre son amie et de l'emmener, loin. Même si elle n'avait pas la moindre idée de l'endroit où elles iraient, loin serait parfait.

— À quoi penses-tu, ma poupée ?

— J'ai envie de bouger !

— Vas-y, ne te gêne pas, fit Damian sur le ton de la plaisanterie. Tu veux que j'allume la radio ?

— Non, je te parle de bouger ailleurs, de voir autre chose, de m'enfuir de cette grosse ville, d'aller à l'autre bout de la terre, pas de danser !

— Ah oui, là, forcément, ça va se compliquer, dit-il en feignant d'ignorer la rudesse du ton qu'elle avait employé. Si tu es partante pour l'aventure, je peux t'emmener avec moi lors de mon prochain voyage.

— Ce soir ? demanda-t-elle, pleine d'espoir.

— Je pense que tu es encore trop fragilisée par ta récente attaque pour partir dans… (Il consulta l'heure sur le tableau de bord.) cinq heures et dix minutes exactement. Non, je te parlais de mon prochain vol, dans une semaine. Je devrais piloter vers la France et y rester deux jours. Tu pourrais m'accompagner, qu'en dis-tu ?

Au lieu d'être enchantée par cette proposition qui la sortirait du cloisonnement de son appartement, elle se renfrogna, laissant son esprit vagabonder vers Kate. Elle lui avait promis de l'emmener avec elle si elle devait voyager. Une promesse qu'elle tiendrait, quoi qu'il lui en coûte !

Pendant toute la durée de l'échange de Loreleï avec son père, la circulation s'était fluidifiée. Le 4×4 avait pris de la vitesse. Et lorsqu'ils empruntèrent la première avenue délimitant l'entrée de Manhattan, le compteur affichait trente-quatre miles à l'heure – un record à cette heure de pointe.

Subitement, un propos récent de Damian revint à l'esprit de Loreleï.

– Papa, tu m'as bien dit que grand-mère Hao habitait près de Des Moines ?

– Hé ! Ce n'est pas facile de te suivre : tu passes du coq à l'âne ! Je ne vois pas le rapport entre Des Moines et ma proposition de t'emmener avec moi en France.

– Tu me l'as bien dit, non ? insista-t-elle. Grand-mère Hao vit près de Des Moines, dans l'Iowa, c'est exact ?

– Oui, oui, mais pourquoi t'emballes-tu ainsi ?

– Alors je veux aller là-bas !

Ses mots étaient tombés comme une enclume sur une fleur des champs. Lourds de conséquences, ils étaient irrévocables.

– Tu n'y songes pas sérieusement. Je ne suis même pas certain que ta grand-mère vive encore là-bas.

– Papa ! Je ne t'ai jamais rien demandé jusqu'à présent. Maman et toi, vous avez toujours guidé ma vie et pris des décisions pour moi. Vous m'imposez vos points de vue et maintenant votre séparation. Je ne vous demande qu'une chose : que vous me laissiez aller à Des Moines. Et pour deux raisons. La première, c'est que j'ai une grand-mère qui y habite et que je suis en droit de la connaître. La seconde, c'est que ma seule amie vit, elle aussi, à Des Moines.

– Katelyn habite à…

– Oui ! le coupa-t-elle. Et je veux faire sa connaissance ! Je veux rencontrer la seule personne de mon âge avec qui j'ai l'occasion de parler, ou plutôt d'échanger par écrit !

Son père engagea le véhicule dans une avenue illuminée par une enfilade d'enseignes. Un taxi quitta son emplacement le long d'un trottoir et le 4×4 prit sa place.

La ceinture de Damian l'oppressait. Elle émit un cliquetis bref lorsqu'il la détacha.

– Écoute, Loreleï. Je comprends que tu veuilles savoir qui...

– Je ne changerai pas d'avis, papa !

– Mais bon sang, laisse-moi au moins finir ma phrase ! Je ne te reconnais pas, ma poupée. Que s'est-il passé pour que ton caractère change aussi vite ?

Elle sortit le pendentif qu'elle avait passé autour de son cou à sa sortie de l'hôpital.

– Voilà ce qui m'a fait changer !

Il regarda la pierre avec des yeux arrondis par l'incompréhension.

– Le soleil de Siàm, reprit-elle, cette pierre magique que ma grand-mère m'a donnée !

– Une seconde, pas si vite, demanda-t-il, le souffle court. Qu'est-ce que tu me racontes là ? Tu m'as dit qu'une vieille femme t'avait donné cette pierre mais...

– Cette femme m'a dit qu'elle s'appelait Hao ! Et si je ne suis pas sûre qu'elle était vietnamienne, je peux te garantir qu'elle était asiatique ! Elle savait dans quel hôpital me trouver, parce qu'elle est capable de voir ces choses-là, comme une vraie voyante ! Et elle m'a aussi parlé de toi ! Elle savait que tu n'allais pas tarder à venir me voir ! Elle savait que tu me raconterais ton passé ! Elle savait que tu te souviendrais du jeu – La Frontière de Siàm – alors que tu n'étais qu'un tout jeune enfant quand tu l'as vu, une seule fois, je te rappelle !

– Tu... tu n'es même pas certaine que...

– Je le sais, je le sens ! Et je n'ai qu'un seul désir ! Un seul vœu à exaucer ! Il ne tient qu'à toi de le réaliser. Je veux la revoir, chez elle, à Des Moines !

Tandis qu'elle avait presque crié, la chaleur du joyau, tel un fougueux torrent d'énergie, s'était répandue dans son corps sans altérer le battement régulier du cœur fragile qu'il abritait.

5

Le ronronnement doux et régulier de l'ordinateur aurait dû l'apaiser, pourtant c'était loin d'être le cas : Loreleï sentait l'excitation monter en elle de minute en minute.

En temps normal, l'inquiétude d'un arrêt brutal de ses battements cardiaques l'aurait contrainte à se maîtriser. Mais là, tout de suite, elle n'éprouvait aucune crainte : le soleil de Siàm irriguait son être d'une puissance qu'elle pouvait ressentir, un pouvoir de résistance au-delà du naturel.

Ses doigts heurtèrent les touches du clavier. Les mots s'affichèrent aussi vite que s'ils avaient été prononcés.

– Mes parents sont dans la cuisine. Je sais qu'ils parlent de moi, de nous, de nos projets, de notre future rencontre.

– Nous allons nous voir, enfin ! Si tu savais comme je suis heureuse, écrivit Kate.

– Plus de quatre ans que j'attends ce moment. Et dans quelques heures, tout au plus dans quelques jours, nous serons réunies, en vrai.

Elle imagina son amie, assise face à son ordinateur, tristement rivée à son fauteuil roulant. Elles n'avaient jamais branché leur webcam pour se voir, ne se connaissaient qu'à travers les mots. Des mots qui reflétaient leurs pensées, leurs peines et leurs joies, et qui avaient suffi à les unir. Une union que la distance n'avait pas réussi à défaire.

Des éclats de voix tirèrent la jeune Eurasienne de ses songes. Le ton montait entre ses parents. Elle entendit la porte de la cuisine s'ouvrir puis claquer. Peu après, celle de l'entrée l'imita. Damian était parti rejoindre les passagers de son prochain vol.

Sa mère entra dans la chambre. Des traînées de maquillage peignaient des sentiers de tristesse sur ses pommettes. Les doigts de Loreleï restèrent en suspens au-dessus du clavier.

– Vous vous êtes encore disputés, papa et toi ? demanda-t-elle, de la grisaille plein la voix.

– Il voudrait que tu partes quelque temps chez ta grand-mère.

– J'aimerais aussi, maman.

– Malheureusement, c'est impossible, ma chérie, répondit Martha en s'approchant. Nous ne la connaissons pas, nous ne savons rien d'elle. C'est une parfaite inconnue. Et avec ta santé si fragile, ce serait de la folie !

– Je t'assure que je me sens mieux. Mes douleurs à la poitrine ont disparu.

– Mais elle ne saurait pas s'occuper de toi. Elle ne saurait pas quoi faire si tu avais une nouvelle attaque. Nous irons lui rendre visite pendant les vacances d'été. D'ici là, nous restons ensemble.

– Sauf que nous ne serons plus ensemble !

Loreleï avait fait allusion au divorce qui s'annonçait. Elle ne se voyait pas vivre chez son père, ou sa mère, séparément. Comment choisir entre l'un et l'autre, alors que son désir le plus cher était de rester avec les deux ?

Elle n'insista pas. Sa mère ne reviendrait pas sur sa décision de la laisser partir. Même Damian n'avait pas réussi à la convaincre. Pourtant, lui savait à quel point ce voyage comptait pour Loreleï.

Se détournant du visage anxieux de sa mère, elle se remit à pianoter sur son clavier.

– Maman ne veut pas que j'aille dans l'Iowa.

Les secondes s'égrainèrent. Kate devait être déçue. La connaissant, Loreleï se dit qu'elle devait chercher des mots capables de la consoler.

Martha contempla sa fille. Elle perçut sa déception, hésita à la réconforter, mais jugea bon de la laisser confier son chagrin à son amie. La porte se referma en silence derrière elle.

Une phrase déroula enfin ses lettres sur l'écran :

— Peut-être que le moment n'était pas venu pour que nous nous rencontrions, peut-être ne nous serions-nous pas entendues, peut-être devons-nous grandir encore un peu avant de nous connaître.

Loreleï n'en croyait pas ses yeux.

— Tu le penses vraiment ?

Un court instant passa, puis trois lettres s'affichèrent :

— Non.

Elle parvint à sourire et se douta que, à plus de mille miles de New York, la jeune infirme devait l'imiter. La joie de Loreleï fut éphémère ; son rêve d'aventures venait de se briser avec la décision de Martha. La santé fragile de sa fille unique avait motivé le refus catégorique d'une mère qui vivait dans l'angoisse de perdre son enfant. Loreleï, si elle pouvait comprendre cette décision, n'arrivait pas à l'accepter. Car depuis que le soleil de Siàm pendait à son cou, elle se sentait forte, prête à surmonter n'importe quelle épreuve. Mais qui accepterait de croire qu'un simple caillou la maintiendrait en vie et la rendrait capable de franchir des obstacles autrefois insurmontables ?

Elle ne tarda pas à heurter les touches de son clavier :

— Je viendrai quand même te voir, ainsi que grand-mère. Laisse-moi ton adresse, ton numéro de portable, et je m'occupe du reste.

— Tu es sûre de toi ? Tu ne vas pas prendre de risques inutiles, n'est-ce pas ?

— Certaine ! Et ne t'inquiète pas, tout ira bien !

Peu après, Kate lui fournissait les renseignements demandés. Loreleï prit une feuille dans le bac de son imprimante et les recopia au stylo.

L'horloge de l'ordinateur indiquait 19 h 20. Peut-être pourrait-elle prendre la route dès le soir ?

Son plan était simple : dès que sa mère serait couchée, elle sortirait discrètement de l'appartement et se rendrait à la gare routière. Là, elle trouverait bien un bus qui la conduirait à Des Moines.

Qu'allait-elle emporter ? De quoi aurait-elle besoin durant son périple ?

Rencontrer Kate, mais aussi revoir grand-mère Hao pour en apprendre plus sur elle et savoir d'où provenait l'incroyable pierre énergisante, la rendait fébrile. Elle avait le plus grand mal à organiser ses pensées. Elle serra le soleil de Siàm dans sa main et ferma les yeux. Sa respiration se fit plus lente. Elle expira longuement, à plusieurs reprises, jusqu'à ce qu'elle sente ralentir les pulsations de son cœur.

Lorsqu'elle souleva les paupières, elle savait quoi faire.

Ses doigts coururent sur le clavier à la vitesse de la pensée. Le nom d'une grande compagnie de bus s'afficha à l'écran. Sur la page d'accueil, il lui fallait d'abord indiquer la ville de départ et celle de l'arrivée. Cela lui prit deux secondes. Puis elle entra la date où elle souhaitait partir : le jour même. Immédiatement, elle sut à quelle heure le bus quitterait New York : 22 h 15.

Moins de trois heures pour faire mes bagages, sortir discrètement et rejoindre la gare. C'est jouable !

La page de la compagnie de transport lui apprit qu'un aller simple lui coûterait 170 dollars, et qu'elle devrait changer de bus à Chicago, le lendemain à 15 heures, pour arriver à Des Moines vers 23 h 15. Au total, elle passerait plus d'une journée complète sur les routes. Un trajet long et sans doute épuisant. Mais un feu couvait au plus profond de son être, elle se sentait invincible, et rien ne la dissuaderait de partir à l'aventure.

L'excitation la reprit. Elle devait préparer un sac de voyage léger, puis y cacher ses économies, qu'elle s'empressa de récupérer dans une peluche représentant un singe au surprenant poil bleu. Celui-ci, doté d'une fermeture Éclair dorsale, renfermait tous les billets que Loreleï avait précieusement mis de côté depuis son dernier anniversaire.

Elle les compta un à un. Sa fortune s'élevait à 240 dollars. De quoi s'offrir le voyage et se payer un taxi une fois arrivée à bon port. Et si elle avait du mal à trouver l'adresse de grand-mère sur place, elle pourrait toujours se payer une nuit dans un hôtel. Ou alors elle logerait chez Kate. Les parents de son amie ne s'y opposeraient pas, malgré les six enfants qui peuplaient déjà leur maison.

Elle traîna la chaise de son bureau jusqu'à son armoire et s'empara du sac à dos qu'elle avait posé dessus au retour des dernières vacances. Sa couleur rouge vif risquait d'attirer l'attention, mais elle n'avait pas le choix : c'était le seul dont elle disposait ; les autres, moins voyants, étaient rangés dans un placard du couloir, devant la chambre parentale. Elle ne pouvait s'y rendre sans être surprise par sa mère, qui devait regarder la télévision, sur son lit, la porte ouverte. Elle remplit le sac de quelques affaires de rechange, y glissa son passeport et, pour finir, compressa la peluche contenant ses économies par-dessus le tout.

L'horloge de l'ordinateur indiquait 19 h 40.

Dehors, la nuit était claire. La lune projetait ses rayons argentés sur la ville. Loreleï se sentit rassurée. Elle n'aurait pas aimé fuguer dans une obscurité totale et les milliers de dangers qui s'y dissimulaient.

Fuguer.

Jamais elle n'aurait imaginé qu'un jour elle en arriverait là, qu'elle en aurait seulement le courage, ou l'inconscience... Mais si elle n'ignorait pas les risques qu'elle encourait, il lui était impossible d'envisager un autre moyen d'aller à la rencontre de son amie et de grand-mère Hao. Les rapports conflictuels qu'entretenaient ses parents ne pouvaient aboutir à aucun accord jouant en sa faveur.

Il lui restait deux problèmes à régler avant de s'en aller. Le premier allait être rapidement résolu. Elle se rendit à la cuisine et se fit deux œufs sur le plat avant d'avaler un yaourt aux fruits.

Le deuxième était moins facile. Comment allait-elle récupérer l'iPhone que sa mère gardait précieusement sur sa table de chevet sans que celle-ci ne s'en aperçoive ? Loreleï en aurait besoin pour contacter Kate et la retrouver, une fois arrivée à Des Moines. Elle hésita, conclut qu'elle perdait son temps inutilement, et décida de s'en passer. Une fois son périple achevé, elle trouverait bien une cabine téléphonique.

En revenant de la cuisine, elle s'arrêta dans la chambre de sa mère. Comme elle s'en était doutée, l'écran plat de la chambre était allumé.

– Je suis fatiguée, maman, je vais me coucher, dit-elle en lui déposant un baiser sur la joue.

– Tu ne m'en veux pas, ma chérie ? Tu as compris pourquoi je ne voulais pas que tu ailles chez…

– Ne t'en fais pas, j'ai compris, la rassura-t-elle tandis qu'un sentiment désagréable l'envahissait.

Le lendemain, aux aurores, Martha s'inquiéterait. Aux tracas quotidiens viendrait s'ajouter la disparition de sa fille unique. L'horreur pour une mère.

Mais la décision de Loreleï était définitive. Elle devait vivre cette aventure, ne serait-ce que pour se prouver qu'elle avait autant de courage qu'une jeune fille « normale » dont la vie ne tenait pas qu'à un fil, celui d'un cœur trop fragile.

Elle l'embrassa de nouveau et rejoignit sa chambre, qui lui parut soudain exiguë, comme si son étroitesse ne contenait plus assez d'air pour bien respirer. Elle se dit que dehors, il n'y aurait pas de murs pour l'oppresser. Seulement de grands espaces et l'inconnu. Pour elle qui n'avait que rarement quitté le cocon familier de l'appartement, le monde extérieur serait un formidable terrain de jeu, un espace de liberté à l'immensité enivrante.

L'horloge de l'ordinateur indiquait 20 h 25.

Moins de deux heures plus tard, Loreleï serait à bord d'un bus qui l'emporterait vers des rencontres qu'elle aimait imaginer pleines d'amitié et d'amour.

Elle s'empara de la feuille de papier contenant les coordonnées de son amie et sortit sans un regard en arrière, sans le moindre regret.

6

Le téléviseur lançait le générique d'un vieux film lorsque Loreleï sortit en silence de l'appartement.

Si sa mère se rendait dans sa chambre avant de s'endormir, elle n'y trouverait qu'un traversin et quelques peluches, glissés sous la couette pour évoquer une silhouette. Elle n'oserait pas allumer la lumière, de peur que sa fille ne se réveille en sursaut, ce qui était proscrit en raison de ses problèmes cardiaques. Sa disparition ne serait signalée que le lendemain matin. Le temps que les recherches débutent, Loreleï arriverait à destination. Ensuite, Katelyn la cacherait. Du moins était-ce ce que la jeune Eurasienne espérait.

Au pied de l'immeuble, le défilé des voitures était incessant. Les coups de klaxon, bien que parcimonieux, la faisaient à chaque fois sursauter. Aussi, malgré l'absence de nuages dans le ciel nocturne, Loreleï rabattit-elle la capuche de son ciré jaune sur sa tête, s'offrant ainsi l'illusion d'être à l'abri de l'agitation nerveuse des conducteurs new-yorkais.

L'aventure commençait. La première étape était de localiser la gare. Quelle direction fallait-il prendre ?

Au milieu de la foule des passants, une dame âgée, habillée comme en hiver, se dirigeait vers Loreleï en poussant un caddie rempli de sacs en plastique, de couvertures et de vieux vêtements.

– Pardon, madame, pourriez-vous m'indiquer où se trouve…

– Dégage !

Loreleï sursauta. La dame n'avait pas seulement prononcé ce mot, elle l'avait craché, avec une haine aussi incroyable qu'injustifiée. Elle la regarda s'éloigner puis accosta un homme, grand et vêtu d'un costume gris, qui patientait au bord du trottoir.

– Pardon, monsieur, savez-vous quelle direction je dois pren…

Il lui tourna le dos et s'engagea sur la chaussée pour se faire remarquer d'un taxi qu'il héla à grands renforts de gesticulations. Les uns après les autres, les passants s'écartèrent de son passage ou l'ignorèrent lorsqu'elle les questionna. Elle avait entendu son père vanter la légendaire serviabilité des New-Yorkais, toujours prêts à sacrifier leur temps pour renseigner le voyageur égaré, aussi eut-elle le plus grand mal à comprendre leurs réactions.

Elle s'apprêtait à sacrifier une partie de ses économies pour embarquer à bord d'un taxi quand une voix, derrière elle, la fit sursauter.

– Tu es perdue, petite fille ?

Elle se retourna brusquement et découvrit un garçon, grand, vêtu d'une tenue kaki comme en portent les militaires. Un bonnet enfoncé sur son crâne dissimulait ses cheveux, mais pas ses yeux, qui avaient une magnifique teinte dorée. Son nez fin et son visage aux lignes douces le rendaient terriblement attirant. Il cligna de l'œil et offrit à Loreleï un sourire ravageur, ouvert sur deux rangées de dents blanches à l'alignement parfait.

– Je cherche la gare des bus, dit-elle, tête levée vers celui qui la regardait fixement, avec une intensité désarmante.

– Elle est loin d'ici. Mais je peux t'y emmener si tu veux. J'ai ma moto garée au coin de la rue.

La proposition semblait honnête, sans arrière-pensée. Mais pouvait-elle se fier à cet inconnu ? Son aspect jovial et avenant ne cachait-il pas de sombres desseins ?

– Combien de temps me faudrait-il pour m'y rendre à pied ?

– Sachant que peu de gens accepteront de répondre aux questions d'une petite fille qui se promène seule, la nuit, en se cachant sous sa capuche, et dont les parents ne sont certainement pas au courant de la virée nocturne qu'elle a entrepris de vivre, je dirais… plusieurs heures.

Loreleï baissa la tête. Si ce garçon, à peine âgé de dix-sept ou dix-huit ans, avait compris qu'elle fuguait, alors des plus vieux que lui le comprendraient aussi. Et le premier policier qu'elle croiserait risquerait de mettre fin à son périple.

– Je suis petite, mais je ne suis plus une enfant ! lança-t-elle, mains sur les hanches. Et pour ta gouverne, je te signale que mes parents me font confiance. Ils savent que je suis dehors.

Elle avait menti avec un aplomb qu'elle ne se connaissait pas. Sourcils froncés, elle le toisa sans ciller. Lui ne se départit pas de son sourire.

– OK, te fâche pas ! C'est juste que je suis surpris de voir une nana se promener en pleine nuit dans Manhattan. Bon, alors, qu'est-ce qu'on fait ? Je t'emmène ou je t'indique la direction et tu arriveras, un jour peut-être, à destination ?

Elle ne s'attarda pas sur ses allures de mauvais garçon et son langage un peu rustre.

– Je te suis !

Ils arpentèrent côte à côte le large trottoir. Elle arrivait à peine à l'épaule de son guide, qui sifflotait un air étrange : une sorte de mélodie orientale, alors qu'elle se serait attendue à ce qu'il entonne du hard rock, vu sa tenue paramilitaire. L'air qu'il sifflait était doux, agréable comme le pépiement d'un oiseau. Pour la première fois de sa vie, elle marchait aux côtés d'un homme qui n'était pas son père. Et malgré les questions qu'elle aurait aimé lui poser sur sa présence dans le quartier, elle s'abstint et se laissa envahir par la mélodie, qu'elle savoura au moins autant que l'idée d'arriver rapidement à la gare.

N'importe quelle autre jeune fille se serait montrée extrêmement méfiante et aurait hésité à déambuler ainsi avec un inconnu, de nuit, dans la rue. Mais Loreleï n'avait aucune expérience du monde extérieur et de la plupart de ses dangers. La présence du garçon, passé les toutes premières inquiétudes, la rassurait désormais.

Elle n'était plus seule.

Et il en imposait par sa taille et sa carrure.

– Voilà! Le carrosse de mademoiselle est avancé! Pas mal, non?

La moto était une petite cylindrée. La peinture noire de son réservoir s'écaillait pour laisser apparaître des taches de rouille. De la mousse sortait de la selle. On aurait dit qu'un chat y avait fait ses griffes. Un gros chat.

– Un peu délabré, le carrosse, osa-t-elle lui dire.

– Je l'ai fabriqué moi-même, avec des pièces de récup', expliqua-t-il, sans avoir l'air vexé.

Il décadenassa la grosse chaîne qui attachait la roue arrière à un lampadaire, puis la passa par-dessus sa tête pour la porter en bandoulière.

– Tu n'as pas de casque?

– Pas besoin, ma bécane trace tellement que si les flics nous collent au train, on aura vite fait de les distancer. Surtout au milieu des embouteillages. Vas-y, grimpe pendant que je la tiens en équilibre.

Pour l'aider à escalader la moto, trop haute pour ses petites jambes, il lui tendit la main. Elle hésita un court instant à la saisir. Chevaucher un tel engin devait procurer de puissantes sensations, mais rouler sans casque était dangereux. Le garçon dégageait une assurance certaine. Son calme et son sourire mirent fin aux hésitations de Loreleï : elle posa sa main dans la sienne. Lorsqu'elle la serra, elle eut l'impression de toucher une braise.

– Tu as de la fièvre? s'enquit-elle en enjambant péniblement la selle.

Il partit d'un rire léger.

– Non, je suis toujours chaud comme ça. Je ne sais pas pourquoi. Certaines personnes sont gelées, moi non.

La moto tangua légèrement lorsqu'il monta à son tour. N'atteignant pas les cale-pieds, Loreleï fut déséquilibrée et entoura brusquement la taille de son pilote.

– Doucement, ma jolie, tu vas me broyer l'estomac.

« Ma jolie ». Un aussi beau garçon pouvait-il la trouver jolie, elle qui ne se voyait aucun charme ? Elle préféra se dire qu'il avait pour habitude de toujours appeler les filles ainsi.

Elle desserra son étreinte.

– On y va ?

– T'as déjà fait de la moto ?

Loreleï hésita à lui mentir encore une fois. Puis elle lui avoua que ce serait une première.

– Alors, écoute-moi bien, dit-il en la regardant par-dessus son épaule. Tu évites de trop m'agripper le ventre, que je puisse respirer un peu, et tu plaques bien tes cuisses contre moi.

– Comme ça ? fit-elle en s'exécutant.

– Oui, impeccable. Je n'aurais jamais cru que tu avais autant de force dans les jambes.

Elle ne savait pas pourquoi, mais cette remarque lui avait fait plaisir.

– Et c'est tout ? Je n'ai rien d'autre à faire ?

– Tu devras aussi suivre les mouvements de mon corps. Si je tourne à gauche, tu te penches vers la gauche, autant que moi, et surtout pas plus ou c'est la gamelle assurée. Même chose pour la droite. Une fois qu'on roulera, j'aurai du mal à t'entendre, donc, si tu as un problème, quel qu'il soit, tu me tapes sur l'épaule, d'accord ?

– À quel problème penses-tu ?

– Je ne sais pas, moi. À une envie pressante, comme en ont toutes les nanas !

Elle s'aventura à lui coller une tape dans le dos tandis qu'il riait aux éclats et donnait de grands coups de kick. Quand le moteur pétarada, Loreleï comprit pourquoi le garçon ne l'entendrait pas. Elle baissa les yeux de chaque côté de la selle ; la moto n'avait pas de pot d'échappement.

– C'est parti, ma jolie !

L'engin s'élança si vite qu'elle faillit rester sur place. Elle oublia instantanément les consignes de sécurité et enserra le garçon de toutes ses forces, son corps plaqué contre lui.

La capuche de son ciré ne résista pas au vent et se rabattit violemment dans son dos. Son ciré lui-même, qu'elle n'avait pas fermé, laissa le vent s'engouffrer et se mit à gonfler. Son sac à dos lui tirait sur les épaules à chaque accélération. Pas un seul instant elle ne songea que si les lanières cédaient, ses affaires finiraient broyées sous les roues des autres véhicules et seraient impossibles à récupérer tant la circulation était dense. Les enseignes lumineuses, les voitures, la ville tout entière lançaient des flashs de lumières jaunes, rouges et bleues qui alternaient sans arrêt, se mélangeaient souvent, l'éblouissaient presque tout le temps. Entraînée malgré elle à une allure folle dans la succession d'artères de la ville, elle eut l'impression de voler sur le dos d'un dragon hurlant qui prenait ses virages à la corde, zigzaguait au milieu des voitures et grillait les feux.

L'air battait ses longs cheveux noirs, entrait dans ses poumons sans qu'elle soit obligée d'inspirer. Et expirer lui demandait des efforts qu'elle n'aurait imaginés. Mais les sensations engendrées par cette bruyante cavalcade étaient uniques, grisantes à l'excès ; mélange de frissons déclenchés par la peur et d'ivresse due à la vitesse.

Oublié le divorce de ses parents. Oubliés Des Moines et l'incertitude d'y retrouver aisément grand-mère Hao et Kate. Remisées au plus profond de son esprit sa récente hospitalisation, sa santé fragile et la mort qui guettait la moindre défaillance de son cœur.

Loreleï riait dans la nuit. D'un rire inextinguible. Elle se sentait libre. Libre, forte et heureuse.

Moins de cinq minutes après son départ, la moto pila si fort que la roue arrière se souleva avant de retomber lourdement. Loreleï riait encore et le garçon accompagnait son rire.

– Tout va bien, ma jolie ?

– Oui, réussit-elle à articuler entre deux accès de joie. C'était vraiment génial !

– Content que ça t'ait plu. On remet ça quand tu veux, dit-il en descendant de son destrier fumant.

Il s'empara de la main fraîche de Loreleï. La sienne était brûlante malgré le vent qui avait soufflé dessus. Lorsqu'elle voulut s'en détacher, le garçon la retint avec délicatesse.

Elle leva des yeux vert clair vers les siens, couleur d'or.

– C'est gentil de m'avoir emmenée jusqu'ici, trouva-t-elle seulement à dire, impressionnée par ce regard à la fois doux et perçant.

– Tu vas savoir te repérer, ma jolie, au milieu de cette foule ? lança-t-il en lui désignant, avec un large mouvement du bras, la file des voyageurs chargés de bagages qui se pressaient à l'entrée de la gare.

– Je me débrouillerai, merci encore.

Il lui lâcha la main. La sensation de chaleur, agréable, persista une courte seconde. Loreleï réajusta son sac à dos puis se dirigea vers les accès vitrés du bâtiment. Les portes automatiques s'ouvrirent. Elle laissa le passage à un couple de personnes âgées avant de se retourner.

Le garçon n'avait pas bougé. Il la contemplait, son éternel sourire illuminant son visage. Elle le vit retirer son bonnet. Une cascade de cheveux blonds dévala ses épaules. Il lui adressa un au revoir. Une pointe de tristesse se ficha dans la poitrine de Loreleï. Elle revint vers lui d'un pas rapide.

– Tu as oublié quelque chose, ma jolie ?

– Je… je ne sais même pas comment tu t'appelles, fit-elle, la timidité imprégnant chacun de ses mots.

– Shane. Je m'appelle Shane Baal.

Cette fois-ci, c'est elle qui lui tendit la main.

– Enchantée. Moi c'est Loreleï Than.

Il se pencha vers elle et déposa un baiser sur sa joue.

Ses lèvres aussi étaient brûlantes.

7

Devant les rares guichets encore ouverts, il n'y avait pas la foule à laquelle Loreleï s'était attendue. Deux ou trois personnes patientaient, pas plus. Une poignée de voyageurs faisait aussi la queue face aux distributeurs de billets.

Plusieurs horloges indiquaient 21 h 55.

Plus que vingt minutes avant le départ du bus. D'après les souvenirs qu'elle gardait de ses recherches sur le Net, si elle loupait celui-ci, elle devrait patienter jusqu'au prochain, qui ne partirait pas avant cinq heures du matin. Et à cinq heures, il serait trop tard. Il lui faudrait retourner chez elle et reporter son voyage.

Elle s'engagea dans une file d'attente, derrière une femme à la peau noire, engoncée dans un tailleur trop étroit. Une femme si corpulente qu'elle l'empêchait de voir le guichet.

— Excusez-moi, madame, dit-elle en se penchant sur le côté.

La femme tressaillit et serra son sac à main contre elle.

— Pardonnez-moi de vous avoir effrayée, reprit Loreleï, sincèrement embarrassée. Mais j'aimerais savoir si vous êtes pressée.

— Pourquoi cette question ?

— Mon bus part bientôt et je ne sais pas si je vais avoir le temps de le prendre.

— Viens avec moi ! l'interrompit une voix qu'elle connaissait bien tandis qu'une main lui saisissait l'avant-bras.

Avant qu'elle ait pu ouvrir la bouche, Shane l'entraînait vers le guichet d'à côté sous le regard mi-étonné, mi-courroucé de la femme et de l'homme râblé qui la précédaient, tous deux persuadés de se faire doubler.

Loreleï contempla avec amertume un panonceau indiquant que le guichet était fermé.

– Mais qu'est-ce qui te prend, Shane ?

– Il me prend que tu vas louper ton bus.

– Et qu'est-ce que tu en sais ? Tu ne connais même pas ma destination ! En plus ce guichet est fermé !

– Tu es partie comme une fusée. Et tu trépignais derrière cette femme. J'en ai déduit que tu étais en retard. J'ai décidé de prendre les choses en main, une nouvelle fois, conclut-il avec un clin d'œil.

Un homme vêtu d'un costume noir et d'une chemise bleue, sans cravate, prit la place que Loreleï occupait précédemment.

– Regarde ! lança-t-elle. Je viens de perdre une place dans la file, par ta faute !

Shane ignora sa remarque et tapa à la vitre du guichet fermé. À côté, le guichetier - un personnage bedonnant au regard endormi - leva un sourcil dans leur direction et les ignora pour s'occuper d'un couple de jeunes amoureux.

Shane frappa plus fort, puis il plaqua un billet de 20 dollars sur la vitre. Un billet qui semblait être sorti de nulle part.

Le guichetier donna leurs titres de transport aux amoureux, leva son autre sourcil et fit rouler sa chaise jusqu'à Loreleï et Shane. Il appuya sur un bouton qui enclencha un microphone.

– Ils veulent quoi, les gamins ? dit-il d'une voix molle.

Le garçon se tourna vers la jeune fille.

– Tu vas où, ma jolie ?

– À Des Moines, répondit-elle, impressionnée par le culot dont il faisait preuve.

– Un ticket pour Chicago, tout de suite, exigea-t-il, et ce billet de vingt t'appartiendra !

Il avait tutoyé l'employé ! Loreleï en était estomaquée. Elle avait déjà compris que son guide et désormais ami n'avait que peu de considération pour la police et le code de la route, mais il semblait aussi ne pas s'embarrasser des règles élémentaires de la politesse.

– Pas Chicago, souffla-t-elle, Des Moines.

Le guichetier s'empara du billet grâce au tiroir coulissant situé sous la vitre de séparation. Les voyageurs du guichet voisin commencèrent à maugréer. Le garçon se pencha vers Loreleï.

– Je te dirai après pourquoi je t'ai pris un billet pour Chicago, dit-il avant de lui tourner le dos pour affronter les reproches des voyageurs.

Lorsqu'il leur fit face, le petit râblé et la femme à la peau noire se turent aussitôt. Loreleï n'avait pas entendu Shane prononcer le moindre mot, mais lorsqu'il pivota vers elle, il lui sembla apercevoir un éclair rouge au cœur de ses yeux d'or. Éclair qui disparut aussitôt quand le garçon retrouva son sourire enjôleur.

– Que leur as-tu dit pour qu'ils se calment aussi vite ? s'enquit-elle, penchée sur le côté pour voir les deux passagers, dont Shane lui masquait la vue.

Le petit et la femme noire étaient prostrés. Leur regard se perdait dans un ailleurs qu'eux seuls voyaient.

Le troisième et dernier arrivé, portable plaqué sur l'oreille, scrutait un panneau suspendu au-dessus des guichets. Lui ne paraissait pas affecté par la léthargie qui touchait ceux qui le précédaient.

– Je n'ai rien dit du tout, consentit enfin à répondre Shane. Je crois que ma carrure les a impressionnés.

Certes, il était grand et large d'épaules, mais elle trouvait étrange que cela ait suffi à plonger ces gens dans une telle torpeur. Et puis, il y avait eu cet éclair rouge dans son regard. Était-ce un reflet projeté par un éclairage ambiant ou l'avait-elle réellement vu ?

La voix du guichetier, dans l'interphone, extirpa Loreleï du léger malaise qu'elle ressentait.

– Voilà votre titre de transport.

Shane étala plusieurs billets sur le tiroir coulissant.

– Attends, ce n'est pas à toi de payer, lança-t-elle en commençant à retirer son sac à dos afin d'y récupérer son argent.

– Laisse, ma jolie, on verra ça plus tard.

Encore une chose de reportée. Mais quand serait ce « plus tard » puisque son bus n'allait pas tarder à partir et que, ensuite, elle ne reverrait certainement plus jamais Shane ?

Celui-ci récupéra le ticket et le guichetier replaça la plaque devant l'ouverture de la vitre.

– Je vous souhaite un excellent voyage, dit-il avec une moue montrant qu'il n'en pensait pas un mot.

Loreleï le remercia néanmoins. Il lui répondit par une grimace qui se voulait un sourire et fit rouler sa chaise jusqu'à sa place initiale. Elle eut à peine le temps de voir un filet de bave couler sur le menton du petit râblé, toujours figé à deux pas du guichet, que Shane l'entraînait déjà vers la sortie.

– Tu as vu cet homme, son air étrange ? lui demanda-t-elle alors qu'ils franchissaient les portes automatiques et couraient sur le parking, où des rangées de bus patientaient.

Au lieu de répondre, Shane accéléra.

Elle peinait à le suivre. Son cœur frappait fort dans sa poitrine. Malgré le poids du soleil de Siàm à son cou, et pour la première fois de la soirée, elle eut peur de subir une nouvelle attaque cardiaque.

– Ralentis, s'il te plaît, lança-t-elle, essoufflée.

Il stoppa net sa course.

– C'est celui-là. À cinq minutes près, il partait sans toi !

Elle regarda en arrière. Sur le bâtiment de la gare, une horloge indiquait 22 h 10. Comment Shane pouvait-il savoir que le bus partait cinq minutes plus tard ? Avait-il eu le temps de lire l'heure du départ sur le titre de transport ? Il s'en était emparé très vite, et elle ne se souvenait pas qu'il ait baissé les yeux dessus. Loreleï s'apprêtait à lui poser les innombrables questions qui l'assaillaient depuis qu'ils étaient descendus de la moto lorsque les portes du bus s'ouvrirent et qu'elle se sentit décoller du sol. Derrière elle, Shane la soulevait à bout de bras. Elle se retrouva sur la plus haute marche et les portes se refermèrent.

Le conducteur avait une barbe qui lui dévorait le visage alors que son crâne était lisse comme un galet.

– Votre ticket, mademoiselle, exigea-t-il froidement.

Elle contempla ses mains, vides. Shane avait gardé le ticket.

– C'est mon ami qui…, commença-t-elle en se retournant. Son compagnon avait disparu.

– Alors ? s'impatienta le chauffeur.

– Ouvrez-moi la porte, s'il vous plaît !

– Vous n'aurez pas le temps de prendre un autre ticket, je pars dans deux minutes.

D'un bond, elle atterrit sur le parking. Quelques voyageurs fumaient, d'autres cherchaient leur bus. Mais aucune trace de Shane.

Elle sentit les larmes lui monter aux yeux. Arriver si prêt du but pour finalement ne pas pouvoir partir ! Il ne lui restait plus qu'à rentrer et retenter sa chance le lendemain. Elle enfila sa capuche ; un rectangle de papier en tomba. Elle l'attrapa au vol.

Mon ticket !

Shane l'avait glissé à l'intérieur du ciré juste avant de soulever Loreleï.

– Merci, souffla-t-elle à la nuit, ses lèvres étirées en un sourire rassuré.

– C'est bon ? cria le chauffeur. Parce que je dois prendre la route, moi !

Loreleï lui tendit son passeport pour l'aventure, auquel il jeta un œil distrait. Se cachant le mieux qu'elle put sous sa capuche, elle remonta l'allée du bus et sentit des regards peser sur elle. Jamais elle ne leva les yeux. Au moment où le véhicule quitta son emplacement, elle s'effondra, épuisée, sur un siège du fond, près de la vitre qui donnait sur la gare. Elle scruta les alentours en espérant voir celui qui l'avait aidée. Elle espérait encore lorsque le bus prit de la vitesse.

Shane l'avait conduite jusqu'ici, sans rien demander en retour. Il lui avait aussi payé son titre de transport. Même si elle devrait régler le complément lors de son changement à Chicago, elle ne s'expliquait toujours pas le geste du garçon. Et bien qu'elle n'ai pas obtenu les réponses à toutes les questions qu'il avait repoussées à plus tard, elle se demanda pourquoi il avait été si prévenant avec elle. Faisait-il partie de ces gens qui donnent par pure charité d'âme ? Elle aurait été tentée de dire oui, mais le côté mauvais garçon de Shane et les regards perdus des deux voyageurs qui avaient patienté au guichet l'en empêchèrent. Il avait une part d'ombre en lui.

Elle se remémora leur rencontre. Il était apparu derrière elle, sur le trottoir au pied de son immeuble. Que faisait-il là ? Et pourquoi ne l'avait-elle pas vu arriver, alors que l'instant d'avant elle avait regardé dans toutes les directions ? Il y avait sa main, aussi, anormalement chaude. Et tous ces passants avant l'arrivée de Shane... Ces gens qui avaient agi comme si elle était une gêne pour eux, ou comme s'ils ne la voyaient pas.

Le bus roulait de plus en plus vite. Tandis que les lumières des lampadaires l'éblouissaient, elle revécut en accéléré leur virée à moto. Les virages à toute allure, quand la machine était tellement inclinée vers le sol que Loreleï aurait presque pu toucher le bitume avec son genou. Les feux qu'ils grillaient, les voitures entre lesquelles ils zigzaguaient. Et les flashs de lumières multicolores, dont certains étaient bleus.

Bleus...

Les gyrophares des voitures de police !

La moto de Shane n'avait pas de pot d'échappement. Elle était donc très bruyante et, de plus, ni Shane ni elle ne portaient de casque. Les policiers avaient forcément entendu le vacarme, puis ils les avaient repérés. Alors pourquoi ne les avaient-ils pas poursuivis ?

Il y avait eu également ce baiser qu'il avait déposé sur sa joue et ses lèvres brûlantes, elles aussi. Son irruption dans la gare, quand il avait deviné qu'elle allait rater son bus. Était-ce vraiment, comme il l'avait prétendu, de la voir trépigner qui lui avait fait comprendre qu'elle allait le manquer ? Et l'argent, qui était apparu dans la main du garçon, comme par magie. *L'éclair dans ses yeux. Cette lumière rouge...*

En y repensant, elle se dit qu'il n'y avait aucune source de lumière rouge dans la gare qui aurait pu se refléter à ce point dans son regard. Alors, quel phénomène avait déclenché cet éclat ?

Il y avait encore bien d'autres questions qu'elle s'était posées à son sujet, quand ils avaient couru jusqu'au bus et qu'il s'était volatilisé du parking de la gare, en l'espace d'à peine trois ou quatre secondes.

Shane Baal avait beaucoup plus qu'une part d'ombre en lui : il était un véritable mystère à lui tout seul.

8

Deux soleils brillaient dans le ciel, mais leur chaleur était moindre que celle du bon vieux soleil de la Terre en été. Tout juste équivalait-elle aux douceurs du printemps.

L'horizon s'étiolait sur une brume bleutée d'où émergeaient des pics enneigés. Avant de les atteindre, de vastes plaines déroulaient leur tapis de fleurs des champs aux couleurs chamarrées. Par endroits et regroupés en bosquets, des rosiers sortaient de terre pour danser dans le vent.

Loreleï s'accroupit devant une rose blanche. Ses pétales étaient trois fois plus grands que la normale, et l'odeur que la rose exhalait s'apparentait à celle de la meringue en pleine cuisson. Loreleï tourna sur elle-même. Dans toutes les directions, les paysages variaient peu : des fleurs, de grands rosiers blancs, la brume au loin et les sommets qui en émergeaient. Loreleï était au centre d'un gigantesque plateau fleuri encerclé par des montagnes à la hauteur vertigineuse.

L'air doux caressait ses membres. Une mèche retomba sur son épaule. La couleur et la longueur de ses cheveux n'avaient pas changé, contrairement au reste de son corps. Elle baissa les yeux et découvrit sa poitrine, pleine, masquée par un tissu bleu nuit qui laissait son ventre dénudé. Ses doigts le palpèrent et elle sentit le léger relief de ses abdominaux. Une jupe courte, bleu nuit elle aussi mais bordée d'un liseré blanc, entourait sa taille et dévoilait ses jambes nues qui, d'ordinaire maigres et courtes, étaient maintenant longues et galbées, leur blancheur s'étant effacée pour se parer d'une teinte ambrée. Protégeant ses pieds, une paire de spartiates s'enfonçait dans l'herbe. Loreleï tendit ses bras, devenus plus grands, plus musclés et à la peau plus épaisse, de la même couleur ambrée que ses jambes.

Un corps magnifique, qu'elle n'aurait jamais. Un corps de rêve…

À son poignet, un large bracelet en lapis-lazuli renvoyait les rayons des deux astres solaires. Incrustée sur le dessus de la parure, une pierre ovale ressemblait à s'y méprendre au soleil de Siàm suspendu à son cou, avec son bleu azur caractéristique. Lorsqu'elle voulut ôter le bracelet, il fut bloqué par sa main, trop large. Elle chercha un mécanisme d'ouverture mais le bijou était fait d'un bloc, taillé à même la pierre. Comment l'avait-elle enfilé ?

Elle abandonna l'idée de le retirer et, une main posée sur la pierre que lui avait confiée grand-mère Hao, elle se replongea dans la contemplation du paysage.

L'endroit appelait à la méditation, au bien-être, au repos, mais elle se sentait oppressée. Pas comme lorsque son cœur s'apprêtait à lui jouer un mauvais tour, plutôt comme si ce panorama idyllique n'était qu'un leurre attrayant qui dissimulait un danger.

À peine cette sensation l'eut-elle effleurée qu'un grondement s'échappa de la brume, à des kilomètres derrière elle. Depuis les sommets, il roula, imitant l'appel de l'orage, puis se déversa sur les plaines. Elle pivota, plissa les yeux et se concentra sur la source de ce bruit : un martèlement pesant qui heurtait la terre asséchée, broyant les étendues d'herbe et les rosiers cachés par la brume.

Un point rougeoyant se découpa dans le lointain. Il se déplaça de gauche à droite en laissant des traînées de flammes sur son sillage. Puis il obliqua vers elle et se mit à grossir. Le martèlement devint choc de sabots nerveux accompagnés de hennissements proches des hurlements d'une meute de hyènes.

La peur s'insinua dans les membres de Loreleï, qui fit demi-tour et se mit à courir. S'éloigner de cette chose, mettre la plus grande distance possible entre elles ou mourir. Elle n'avait pas d'autre choix.

Les jambes de la jeune fille la propulsaient à une vitesse phénoménale. Elle fusait à travers champs plus vite que la plus rapide des lionnes. Tous ses muscles se tendaient, ses bras lui donnaient un élan puissant à chacune de ses foulées, et plus encore quand elle bondissait par-dessus les hauts rosiers.

L'un d'eux agrippa sa cheville. Loreleï chuta, tête la première. Par un heureux réflexe, elle se roula en boule. Le monde se mit à tournoyer. Les soleils, les fleurs, les monts enneigés et la brume se mêlèrent en une fresque mouvante avant de se figer.

Elle prit appui sur son coude et se redressa. À cent mètres à peine, le point rougeoyant qui fonçait vers elle avait pris forme. Son corps avait la couleur de la braise. De la fumée s'en échappait et tout brûlait sur son passage. Au fur et à mesure qu'il se rapprochait, elle put discerner certains détails avec plus de précision. La Bête - aucun autre nom ne lui venait à l'esprit - devait mesurer dix mètres de haut et au moins quinze de long. Son aspect était celui d'un tigre sans poils dont les membres se déployaient avec une force brutale. Trois têtes surplombaient sa masse musculeuse. La première ressemblait à celle d'un ptérodactyle, la deuxième était proche de celle d'un crocodile, la troisième avait l'apparence d'une tête de rhinocéros. Dotées d'une double paire d'yeux projetant des éclairs violacés, les trois semblaient décharnées, et de grosses veines rouge vif pulsaient à leur surface. Des excroissances difformes, que Loreleï devina être les mâchoires du monstre tricéphale, laissaient jaillir des éclats sanguins de chairs en feu lorsqu'elles s'ouvraient pour cracher des projectiles de lave en fusion.

Le temps que Loreleï se relève, la Bête avait déjà divisé par deux la distance qui les séparait. Juste avant de reprendre sa course éperdue, la jeune fille distingua un être cramponné à son encolure. Impossible de déterminer sa taille, mais il était grand, très grand. Il avait forme humaine, sa peau était couleur de flamme. Au sommet de son crâne, deux grandes cornes recourbées vers l'avant lui donnaient l'aspect d'un démon. Et ces cornes n'étaient pas l'ornement d'un casque.

Loreleï courait à s'en déchirer les tendons. Son corps n'était plus que souffrance tant elle s'efforçait de gagner en vitesse. Sa raison lui dictait d'atteindre la brume avant ses poursuivants pour espérer avoir la vie sauve. Elle puisa dans ses dernières ressources, accéléra encore. Le martèlement était dans son dos. La monture démoniaque propulsait son souffle chaud dans ses cheveux. La brume n'était plus qu'à trente foulées. Sa survie à moins de cinquante mètres, à portée d'un dernier effort.

Un claquement retentit et une lanière de flammes la frôla sur la droite. Loreleï fit un écart pour l'éviter. La brume était à moins de vingt mètres. Plus qu'une douzaine d'enjambées et elle vivrait.

Un nouveau claquement; elle sentit la morsure du feu sur son poignet. Son élan fut stoppé net, son corps s'étira de tout son long dans les airs, son bras tendu par les flammes qui l'agrippaient. Malgré la souffrance, elle tenta de dénouer la lanière de feu. Le démon sauta de sa monture et chuta lourdement, faisant trembler le sol sous son poids. L'être de braises aux cornes acérées tenait le manche d'un fouet dans sa main garnie de griffes. Le manche d'un fouet à la corde enflammée. Et son extrémité calcinait les chairs de Loreleï.

Elle hurla de douleur.

***

– Calme-toi! Ce n'est qu'un cauchemar!

À quelques centimètres de son visage, deux fentes ouvertes sur un regard doré étaient braquées vers elle.

Loreleï se jeta contre la vitre du bus. Son poignet la faisait toujours souffrir. Elle baissa les yeux et vit une main qui l'enserrait. Ses dents s'enfoncèrent dans les chairs brûlantes de celui qui l'emprisonnait.

– Hé! Mais ça va pas, la tête! hurla Shane en se dégageant.

Elle respirait vite. Son cœur tambourinait si fort que sa poitrine était secouée de soubresauts.

– Qu'est-ce que tu fais là? cria-t-elle à l'attention du garçon qui tenait son bras contre lui.

Il regarda les marques de dents incrustées dans sa peau.

– Un peu plus et tu me déchiquetais avec tes crocs. Vorace! dit-il, son sourire revenu.

– Réponds-moi! s'emporta Loreleï. Je veux savoir pourquoi et comment tu es monté dans le bus! Et ne reporte pas tes explications, cette fois!

La colère de la jeune Eurasienne sembla l'amuser. Son sourire s'élargit.

– Je suis retourné à la gare et j'ai trouvé ça par terre (Il lui tendit une feuille de papier pliée en quatre.) alors j'ai pris un billet.

– L'adresse de Kate et son téléphone! Je pensais avoir rangé ça dans mon sac!

– Je ne sais pas. Le papier était près de la moto. Tu l'auras sans doute perdu en descendant.

– Et c'est simplement pour me le rendre que tu te retrouves ici, dans ce bus?

– J'ai pris un billet pour Chicago. J'ai pensé que...

– Pourquoi? Pourquoi as-tu fais ça?

– Mais laisse-moi t'expliquer! implora-t-il en s'asseyant auprès d'elle, ses yeux dorés la fixant intensément. Je pensais que tu ne t'en sortirais pas toute seule; tu avais l'air tellement perdue quand je t'ai récupérée en bas de chez toi, et ensuite, à la gare. Alors j'ai acheté un billet, j'ai enfourché ma moto et j'ai intercepté le bus avant qu'il ne sorte de la ville.

– Et le chauffeur s'est arrêté ? Il a accepté de prendre un passager au milieu de la route ?

La suspicion se lisait sur le visage de Loreleï. Elle ne croyait pas un traître mot de l'histoire avancée par Shane.

– Je lui ai barré le chemin. Soit il s'arrêtait, soit il m'écrasait. Heureusement pour moi, il s'est arrêté. Après, je lui ai fait le même coup qu'au guichetier. Un beau billet dans les phares de son bus et il m'a ouvert les portes. Quand je suis monté à bord, je t'ai trouvée en train de t'agiter. Tu t'es mise à hurler et voilà.

– Et voilà ? répéta-t-elle en fourrant rageusement les coordonnées de Kate dans la poche de son jean. Et voilà quoi ? Tu as laissé ta moto sur le bord de la route juste pour me rejoindre ? Tu as tout abandonné pour m'accompagner et c'est tout ?

Il passa ses doigts dans la chevelure ébène de Loreleï, avant d'ôter sa main rapidement, comme s'il craignait de l'effrayer.

– Tu es encore une petite fille, je m'en serais voulu de t'abandonner dans la jungle américaine.

Elle faillit lui répéter qu'elle n'était plus une petite fille, mais son geste tendre et l'air sincère qu'il affichait l'en dissuadèrent. Pourtant, elle avait l'impression qu'il mentait encore. Ou du moins qu'il ne lui disait pas toute la vérité. Un court instant, elle revit le démon sur sa monture surgie de l'enfer. Était-ce son escapade à moto en compagnie du mauvais garçon qui lui avait suggéré ce cauchemar ? Elle chassa cette possibilité en secouant la tête et, pour se rassurer, chercha la protection du soleil de Siàm. Sa main rencontra le vide.

Prise de panique, elle oublia sa déferlante de questions et se dressa d'un bond. Glissant sous ses vêtements, ses doigts parcoururent son corps avec fébrilité. Devant le regard stupéfait de Shane, elle se sentit obligée de s'expliquer :

– Ma grand-mère m'a fait un cadeau ! commença-t-elle, affolée. Un pendentif qui compte énormément pour moi ! Et je l'ai perdu !

Son cœur frappait fort dans sa poitrine. La douleur montait par à-coups, au rythme de pulsations endiablées. Si elle ne se calmait pas, elle risquait le pire.

– Écoute ma jolie, s'il ne s'est pas décroché quand nous étions à moto, ou lorsque nous avons couru sur le parking de la gare, il est certainement ici, dans le bus. Les veilleuses ne suffiront pas à y voir clair, je vais demander au chauffeur qu'il mette l'éclairage à fond.

Il se leva et ne fut bientôt plus qu'une ombre dodelinant entre les sièges. Loreleï se cala contre le sien et se força à retrouver son calme. Inspirer, profondément. Expirer, longtemps. Observer la nuit. Contempler les étoiles dans la nuit printanière. Regarder les arbres défiler sur les bords de la route. Penser à grand-mère Hao. À Kate. À ces deux personnes qu'elle mourait d'envie de découvrir, de serrer contre elle, d'embrasser avec tendresse.

Elle sentit un léger ralentissement de ses pulsations cardiaques, mais son corps continuait de vibrer à chacune d'entre elles. Les lumières du bus clignotèrent avant de déposer leur éclat jaunâtre sur les bagages placés en hauteur, sur les sièges et les passagers, dont Shane, qui revenait, serein, son sourire encore élargi, visiblement fier de lui.

– Allez, petite fille, ne t'affole pas. On va bien finir par le retrouver, ton pendentif. Tu as tellement gigoté pendant ton sommeil qu'il a dû se décrocher. Il ne doit pas être bien loin.

Shane se mit à genoux sur le siège du milieu, dans la dernière rangée au fond du bus, là où elle s'était endormie peu après le départ. Elle l'observa se contorsionner pour retrouver son bien et s'en voulut d'avoir été si désagréable avec lui, d'être allée jusqu'à le mordre, même si elle avait l'excuse de sortir d'un rêve atroce et terriblement réaliste.

Une fois encore, il l'aidait, sans rien demander en retour. Était-il vraiment un mauvais garçon ou n'était-ce qu'un rôle joué par un jeune homme peu sûr de lui, pour donner le change lorsqu'il voulait attirer l'attention ? Des deux possibilités, elle n'aurait su dire laquelle était la plus probable. Shane était tellement prévenant. Mais aussi terriblement agaçant, comme lorsqu'il remettait à plus tard les réponses aux questions qu'elle lui posait.

– Pourquoi m'as-tu pris un billet pour Chicago, au lieu de Des Moines ? demanda-t-elle tandis qu'il se traînait à quatre pattes sous les sièges.

– C'est sur ta route, ça te permettra de faire ton transfert de bus une fois sur place.

– Merci, tu es gentil mais ça, je le savais déjà. Non, ce que je te demande c'est pourq…

– Je l'ai ! Enfin presque ! Il est coincé derrière un pied métallique. Ma main est trop large, je ne peux pas l'attraper. Tu veux bien essayer ?

Loreleï se leva prudemment puis s'agenouilla près de lui.

– Si tu enfonces ton bras tout droit, tu vas sentir une chaînette, dit-il, excité. Je crois que quelque chose bloque, c'est certainement ton pendentif.

Elle s'exécuta et sentit le contact du métal. Elle ne perçut aucune résistance lorsqu'elle tira dessus. Le soleil de Siàm se balança au bout de ses doigts avant de se retrouver autour de son cou.

Aussitôt, une énergie bienveillante l'envahit. Son cœur heurta moins fort sa poitrine. Son sang pulsa plus lentement dans ses veines. Elle s'imprégna de cette force aussi apaisante que bienfaisante, puis elle retrouva son siège, Shane assis à ses côtés.

Les paupières closes, elle se laissa aller, oubliant jusqu'à la présence du garçon. Perdre le pendentif aurait été comme se couper un membre. Elle en aurait souffert, n'y aurait peut-être pas survécu.

Le ronronnement des roues sur le bitume termina de l'engourdir. La lassitude l'étreignit : elle n'aspirait plus qu'à dormir d'un sommeil réparateur, sans destrier infernal, sans cavalier démoniaque. Son siège vibra, elle souleva les paupières. Shane avait quitté sa place et repartait vers l'avant du véhicule. Les lumières du bus s'éteignirent. Elle ne vit pas le garçon revenir. Lorsqu'il s'installa près d'elle, elle rêvait déjà.

Et son rêve avait le goût de la réalité.

D'ailleurs, était-ce vraiment un rêve ? Les sensations paraissaient tellement réelles.

* * *

La brûlure sur son poignet avait disparu. Ne subsistait qu'un léger picotement, ainsi qu'une pression peu agréable au niveau de la poitrine.

La brume enveloppait Loreleï. Elle savait que derrière ce barrage cotonneux se dressaient les hauts pics enneigés. Bras tendus pour ne pas heurter un obstacle impossible à discerner dans une telle purée de pois, ses pas l'amenèrent au bord d'un étang. Encerclé par des arbres majestueux, dont la cime se perdait au milieu des volutes de bruine qui se répandaient en traînées blanches jusque sur le long des berges, l'étang exhalait mille senteurs florales. D'énormes nénuphars multicolores stagnaient sur les eaux endormies. Le silence s'entrecoupait de chants inconnus provenant de toutes les directions à la fois. Des litanies dont le sens lui échappait. Plus qu'une langue étrangère, les mélodies entonnées ressemblaient à un mélange de sons tirés des cordes d'une harpe et de mots sans voyelles, sortis d'une gorge rocailleuse. Des sonorités ressemblant aux psalmodies entonnées par les bonzes orientaux.

La surface de l'eau se mit à ondoyer depuis la rive opposée jusqu'à celle où Loreleï se tenait, immobile, engourdie par les chants qui emplissaient progressivement tout l'espace. Un pas lourd causa de nouvelles ondes sur l'étang. Un pas qu'elle entendait sans le voir.

Une goutte de sueur dévala son front.

L'humidité ambiante se désagrégea quand la température s'éleva brusquement aux abords de l'étang. La bruine se fit vapeur qui s'éleva vers le ciel pour rejoindre la chape de brouillard. Un peu plus loin, les branches frémirent à la cadence des pas heurtant le sol, au rythme des chants aux sonorités surnaturelles.

La mélodie prit de l'ampleur, le martèlement aussi.

Des broussailles crissèrent sous le poids de la chose qui avançait.

Les ondes se propagèrent à toute la surface de l'eau.

Un arbre craqua sous l'impact d'un choc violent.

Puis ce fut le silence.

Loreleï ne percevait que sa respiration et les battements de son cœur dans ses tympans. Une voix caverneuse, comme surgie d'un gouffre sans fond, explosa depuis la rive d'en face.

– Suüm gar denem, isth Siàm.

Loreleï songea à fuir, le souhaita de toute son âme, mais une force invisible entourait sa poitrine et l'en empêchait, la retenant à chaque tentative.

Deux arbres s'écartèrent pour laisser apparaître un géant à la peau couleur de braise.

Le démon.

Son faciès pourpre se plissa et les yeux fermés, il souffla des flammèches par ses naseaux. Il secoua la tête et ses cornes pulvérisèrent les branches à plus de cinq mètres du sol.

Chacune de ses cuisses était aussi large qu'un chêne centenaire. Son poitrail avait l'épaisseur d'un camion, son cou celui d'une voiture. Hormis les griffes de ses doigts, tout son corps semblait charrier de la lave en fusion. Il ouvrit la gueule. Ses canines, affûtées, longues comme des sabres, dépassaient d'une triple rangée de dents aux pointes menaçantes. Une odeur de chairs putréfiées agressa les narines de Loreleï.

— Sjor dost oum, Baal, grogna le démon en soulevant ses paupières rouge sang.

Loreleï trembla en voyant deux éclats dorés briller dans son regard bestial.

9

Le crissement des freins et l'arrêt brutal du bus tirèrent Loreleï de son sommeil.

Tandis qu'elle regardait par la vitre pour découvrir les premières lueurs de l'aube et quelques voyageurs sur le quai d'une gare, la voix du chauffeur claqua dans les haut-parleurs :

« Mesdames et messieurs, il est précisément 06 h 55 et nous sommes à Cleveland, dans l'état de l'Ohio. Notre arrêt durera environ une heure trente. Vous trouverez à la gare de quoi vous restaurer. La compagnie vous souhaite une excellente journée »

Aussitôt après l'annonce, la porte s'ouvrit, libérant ses premiers passagers.

Loreleï avait dormi recroquevillée sur son siège. Pour la protéger de l'air frais pulsé par la climatisation du bus, quelqu'un l'avait couverte avec son ciré jaune.

Shane…

Elle s'étira et manqua se décrocher la mâchoire en bâillant. Malgré ses rêves agités, elle se sentait reposée. Son regard se porta à sa gauche. Le garçon avait disparu. Le cou étiré, elle tenta de l'apercevoir par-dessus les rangées de sièges. Quelques têtes en dépassaient encore, certains passagers se levaient et d'autres étaient déjà descendus. Mais nulle trace de celui qui l'avait aidée. Elle se dit qu'il était sorti du bus en premier, ou qu'il l'avait abandonnée à l'arrêt précédent, dans la ville de Milesburg, alors qu'elle dormait profondément, au beau milieu de la nuit.

Penser qu'il l'avait abandonnée lui arracha une grimace. Elle n'avait pas encore obtenu les réponses à toutes les questions qu'elle se posait, ne l'avait pas remercié pour son aide et, surtout, ils ne s'étaient pas dit au revoir. L'attachement qu'elle portait à Shane était bien plus grand qu'elle n'osait se l'avouer. Il avait des manières peu conventionnelles, ne respectant ni les règles ni les lois, mais il avait été adorable avec elle, et ce dès la première minute de leur rencontre. Cet attachement était toutefois terni par ses récents cauchemars. Elle ne pouvait se mentir à elle-même : les éclats dorés dans le regard du démon ressemblaient étrangement à ceux des yeux du garçon. Mais avait-elle le droit d'établir un parallèle entre ses mauvais rêves et la réalité ? Elle se trouva soudain idiote d'y avoir seulement songé.

Elle enfila son ciré, récupéra son sac à dos et l'ouvrit. Sa peluche et les économies qu'elle contenait l'y attendaient. Elle prit un billet de dix qu'elle plia en quatre et le serra dans son poing, puis répartit le reste entre les différentes poches de son jean. Ses parents, lorsqu'ils partaient en vacances, préconisaient d'agir ainsi au cas où un pickpocket s'en prendrait à leur argent. En cas de vol ou d'agression, le voleur ne récupérerait qu'une partie des biens de ses victimes. Un sage conseil qu'elle se félicitait de ne pas avoir oublié.

Elle sortit du bus et progressa vers la gare avant de s'arrêter brusquement. Une voiture de police était garée devant l'entrée. Se pouvait-il que sa mère ait déjà donné l'alerte ? Il n'était pourtant que sept heures, et Martha ne réveillait que rarement sa fille avant huit heures.

Loreleï fit le tour du bus et se plaqua contre la carrosserie. Mieux valait être prudente. Depuis sa cachette, elle pourrait observer les mouvements des policiers s'ils venaient à s'approcher, voire à fouiller le véhicule. Dans ce dernier cas, il lui faudrait trouver un moyen de poursuivre son voyage autrement. Peut-être en faisant du stop, même si le trajet risquait d'être interminable, et beaucoup plus dangereux. Tout le monde ne faisait pas preuve d'autant de sollicitude que Shane.

Si seulement le garçon avait été là, il aurait su quoi faire.

Elle fut surprise de constater que l'absence de Shane lui pesait. Poursuivre le voyage sans lui l'angoissait.

Les minutes défilèrent. Les policiers restaient dans la gare. Allaient-ils en sortir avant que le bus ne reprenne la route ? Son estomac gargouillait, autant de faim que d'appréhension. Des fourmillements partirent de ses pieds pour remonter le long de ses mollets. Elle piétina sur place pour qu'ils disparaissent et se força à oublier la faim qui la tenaillait. L'inquiétude, elle, resta chevillée à son corps.

Plusieurs voyageurs se dirigèrent vers le bus. L'heure du départ devait être proche. Très proche, vu leur empressement. En file indienne compacte, ils montèrent à bord tandis qu'elle hésitait à embarquer aussi. Le chauffeur lança son moteur. Que devait-elle faire ? Rejoindre sa place ou attendre ?

Un policier sortit de la gare. Casquette enfoncée sur les yeux, il fit un rapide tour d'horizon et fila droit vers le bus. Elle s'accroupit, inquiète. Son ventre gronda si fort qu'elle eut peur que l'officier ne l'entende. Tassée sur elle-même, elle progressa jusqu'à la roue arrière. Puis, presque à plat ventre, elle observa le policier par en dessous le bus. Ses pas le menèrent à la porte. Il patienta, laissant aux passagers le temps d'embarquer. Des pieds chaussés de rangers se postèrent près de ceux du policier. Loreleï, intriguée, longea le véhicule pour écouter les deux personnages qui venaient d'entamer une conversation animée.

– …petite, typée asiatique, brune aux cheveux longs, dit la voix qui devait être celle du policier. Elle a les yeux verts. Sa mère a appelé mes collègues, il y a moins d'une heure. Elle pense que sa fille a fugué. Et comme la gamine voulait se rendre à Des Moines, il est possible qu'elle ait pris le bus.

– Je suis monté à New York et je vous assure que je ne l'ai pas vue à bord.

Les rangers, puis cette voix : celle de Shane. Il n'avait pas disparu. Il ne l'avait pas abandonnée. Et il tentait de l'aider, une fois encore.

– Je vais aller demander au chauffeur, répondit l'officier.

– Il ne saura pas vous répondre, ce n'est plus le même. Un autre a pris le relais tout à l'heure. Celui qui conduisait au départ de New York doit être à l'intérieur de la gare, à moins qu'il ne soit déjà rentré chez lui. À votre place, je l'appellerais à son domicile.

– C'est gentil, mais vous n'êtes pas à ma place, jeune homme.

Les chaussures du policier disparurent lorsqu'il grimpa dans le bus. Celles de Shane lui emboîtèrent le pas.

Loreleï se demanda ce que le garçon allait ajouter pour convaincre l'officier qu'elle n'avait jamais embarqué.

Mon sac à dos! songea-t-elle soudain, la panique à fleur de peau.

Dès que le policier le verrait, il comprendrait que Shane avait menti et ce dernier aurait de gros ennuis. Si cela devait arriver, elle se montrerait. Elle se redressa puis contourna le bus, décidée à se rendre ; Shane ne devait pas faire les frais d'une aventure devenue irréalisable. Cela avait été de la folie de croire qu'elle arriverait à Des Moines sans encombres. Se sentir en parfaite santé, grâce à l'énergie transmise par le soleil de Siàm, l'avait persuadée qu'elle pouvait prendre sa vie en main. Mais la pierre ne la guidait pas, ne la protégeait pas, elle ne faisait qu'assister son cœur défaillant, lui donnant force et régularité. Les actes de Loreleï restaient liés à des intervenants extérieurs. Le soleil de Siàm n'avait en rien modifié la nature profonde de la jeune fille. L'assurance qu'elle affichait depuis peu n'était qu'apparence : Loreleï manquait toujours de confiance en elle. Elle l'avait simplement oublié, ou refusé de l'admettre.

Quelqu'un descendit les marches. Contre toute attente, elle vit le policier passer à moins d'un mètre d'elle et l'ignorer. Il n'avait pas trouvé le sac à dos. Shane sortit à sa suite. L'officier se mit à tituber, sur le point de tomber. On aurait dit un homme épuisé, ou complètement saoul, incapable de se mouvoir sans aide. Le garçon se précipita et le retint par le bras. Ils firent quelques pas, puis elle entendit Shane parler à voix basse :

« Elle n'est pas ici. Il faut lancer des recherches sur les routes, parce qu'elle est partie en stop depuis New York. »

Pourquoi avait-il dit cela au policier qui, de toute façon, paraissait ne pas l'avoir entendu ?

Elle écarquilla les yeux quand l'officier, bras ballants et démarche incertaine, répéta mot pour mot les paroles de Shane. Le garçon lui asséna une légère tape sur l'épaule, comme s'ils étaient amis. Le policier manqua partir à la renverse. Mais que lui arrivait-il ? Comment se faisait-il que son corps avait perdu sa vigueur tandis que son esprit errait, visiblement détaché de tout ce qui l'entourait ? De tout, hormis de la voix de Shane, put-elle constater lorsque le garçon lui demanda d'avancer jusqu'au véhicule de police et qu'il obéit sans broncher.

Intriguée, elle se risqua à les suivre.

Shane ouvrit la portière côté conducteur et aida le policier à s'asseoir. Il s'accroupit ensuite près de lui et, peu après, recommença à lui parler. Loreleï était encore trop éloignée pour l'entendre et s'approcha davantage. Désormais, si le policier tournait la tête sur la gauche, il la verrait : elle s'était postée à moins de trois mètres en retrait de son ami.

L'officier s'affala sur son volant. D'un geste mou, il prit son micro et répéta les paroles de Shane à une femme dont les mots grésillèrent en sortant d'un haut-parleur.

– Tu en es sûr ? Elle est partie en stop ?

– Certain, répondit-il avec une voix pâteuse pendant que Shane murmurait à son oreille. Un témoin m'a décrit la gosse, au détail près. Il l'a vue monter à bord d'un pick-up et partir vers le nord.

Le garçon chuchota encore quelques mots et le policier reprit :

– Elle va tenter de passer la frontière canadienne.

– Qu'irait-elle faire au Canada ? fit la voix dans le haut-parleur. Les gars de New York m'ont dit que sa mère est persuadée qu'elle va se rendre à Des Moines, chez sa grand-mère paternelle, une certaine Hao Than.

Shane se pencha plus près de l'oreille du policier.

– Que les collègues de l'Iowa se déplacent chez cette femme, annonça l'officier d'un ton détaché. Et toi, passe par le F.B.I. pour qu'ils lancent leurs troupes en direction du nord, avant que la petite ne passe la frontière.

– Le F.B.I. ? Je vais plutôt lancer un avis de recherche dès maintenant, et à travers tous les États.

– OK... Moi... je... rentre.

Le policier se voûta puis bascula en avant. Si Shane ne l'avait pas retenu, l'homme se serait effondré sur le volant.

Il lui retira le micro des mains, coupa la communication et boucla sa ceinture, pour le maintenir en position assise. Puis il claqua la portière.

Loreleï hésitait à venir à sa rencontre quand il se retourna. Qu'avait-il fait à cet homme ?

Comme s'il ne s'était rien passé, Shane lui offrit son incroyable sourire, doux et apaisant. Sa démarche était confiante lorsqu'il la dépassa.

– On y va, ma jolie ? Le bus ne va pas nous attendre cent cinquante ans !

Devait-elle le suivre ? N'était-il pas préférable qu'elle récupère ses affaires et rejoigne l'officier mal en point ? L'inquiétude se mêla à l'incertitude. N'allait-on pas l'accuser d'avoir rendu le policier amorphe ?

Elle était perdue. Son aventure prenait une tournure aussi imprévue que désagréable. Shane lui devait des explications. Dès qu'elle les aurait obtenues, elle déciderait de la conduite à tenir.

Le garçon marchait si vite qu'elle dut courir pour le rattraper. Une fois à bord, elle le bombarda de questions :

— Que s'est-il passé? Pourquoi le policier a-t-il fini par te croire? Pourquoi était-il dans cet état? Et comment se fait-il qu'il n'ait pas vu mon sac à dos?

Le chauffeur du bus ne laissa pas le temps à Shane de répondre.

— Mademoiselle, s'il vous plaît, l'interpella-t-il pendant qu'elle remontait l'allée entre les sièges, presque tous occupés.

Shane continua d'avancer. Indifférent à son appel, il alla s'installer au fond du bus. Elle fit demi-tour et remonta jusqu'au chauffeur.

— C'est à vous? demanda-t-il d'un ton rude en lui tendant son sac à dos.

Elle hocha la tête, s'en empara et le serra contre sa poitrine.

— J'ai des consignes. Je dois vérifier tous les bagages abandonnés. Je l'ai ouvert et… je n'ai pas trouvé de bombe dedans, conclut-il avec un rire gras.

Elle décida de reporter la vérification du contenu de son sac et contempla le chauffeur. Ce n'était plus le même qu'à New York. Le premier était chauve et avait une barbe qui lui dévorait la figure tandis que celui-ci avait une chevelure épaisse et pas un poil pour garnir ses joues. Mais, fait étrange, les deux affichaient des traits d'une étonnante ressemblance. Un visage rond, des sourcils épais, une déviation nasale en forme de S. Mis à part leur différence de système pileux, ils étaient identiques. Peut-être étaient-ils frères, voire jumeaux… Dans ce dernier cas, chacun avait pu sciemment adopter un look à l'opposé de celui de l'autre pour ne pas être confondu avec lui. D'autant que tous deux avaient des yeux dont la couleur était peu commune, oscillant entre le vert d'eau et le violet. L'image des têtes de la Bête que le démon chevauchait dans son cauchemar s'imprima dans la conscience de Loreleï. N'avaient-elles pas, elles aussi, les yeux violets?

Mais la Bête avait trois têtes. Or, ces chauffeurs qui se ressemblaient tant n'étaient que deux. Elle se trouva stupide de tenter d'établir, une fois encore, un parallèle entre ses récents cauche-mars et la réalité. Elle chassa l'image de la créature diabolique. Était-ce un effet secondaire du soleil de Siàm d'embrouiller l'esprit de celui ou celle qui le portait ? Grand-mère Hao avait dit qu'il pouvait transmettre son énergie à un être doté d'une âme pure. Loreleï n'avait pas le sentiment que la sienne le soit, même si le joyau faisait montre d'une redoutable efficacité à son contact. Mais son porteur, aussi pure que soit son âme, n'était-il pas exposé à des conséquences néfastes que grand-mère aurait oubliées, ou pas souhaité expliquer ?

– Regagnez votre place, mademoiselle ! Nous repartons !

Le chauffeur démarra avant qu'elle ait atteint le fond du bus. Déséquilibrée, elle bascula en avant. Une poigne d'acier la retint.

Elle fixa avec intensité le passager qui venait de l'empêcher de s'étaler sur le sol. Son visage lui parut familier. Et cette impression ne venait pas de ses cheveux taillés courts, ni de ses moustaches qui descendaient jusqu'au bas de son menton, pas plus que de son nez, en forme de S.

Mais de ses yeux violets.

10

Les paysages défilaient par-delà la bande d'asphalte tandis que Loreleï ne quittait pas Shane du regard.

Quand elle avait regagné sa place, une surprise l'y attendait : le garçon y avait déposé un sachet contenant de quoi se nourrir. Lui n'avait rien mangé, mais elle avait dévoré le contenu en moins de cinq minutes. Le temps qu'elle termine son copieux petit-déjeuner, son compagnon dormait déjà d'un profond sommeil. Elle avait décidé de ne pas le tirer des rêves paisibles qui faisaient vibrer ses paupières et étiraient spasmodiquement le bord de ses lèvres. Les gesticulations de Loreleï, au cours de ses cauchemars, avaient dû tenir son ami éveillé une bonne partie de la nuit. Son repos était mérité.

Elle ne s'en était pas aperçue au début, mais maintenant qu'elle l'observait, elle trouvait que sa beauté avait quelque chose d'irréel. Chaque trait du garçon attirait l'attention, captivait au point d'annihiler tout ce qui l'entourait. Quant à son regard, il causait une sensation tenace d'exquise caresse au creux des reins. Les autres jeunes femmes ressentaient-elles le même désir lorsqu'il les contemplait ? Loreleï n'en aurait pas été étonnée : Shane était tellement…

Envoûtant fut le seul mot auquel la jeune fille songea.

Une théorie scabreuse s'échafauda dans son esprit. Et si ce regard extraordinaire, beau et captivant, déclenchait chez les hommes l'exact contraire de ce qu'il procurait aux femmes, à savoir un profond dégoût, au point d'en perdre presque connaissance ? Son sourire avenant, le plissement au coin de ses yeux qui le rendait tellement désirable, son corps athlétique, tout pouvait concourir à l'attirance des femmes mais au rejet des hommes. Une sorte de jalousie inavouable, poussée à son paroxysme par la beauté de Shane, qui se traduisait par une dégradation de l'état mental de celui qui l'observait, d'où l'air complètement ahuri de ceux qui croisaient son chemin.

Loreleï ne put retenir le rire que déclencha sa théorie brinquebalante. Comment un garçon, qui n'était pas encore tout à fait adulte, pouvait-il plaire à toutes les femmes et rendre tous les hommes à moitié amorphes ? Si un tel prodige s'avérait possible, il fallait que Shane se lance très rapidement dans le cinéma ou la chanson, ce ne seraient pas les fans qui manqueraient. Il y aurait juste un problème : le nombre incroyable de chasseurs d'images, hommes, qui ne pourraient pas photographier la star car ils seraient presque devenus des zombies après l'avoir croisée.

Une deuxième salve de rires l'emporta. Quelques passagers tournèrent la tête, avec l'espoir de saisir un événement qui les sortirait de la routine engendrée par leur long voyage. Mais ils ne virent que le haut d'une chevelure d'ébène. En tendant le cou, ceux qui étaient assis dans le fond distinguèrent la face rougie d'une petite fille dont les éclats de rire fusaient à travers l'habitacle du bus. Ils sourirent, partageant l'insouciance heureuse de Loreleï, jusqu'au moment où deux billes couleur d'or brillèrent dans le magnifique visage du jeune homme assis auprès d'elle. Hommes et femmes ressentirent un frisson glacial entre leurs côtes, suivi d'un profond malaise. Si Loreleï avait perçu leurs pensées, elle aurait compris que sa théorie n'était pas totalement fausse, seulement imparfaite : elle seule trouvait Shane attirant. Les autres en avaient peur…

Tassée sur son siège, les bras repliés autour de ses genoux, elle continuait de pouffer lorsqu'il la fixa d'un air étonné.

– Qu'y a-t-il de si drôle ? voulut-il savoir.

Elle reprit son souffle avant de lui répondre :

– Rien. Absolument rien, je t'assure. Pardonne-moi de t'avoir réveillé.

Il haussa les épaules, se cala contre son dossier et ferma les paupières. Elle hésita à aborder de front les questions déjà remises à plus tard. Elle biaisa :

– Nous nous sommes arrêtés à Toledo. Et vers midi et demi le bus a fait une pause d'une demi-heure pour que les passagers puissent s'acheter à manger. Tu ne t'en es pas aperçu ?

– Non, trop fatigué, je pionçais comme un bébé, grommela-t-il.

– Il doit être quatorze heures. Dans moins d'une heure, nous serons arrivés. Je prendrai un autre bus puisque mon ticket ne me permet pas d'aller plus loin que Chicago.

Il ne réagit pas à la perche qu'elle lui tendait. Pourquoi avoir demandé au guichetier un billet de transport qui ne l'emmènerait pas jusqu'à Des Moines ?

Loreleï tenta une approche différente :

– Tu sais que le chauffeur a encore changé ?

– C'est normal, répondit-il, les yeux toujours fermés. Les conducteurs n'ont pas le droit de rouler plus de quelques heures.

– Oui, mais celui qui l'a remplacé était déjà à bord. Je l'ai vu, assis au milieu des autres voyageurs, à Cleveland, après que ce policier a eu un comportement... bizarre.

La tête du garçon pivota lentement vers Loreleï. Il souleva légèrement ses paupières.

– Le chauffeur remplaçant, s'il était à bord, ne conduisait pas, ce n'est donc pas du temps de route.

– Et le policier ? demanda-t-elle avec un brin de timidité.

– Quoi, le policier ?

– Tu vois très bien ce que je veux dire. Il avait l'air complètement ahuri, comme l'homme à New York et la femme dans la file d'atten...

Sa phrase resta en suspens. La femme à la peau noire, engoncée dans son tailleur trop étroit, avait, elle aussi, les yeux dans le vide après qu'il l'eut regardée. Cela signifiait que Shane arrivait également à exercer son étrange pouvoir sur les femmes. Mais quel était précisément ce pouvoir ?

– Le flic m'a cru quand je lui ai parlé de toi, expliqua-t-il. Son air ahuri, comme tu dis, était dû à la nuit blanche qu'il venait de passer. Le mec était de service. Il était épuisé, je l'ai aidé, c'est tout.

Avec son « c'est tout », le garçon abrégeait leur conversation. Loreleï savait qu'il n'ajouterait pas un mot. D'ailleurs, il avait repris sa position initiale, les yeux clos. Cette fois-ci, elle était décidée à ne pas en rester là : Shane avait suffisamment retardé le moment de répondre à la multitude de ses interrogations.

– C'était autre chose et tu le sais bien, dit-elle d'un ton sans reproche.

Un instant, il resta immobile, comme s'il ne l'avait pas entendue. Puis sa main se dressa, doigts écartés. Il la tendit vers elle et dès qu'elle s'en empara, elle sentit l'impressionnante chaleur qui s'en dégageait.

– Fais-moi confiance, tu n'as pas envie de savoir qui je suis ! affirma-t-il, catégorique.

Ses paroles eurent sur Loreleï l'effet d'un coup-de-poing dans l'estomac. Shane refusait de donner des explications aux comportements incompréhensibles des gens qui croisaient sa route. Elle lui lâcha la main, se renfrogna, et prit une décision dans la seconde : quand ils arriveraient à Chicago, elle prendrait un autre bus pour Des Moines, mais sans lui !

Il prononça trois mots à voix basse avant de se rendormir. Trois mots qui la firent douter de sa décision :

– Je suis désolé.

* * *

Pour Loreleï, la dernière heure de route avait semblé durer une éternité. Elle qui n'était pourtant que rarement sortie de son appartement new-yorkais s'était désintéressée des magnifiques paysages du nord américain. Toutes ses questions restées sans réponses tournaient en boucle dans son esprit. Elle avait beau se dire que sitôt arrivée à Chicago, cela n'aurait plus d'importance, elle ne parvenait pas à les oublier. Quant à celui qui aurait pu étancher sa soif de curiosité, il n'avait pas cessé de dormir.

Tandis que l'aéroport de Gary-Chicago se profilait derrière la vitre, le bus ralentit avant de s'arrêter sur le bas-côté de la route. Les passagers s'interrogèrent en murmurant sur les raisons de cet arrêt imprévu. La porte du bus s'ouvrit. Un officier de police grimpa à bord, suivi de près par un coéquipier.

Loreleï sentit la panique monter en elle, telle une crue sauvage.

– Shane ! Shane, réveille-toi ! lâcha-t-elle en le secouant sans ménagement.

– Pas de panique, ma jolie, répondit le garçon, les yeux toujours fermés. C'est un contrôle routier.

– Comment le sais-tu ? Tu n'as même pas regardé qui montait à bord !

– Mon petit doigt me souffle des choses, se moqua-t-il.

Le plus âgé des policiers, qui paraissait être le chef, échangea quelques mots avec le chauffeur. Loreleï était trop éloignée pour les entendre. Elle se pencha dans l'allée et vit l'officier tendre la main et récupérer les papiers du conducteur. Quand ce dernier se tourna vers elle et la pointa du doigt, elle ne put s'empêcher de tressaillir.

– Shane ! Ce n'est pas un simple contrôle ! Ils me cherchent !

– Ne bouge pas. Tout va bien se passer.

Sa voix était calme. N'avait-il pas conscience que le voyage de Loreleï allait prendre fin prématurément ? S'en moquait-il ? Ou avait-il l'intention d'user, à nouveau, de son surprenant pouvoir sur les policiers ? Elle se surprit à espérer qu'il lui avait menti, que l'officier de Cleveland n'avait pas subi le contrecoup d'une nuit blanche, que son pouvoir était réel et qu'il allait en faire la démonstration immédiatement. Car les deux hommes en tenue, casquette enfoncée sur le crâne, progressaient dans l'allée en la regardant.

Elle se tassa sur son siège ; geste dérisoire pour échapper à son destin. Shane voulut la rassurer, mais ses paroles produisirent l'effet inverse lorsqu'il lui dit :

– Dans moins d'une minute, ça va chauffer dans les parages.

– Comment ça ? Pourquoi ? Tu ne comptes tout de même pas te battre ?

– Dès que tu sentiras une odeur désagréable, il faudra que tu coures, ma jolie. Maintenant, pardonne-moi, mais je vais te quitter sans un petit bisou d'au revoir, conclut-il, les paupières toujours closes.

Le plus gradé des policiers se planta face au garçon. Le ton de sa voix était celui d'un juge qui énonçait une sentence.

– Jeune homme, veuillez me présentez vos papiers d'identité, je vous prie.

Quand Loreleï comprit qu'ils étaient là pour lui, elle prit ses distances avec Shane en se collant contre la vitre.

– Jeune homme, s'il vous plaît, insista l'officier, plus fort à présent.

Du coin de l'œil, Loreleï découvrit que ce n'étaient pas deux policiers qui avaient embarqué, mais quatre. Trois immenses gaillards avaient investi l'allée, prêts à intervenir.

Shane ouvrit les yeux.

– Vous m'avez réveillé, dit-il calmement. Et je déteste être réveillé quand je fais un rêve sympa.

– Au lieu de faire l'intéressant pour épater ta petite voisine, lança le policier, une main sur la crosse de son arme, tu ferais mieux d'obtempérer. Sauf si tu préfères rejoindre Chicago sous bonne escorte.

Un hurlement éclata vers le milieu du bus. Dès lors, tout alla très vite.

Loreleï vit le chef se retourner. Shane se leva. Il avait beau être grand, l'officier le dépassait d'une tête. Pourtant le garçon le ceintura, le souleva et le maintint à dix centimètres du sol.

Le passager aux yeux violets qu'elle avait repéré à Cleveland se jeta sur le troisième policier. Les deux hommes basculèrent sur le côté, écrasant de tout leur poids un vieillard qui cria de douleur.

Un homme chauve, avec une longue barbe – le chauffeur au départ de New York, comprit Loreleï en un éclair – jaillit de son siège et renversa le deuxième policier. Tous deux disparurent du champ de vision de la jeune fille.

Celui qui avait poussé le hurlement du début n'était autre que le quatrième policier. L'actuel chauffeur le ceinturait, ses dents plantées dans le cou de son prisonnier.

Les cris des passagers commencèrent à se mêler à ceux des combattants. À l'avant, quelques voyageurs prirent la fuite par la porte restée ouverte. Ceux du milieu tentaient de s'extraire de la mêlée et recevaient des coups de poings et de pieds qui ne leur étaient pas destinés.

– Lâche-moi, ordure ! cracha le chef en balançant ses jambes dans le vide, heurtant à plusieurs reprises les tibias de Shane qui ne sembla pas en souffrir.

– Il est temps, dit calmement le garçon en regardant fixement Loreleï.

L'or brillait dans ses yeux, comme si les rayons du soleil s'y reflétaient. Mais dehors, le ciel était couvert de nuages. Une odeur de brûlé envahit l'espace. L'odeur désagréable dont il lui avait parlé. Le signal !

Des flammes léchaient le tissu d'un siège. Rapidement, elles se propagèrent aux rideaux, puis au plafond. Une épaisse fumée grise emplit l'habitacle.

Shane sourit et hocha la tête pour signifier à Loreleï que l'heure de fuir avait sonné. Elle attrapa son sac à dos et le pressa contre sa poitrine. Le garçon, ignorant les insultes du chef des policiers, pivota pour la laisser passer. Elle progressa au milieu des cris et des coups dont la violence ne cessait de croître, essayant de ne rien entendre, de ne pas être touchée, de s'en sortir vivante.

Des jambes se tendaient. Des poings la frôlaient. L'air était chaud, empuanti par les fumées.

L'un des policiers vint se fracasser, à plat ventre, aux pieds de Loreleï. Il releva son visage juvénile vers elle. Le chauve à la longue barbe sauta sur le dos du jeune homme. Un craquement de vertèbres retentit et la face du malheureux heurta le sol ; le chauve l'agrippait par les cheveux. Il braqua ses yeux violets sur Loreleï.

– Je veux son scalp ! ricana-t-il.

Elle préféra fermer les yeux pour ne pas voir ce qui provoqua un immonde bruit de déchirement. Bondissant vers l'avant, elle sentit une main empoigner son ciré et la propulser à travers le bus, au-dessus des sièges. Elle atterrit sur les épaules, jambes en l'air.

Deux détonations assourdissantes retentirent. Loreleï entrouvrit les paupières pour découvrir, à moins d'un mètre, l'arme fumante que tenait un autre policier. Sur le siège attenant, le chauffeur serrait une femme dans ses bras, en rempart des balles. Deux auréoles pourpres s'élargirent sur son ventre. La malheureuse ouvrit la bouche et de la fumée s'engouffra dans ses poumons. Elle toussa une pluie de gouttes sombres.

Le chauffeur se débarrassa de son bouclier humain et se précipita sur le policier qui venait de tirer : une seule détente lui suffit pour le renverser et le marteler de directs en pleine face.

Loreleï grimpa sur le dossier placé devant elle et bascula sur le suivant. Elle vit le troisième homme aux yeux violets sourire pendant que le policier, qui s'était fait mordre, lui assénait des coups de matraque d'une main et tentait d'extraire, de l'autre, l'arme de son étui.

Elle ne comprenait rien à ce qui se passait. Les trois chauffeurs et Shane se liguaient contre les forces de l'ordre dans un déferlement de violence sans égal.

Après un ultime effort au cœur d'un air devenu irrespirable, Loreleï, guidée par son instinct de survie, enjamba l'un après l'autre deux dossiers et sortit en franchissant d'un bond les marches du véhicule.

Deux voitures de police barraient la route. Leurs occupants combattaient des forcenés à l'intérieur du bus. Certains étaient grièvement blessés. Peut-être même étaient-ils déjà morts…

Elle se força à inspirer profondément. Retrouver son calme, rapidement, pour mieux analyser la situation.

Mais l'air semblait s'échapper de sa poitrine plus vite qu'il n'y entrait. Cette sensation redoubla d'intensité quand des détonations retentirent, derrière elle, à l'intérieur du bus, où les hurlements montèrent en puissance. Plusieurs vitres volèrent en éclats, livrant le passage à un épais nuage gris. Un homme fut éjecté par l'un des combattants. Il traversa la fumée et s'écrasa sur le bitume, face contre terre.

Un policier. Il respirait.

Loreleï s'approcha pour le secourir. Elle fit deux pas dans sa direction et découvrit, horrifiée, la jambe du blessé pliée derrière son dos.

La tête lui tourna. Le sol perdit toute consistance. Elle allait s'effondrer quand elle sentit ses pieds quitter la terre ferme. Quelqu'un la soulevait, l'emportait dans les airs ; à moins qu'elle n'ait été touchée durant la fusillade et que son âme navigue déjà entre deux mondes.

Avant de sombrer dans l'inconscience, Loreleï vit une gigantesque paire d'ailes noires se déployer au-dessus d'elle.

11

D'abord, Loreleï perçut une musique lointaine sur laquelle se greffa une voix plaintive. Au bout d'une minute, elle reconnut Bob Marley qui chantait *No woman no cry*. Son père adorait ce chanteur et ses messages d'espoir, de tolérance et d'amour.

Ensuite, elle découvrit, à travers le voile opaque qui brouillait sa vue, une bande d'asphalte glissant sous le capot d'une voiture, comme si la route se faisait dévorer par la calandre.

Enfin, quand sa vision s'éclaircit, Loreleï put observer le conducteur du véhicule à bord duquel elle se trouvait, recroquevillée sur le siège du passager.

L'homme avait la peau très sombre. Il ressemblait à un guerrier massaï, tant par sa couleur que par sa taille. Ses cheveux étaient coupés court et des fils d'argent frisaient sur ses tempes. Son tee-shirt blanc dévoilait ses bras, longs et musclés.

Il tourna la tête et deux rangées d'ivoire apparurent entre ses lèvres charnues; un sourire d'où émanait bien plus que de la bonne humeur. Il offrait sérénité, douceur et compassion. Étaient-ce ses dents du bonheur qui produisaient cet effet, ou bien les rides en arc, qui naissaient au bord de ses yeux pour s'étirer vers ses tempes?

Loreleï ne ressentit aucune peur, seulement le bien-être voluptueux que l'inconnu diffusait dans l'espace étroit de l'habitacle.

– Tu vas bien, ma belle demoiselle? demanda-t-il sur un ton où affleurait une joie enfantine.

Des picotements dans sa gorge empêchèrent la jeune fille de répondre. Lorsqu'elle déglutit, l'impression d'avaler du sable la saisit. Le conducteur reporta son regard sur la route en se penchant sur le volant, une main glissée sous son siège. Il lui tendit une petite bouteille.

– C'est à cause de la fumée, expliqua-t-il. Tu en as respiré plus que ton corps ne pouvait en accepter. Il faut boire. Après, ça ira mieux. Tu te sentiras forte, comme Hercule pendant ses douze travaux.

Loreleï, bien qu'obnubilée par le feu qui consumait sa gorge, ne trouva pas la comparaison exagérée. Hercule était fort. Elle le serait aussi, un jour, grâce au soleil de Siàm. Ce n'était pas un espoir, mais une certitude dont elle ignorait la provenance.

Elle brisa la bague en plastique du bouchon et porta le goulot à ses lèvres. L'eau s'engouffra trop vite. Elle se mit à tousser avec la sensation qu'elle ne pourrait jamais s'arrêter.

– Moins vite. Il vaut mieux boire un peu plusieurs fois, que beaucoup une seule fois. Sinon, tu vas te noyer. D'où l'expression « se noyer dans une bouteille d'eau », à défaut de verre.

Il se mit à rire, amusé par ce qu'il venait de dire.

Loreleï resta de marbre, appliquant le conseil de son hôte en ne laissant couler qu'un mince filet d'eau entre chaque gorgée.

– Oui, belle demoiselle, c'est comme ça qu'il faut boire. Tu me fais penser à un petit agneau qui boirait au biberon, tout mignon tout beau! Mais tu me fais penser aussi à un bébé dauphin, et là je ne sais pas pourquoi.

Le rire du géant noir résonna de plus belle dans la voiture.

– Qui… qui êtes-vous? s'enquit-elle tandis que le feu s'éteignait sans sa gorge.

– Je m'appelle Gabriel Granache. Mes amis m'appellent Gégé, à cause de mes initiales, précisa-t-il, la main tendue vers Loreleï.

Celle de la jeune fille disparut à l'intérieur de ses gros doigts. Ils dégageaient une telle puissance qu'ils auraient pu écraser une balle de base-ball.

– Où m'emmenez-vous? fit-elle, inquiète.

Il klaxonna en doublant un camion, ouvrit sa vitre et fit un geste amical au routier qui avait serré son véhicule sur le bord de la route. Le vent s'engouffra dans la voiture. La chevelure de Loreleï voltigea dans les airs et s'étala en longues mèches sombres sur son visage quand Gabriel Granache referma sa fenêtre.

– Désolé, je voulais remercier ce brave homme de s'être écarté pour nous faciliter le passage. Il n'était pas obligé, mais il l'a fait. Alors un petit « coucou, merci », ça ne mange pas de pain, poils aux… ? Poils aux… ? Poils aux nains de jardin !

Mais qu'avaient donc tous ces gens à ne pas répondre aux questions qu'elle leur posait ? Et son hôte avait l'air particulièrement atteint. Il ne semblait pas méchant, seulement doux dingue.

– Où m'emmenez-vous ? lança-t-elle de nouveau, avec un mélange de colère et d'appréhension.

– Là où tes choix feront que tu deviendras une autre personne.

– Vous voulez bien préciser, monsieur Granache ? demanda-t-elle sans délai.

– Nous allons à Des Moines. Attention, ne te méprends pas, car bien que je n'aie rien contre eux, on ne va pas CHEZ les moines, mais à Des Moines !

Et son rire chaleureux emplit une nouvelle fois l'habitacle.

Mais Loreleï ne partagea pas sa bonne humeur. Cet homme prétendait la conduire au terme de son voyage, mais comment le connaissait-il ? Qui lui en avait parlé ? Et comment avait-il appris qu'elle serait à Chicago, coincée dans une rixe à laquelle elle n'avait rien compris ?

Il fallait qu'elle classe toutes ces questions pour obtenir, enfin, des réponses qui l'amèneraient à comprendre ce qui se tramait autour d'elle et de son voyage. Elle s'octroya quelques minutes pour faire le tri. Dehors, les champs cultivés s'étiraient à perte de vue. Leurs jeunes pousses devaient se complaire à profiter des rayons du soleil printanier. L'immensité de ces espaces et la quiétude qui s'en dégageait, associées à la musique douce, si proche, permirent à Loreleï de faire abstraction de tout ce qui n'était pas centré sur les bonnes questions à poser, ainsi que sur l'ordre dans lequel elle les poserait.

Quand elle se sentit prête, Bob Marley chantait *This Is Love*, et Gabriel Granache l'accompagnait. Mais lui chantait faux. Il y avait quelque chose d'amusant, d'agréable, dans sa façon d'interpréter à tue-tête ce titre à la gloire de l'amour. Peut-être était-ce dû à sa façon de gigoter sur le siège au rythme des instruments, ou bien à sa voix de fausset lorsqu'il tentait de monter dans les aiguës. *Probablement aux deux*, se dit-elle.

Un instant, le fil des questions qui lui brûlaient les lèvres faillit se briser. Elle interrompit le chanteur amateur afin d'obtenir ce qu'elle désirait : les réponses que Shane ne lui avait pas données. L'étonnant géant noir pourrait les lui fournir. Du moins l'espérait-elle.

– Monsieur Granache.

– Appelle-moi Gégé. Je te l'ai dit : mes amis m'appellent Gégé.

– Lorsque nous serons amis, je vous appellerai comme vous voudrez. Mais d'ici là, vous resterez « monsieur Granache ».

La veille encore, Loreleï n'aurait pas osé parler ainsi. L'âpreté de ses paroles risquait de déstabiliser le conducteur, de le rendre désagréable, voire agressif. Pourtant, il se tourna vers elle et lui demanda avec une extrême gentillesse, presque sur le ton de la supplication :

– Alors, fais-moi plaisir, appelle-moi par mon prénom, tu veux bien ?

Elle fit mine de réfléchir, le regarda longuement, et accepta sous condition :

– Seulement si vous répondez de manière simple et directe à mes questions.

– Marché conclu, ma belle demoiselle !

– Et je m'appelle Loreleï Than. Mais je suppose que vous le saviez déjà, n'est-ce pas, Gabriel ?

— En effet, j'étais un petit peu au courant. Mais à peine. Trois fois rien. Et peut-être moins.

Elle ignora l'humour gentillet de son chauffeur et poursuivit, résolue :

— Est-ce vous qui m'avez récupérée quand j'ai perdu connaissance, devant le bus ?

— Oui-da. Je suis arrivé pile-poil au bon moment. À deux secondes près, ce ne sont pas mes bras qui te réceptionnaient, mais le bitume.

Gabriel avait fait plus que la réceptionner et elle le savait : il l'avait éloignée d'un nid de fous furieux, assassins de surcroît. Elle devait le remercier pour son intervention. Il l'avait tirée d'une scène de carnage qui resterait gravée dans sa mémoire et hanterait ses nuits. Mais l'insouciance dont elle avait fait preuve jusqu'à présent avait évolué en une méfiance qui lui dictait chacun de ses actes, et surtout chacune de ses paroles. Car le comportement de Shane, même si le garçon l'avait aidée à échapper aux policiers, restait aussi incompréhensible qu'inadmissible. Et elle ne tenait pas à être surprise, puis déçue, une fois encore. D'autant que Gabriel avait un air angélique et que sa jovialité irradiait. Donc terminée la légèreté de l'indolence, place à la suspicion mesurée : elle continuerait de poser des questions toujours l'une après l'autre, afin de maintenir à son avantage la conversation.

— Comment saviez-vous que je serais à Chicago ?

— Mon petit doigt aurait pu me le dire mais non, il ne m'a rien dit.

— Attention, Gabriel, le réprimanda-t-elle, vous m'avez promis de répondre sans détour.

— Mille excuses, belle demoiselle Than, ma cervelle a tendance à emprunter des chemins de traverse. Des endroits touffus. Brumeux. Pas trop éclairés et qui sentent mauvais. Des odeurs d'œufs brisés, oubliés au fond d'une poche pendant un siècle ou deux. Et je crois...

Il poursuivit son monologue délirant. Loreleï se ferma à ses mots. Gabriel était-il complètement fou ou, au contraire, suffisamment malin et comédien pour simuler la folie et ne pas répondre aux questions qui l'embarrassaient? Elle sentit la lassitude monter en elle. À travers son sweat, elle chercha la présence réconfortante de la pierre. Dès que ses doigts englobèrent l'ovale, son mal-être se dissipa et fit place à une volonté de fer, une envie de bouger et de faire bouger.

Qu'il soit réellement simple d'esprit ou excellent comédien, Gabriel allait devoir répondre à ses interrogations. Et pas plus tard que tout de suite!

– Stop! hurla-t-elle. Arrêtez-vous ici!

La voiture pila net au milieu de la chaussée. Si Loreleï n'avait pas eu sa ceinture bouclée, elle aurait été projetée sur le tableau de bord.

Elle ouvrit la portière et manqua tomber en ratant le marchepied du pick-up.

Le véhicule repartit pour parcourir quelques mètres avant de se rabattre sur le bas-côté. Gabriel descendit à son tour. Il était encore plus grand qu'elle ne l'avait imaginé : les pointes de ses cheveux culminaient à environ deux mètres de hauteur. Il la rejoignit d'un pas rapide, ses longs bras esquissant une danse aérienne, proche du battement d'ailes d'un oiseau de nuit.

– Tu es fâchée, Loreleï?

Malgré l'allure imposante qu'elle voulait se donner avec ses jambes écartées et ses poings sur les hanches, son ciré jaune et sa petite taille la faisaient ressembler à un canari. Face à la carrure du géant à la peau sombre, le contraste était saisissant. Mais après ce qu'elle avait vécu au cours des dernières heures, rien ne pouvait l'arrêter. Elle était furieuse.

– C'est moi qui pose les questions! J'en ai assez qu'on intervienne dans ma vie! Je n'ai pas demandé qu'on m'emmène à Des Moines! Ni que des gens se fassent tabasser, ou meurent, pour que j'arrive à bon port! Alors maintenant, vous allez me répondre ou me laisser tranquille ! Parce que je suis prête à finir ma route à pied s'il le faut !

Au lieu d'être surpris ou en colère, Gabriel se mit à faire de grands mouvements avec son bras, comme s'il disait au revoir à Loreleï.

Elle suivit son regard et vit arriver, derrière elle, le camion qui avait facilité leur dépassement. L'engin les doubla en trombe, son klaxon hurlant un concerto baroque si puissant qu'elle crut devenir sourde.

Pour suivre le mouvement du véhicule, Gabriel pivota. Dans le même temps, il agita frénétiquement ses deux bras et sauta sur place en riant. Ce surprenant personnage n'avait peut-être pas toute sa tête, finalement.

Ils contemplèrent le camion jusqu'à ce qu'il devienne un simple point dans le lointain.

– Gabriel, êtes-vous arrivé par hasard à Chicago, oui ou non ? exigea-t-elle en le fixant.

Il lui répondit sans quitter l'horizon du regard :

– Le hasard est programmé, il n'existe pas.

– Oui ou non ? insista-t-elle.

– Non, je n'y suis pas arrivé par hasard. C'est ma voiture qui m'y a emmené.

Loreleï tapa du pied puis avança jusqu'à la voiture. Une paire d'ailes argentées était peinte sur le côté. Elle y jeta un œil distrait et s'engouffra à l'intérieur. Son sac à dos l'attendait derrière son siège, sur la banquette. Elle le porta en bandoulière, claqua violemment la portière, et prit la direction empruntée par le camion. Peu après, le pick-up remontait à son niveau.

La vitre du passager descendit.

– Tu ne veux pas monter ? Ce serait plus rapide pour arriver à Des Moines.

Elle baissa la tête et accéléra.

– D'après mon compteur digital, tu marches à trois miles à l'heure, commenta Gabriel sans ironie. C'est pas mal, mais pas très rapide. Et puis c'est fatiguant. Si tu t'assois dans ma voiture, tu te déplaceras à quatre-vingts miles à l'heure. Ce sera plus rapide et moins...

– Fatiguant! Oui, je sais, merci! Je préfère marcher plutôt que voyager en compagnie de quelqu'un qui ne respecte pas ses promesses!

– C'est qui « quelqu'un » ?

Le faisait-il exprès ou n'était-il vraiment qu'un simplet? S'il était idiot, il n'avait l'air ni méchant ni dangereux. S'il simulait, il excellait dans l'art de la comédie. Elle opta pour une forme de crétinisme mignonnet. Gabriel devait être en permanence un peu à côté de la réalité, comme il l'avait dit lui-même.

Elle s'arrêta et il freina, son immense sourire découvrant ses dents du bonheur.

– Tu montes, gentille Loreleï?

« Gentille »... Hier encore, c'est le qualificatif qu'elle aurait utilisé si on lui avait demandé la principale qualité qui la caractérisait. Mais depuis que la pierre pendait à son cou, elle en aurait utilisé un autre : « déterminée ».

La mine fermée, elle grimpa à bord.

Gabriel, s'il savait quelque chose, devrait lui parler.

12

Le soleil déclinait si vite que, bientôt, les phares du pick-up projetèrent leurs rais lumineux sur l'interminable bande d'asphalte.

– Tu boudes encore, belle demoiselle ?

Au lieu de répondre à son chauffeur, elle coupa la musique.

– J'aimerais bien qu'on se parle, ajouta-t-il.

– Commencez par me raconter ce que vous savez sur moi, ça nous fera une occasion de discuter, dit-elle sèchement.

– D'accord.

Sourcils levés, elle pivota vers lui, étonnée qu'il accepte sa proposition aussi facilement, mais curieuse aussi de savoir s'il avait vraiment l'intention de tout lui expliquer.

– Je vous écoute !

– Je savais que tu n'arriverais pas jusqu'à Chicago, et je savais à quel endroit te trouver : pas loin de l'aéroport de Gary.

Ce premier élément de réponse la surprit moins qu'elle ne l'aurait cru. Inconsciemment, elle s'était déjà préparée à entendre ce type d'annonce, où l'irrationnel évinçait le rationnel.

– Comment le saviez-vous ?

– C'est ta grand-mère qui me l'a dit.

Elle ne put retenir un hoquet de surprise.

– Grand-mère Hao ? Vous la connaissez ? Et comment savait-elle ? Pourquoi vous a-t-elle envoy…

Elle stoppa le flot de questions qui menaçait de perturber l'esprit simple de Gabriel, ou de bloquer ses réponses, comme cela s'était produit avec Shane. Elle se cantonna à lui redemander s'il connaissait sa grand-mère paternelle.

– Tu n'étais pas encore arrivée dans ce monde quand j'ai connu Hao Than, déclara-t-il tandis qu'il mettait la main sur le bouton « on » de son autoradio.

Dans l'obscurité de l'habitacle, Loreleï devina le mouvement de Gabriel et le bloqua avec délicatesse.

– S'il vous plaît, pas de musique. Dites-m'en davantage sur vos relations avec ma grand-mère.

Il abandonna l'idée d'écouter Bob Marley et après quelques digressions, sur lesquelles Loreleï préféra ne pas réagir, il expliqua sur un ton apaisant :

– J'ai rencontré Hao bien avant qu'elle ne retourne au Vietnam, bien avant qu'elle ne vive à New York avec son mari. Ton grand-père avait plein d'idées pour s'enrichir, mais la chance n'était pas avec lui. Et puis son destin n'était pas de faire fortune. Il a fini par le comprendre le jour où… (Gabriel hésita un instant, comme s'il cherchait un terme approprié.) quelqu'un est venu dans le cabinet de voyance de ta grand-mère pour lui livrer une valise contenant un objet qu'elle avait commandé.

– Une boîte de jeu en carton, dit-elle, se souvenant des explications de son père qui, vers l'âge de sept ou huit ans, avait vu un homme aux allures de Chewbacca déposer le colis.

Un véhicule approcha, de face, en plein phares. La lumière aveuglante ne sembla pas déranger Gabriel. Loreleï, elle, dut fermer les yeux. Elle resta paupières closes à écouter la suite du récit, bercée par la voix douce et presque enfantine de son hôte.

– La boîte ressemblait à un jeu, mais ce n'en était pas un. Ta grand-mère avait rencontré dans son enfance… (Il hésita encore sur le terme à utiliser.) une personne qui lui avait dévoilé le plus grand secret de l'univers. Un secret si bien gardé que seule une toute petite poignée de gens en a entendu parler.

– Et vous connaissez ce secret ?

– Forcément puisque je suis celui qui le lui a dévoilé.

Son annonce équivalait à un coup de massue. Grand-mère Hao devait avoir environ soixante-dix ans. Quel âge pouvait bien avoir Gabriel aujourd'hui, s'il l'avait rencontrée lorsqu'elle était enfant?

Il ne paraissait pas avoir plus de cinquante ans.

— Quel âge aviez-vous?

— Si je te le dis, tu ne vas pas me croire, gentille Loreleï.

— Dites toujours, insista-t-elle, prête à tout encaisser.

— Quelques milliards d'années.

Elle ne put retenir un sourire.

Fou!

Il était complètement fou! Elle n'en doutait plus. Son état était même beaucoup plus grave qu'elle ne l'avait imaginé. Cependant, malgré sa folie, Gabriel savait pour la valise et son contenu, donc il ne délirait pas systématiquement. Elle devrait donc faire le tri entre divagations et vérité.

— Quel secret avez-vous confié à ma grand-mère? s'enquit-elle.

— Je lui ai révélé l'existence d'un monde lié au nôtre : le monde de Siàm, où chaque événement peut avoir une influence, ici, sur la route, dans le ciel, sous terre, et sur les êtres vivants. Un monde peuplé de créatures légendaires qui se côtoient dans une harmonie précaire et menacée.

— Un monde parallèle? Une sorte d'univers à côté du nôtre? demanda-t-elle, les yeux ronds, surprise mais pas incrédule, une main posée sur la pierre qui pendait à son cou.

— Pas un monde à côté. Dedans!

— Je ne comprends pas.

— C'est le cœur de la Terre, mais pas en son centre, seulement quelque part, caché derrière un mur invisible. Imagine un mur, gigantesque, que personne ne peut voir. Tu y arrives?

— À peu près, dit-elle sans se donner la peine de l'imaginer.

— Ce mur est percé de quelques portes, très peu nombreuses, et chacune est un accès à l'autre côté du mur, où tout est différent. Les végétaux, les animaux, les paysages, le ciel, rien ne ressemble vraiment à ce que tu connais, mais tout ce qui s'y passe peut avoir des conséquences sur ce que tu connais.

– Moui, fit-elle, dubitative. Admettons. Et quel est le rapport avec la boîte de jeu ?

– Cette boîte est une des portes d'accès au monde de Siàm, asséna-t-il.

Gabriel avait beau être un dément sympathique, il ne manquait pas d'imagination. Le tri qu'elle s'était promis de faire entre vérité et délire s'avérait bien plus compliqué que prévu.

Elle attendit qu'il poursuive.

– Ta grand-mère voulait utiliser cette porte, ce que tu appelles un jeu, pour découvrir ce monde fabuleux. Mais je lui ai expliqué que ce n'était pas elle qui devrait s'y rendre, qu'il fallait qu'elle soit patiente, qu'elle devait juste protéger cette porte, la cacher, jusqu'au jour où elle saurait qui pourrait y aller. Car plusieurs conditions sont nécessaires pour faire ce grand voyage. Or, ta grand-mère ne réunissait pas ces conditions.

– Et quelles sont-elles ?

– La première est qu'il faut être un humain. Là, pour elle, c'était facile. La deuxième est que l'âme de cet humain doit être pure. Une fois encore, Hao avait le bon profil. La troisième, et c'est le point qui posait problème, c'est que l'humain qui s'apprête à emprunter cette porte doit avoir une condition physique qui soit la plus déplorable possible. Car plus il est fragile, plus il sera fort dans le monde de Siàm. Ta grand-mère était en pleine forme, c'était trop risqué pour elle d'aller affronter les créatures qui peuplent cet univers. Là-bas, elle aurait été trop faible.

– Ceux qui franchissent la porte voient leur force physique… inversée, c'est ça ?

– À peu près, oui. Pour simplifier : un humain fort devient faible et vice versa.

Si Gabriel disait vrai, grand-mère Hao était chargée de conserver et protéger la boîte de jeu jusqu'au jour où elle rencontrerait celui qui pourrait s'en servir pour passer dans l'autre monde. Et des dizaines d'années plus tard, sa petite-fille naissait avec une grave malformation cardiaque.

Toujours sur une corde raide entre la vie et la mort, dotée malgré elle d'une santé extrêmement fragile, l'Élue parfaite pour le grand voyage vers le monde de Siàm, c'était elle : Loreleï!

Dans le récit de Gabriel, un problème subsistait. Comment grand-mère avait-elle pris possession de la pierre aux pouvoirs revivifiants puisqu'elle n'avait pas franchi la porte? Loreleï lui posa la question. Il répondit sans attendre :

– Hao l'a franchie. Elle n'a pas tenu compte de mes avertissements. Après avoir patienté durant une année, elle s'est rendue dans le monde de Siàm en s'aidant du jeu. Un aller-retour qui aurait pu lui coûter la vie tant les dangers sont grands. Lorsque Hao est revenue, elle avait la pierre avec elle. J'ai repris le jeu en attendant que ta grand-mère mûrisse, que la sagesse l'empêche de renouveler cette expérience trop dangereuse. Mais je lui ai laissé la pierre parce qu'elle m'a expliqué qu'elle serait utile un jour, qu'elle sauverait quelqu'un. Et si tu ne l'avais pas portée, tu ne serais déjà plus en vie.

Loreleï ne se demanda pas comment Gabriel savait qu'elle portait le joyau; il était probable, en effet, qu'il connaisse grand-mère Hao et qu'elle lui en ait parlé. En revanche, jamais la jeune fille n'aurait pensé qu'elle ne vivait encore que grâce au pouvoir du soleil de Siàm. La stupeur du médecin qui avait autorisé sa patiente à sortir de l'hôpital devenait soudain compréhensible. Loreleï était bien trop affaiblie par sa dernière attaque cardiaque. Il était inconcevable qu'elle puisse se rétablir aussi vite sans garder de graves séquelles.

Mais elle vivait. Et son cœur charriait un torrent d'énergie à travers tout son être.

– Comment savait-elle que la pierre m'aiderait?

– Je te rappelle que ta grand-mère est voyante, qu'elle l'a toujours été.

– Et elle a vu, presque trente ans avant ma naissance, que j'en aurais besoin pour survivre ? J'ai du mal à le croire.

Loreleï ne savait plus quoi penser. Un monde parallèle et ses portes d'accès, des gens ou des objets qui détenaient des pouvoirs étranges, Gabriel et son âge impossible. En moins de vingt-quatre heures, tout ce en quoi elle croyait s'était ébréché, fissuré, comme une bâtisse en ruine et sur le point de s'effondrer.

Comment croire à l'impossible ? Quelle attitude adopter face à l'inconnu, au mystère ? Son désir le plus cher était de rencontrer sa grand-mère et son amie Kate, pas de s'immerger dans une histoire dont les tenants et les aboutissants s'apparentaient à un marécage de sables mouvants.

La lassitude la gagnait, pourtant elle voulait en apprendre plus.

– Vous prétendez avoir été le premier à donner le jeu à grand-mère, alors qu'elle était toute jeune. Mais qui était l'homme dans son cabinet de voyance, cet homme qui a rapporté le jeu quand mon père était petit ?

– Un Messager du monde de Siàm.

– Et qu'est-ce qu'un Messager ?

Sous le faible éclairage renvoyé par les voyants lumineux de l'habitacle, Gabriel eut l'air de se concentrer afin de rassembler les meilleurs termes à utiliser. L'effort qu'il fournissait était perceptible.

– Il existe quatorze Messagers dans l'univers. Sept sont du côté du Bien, sept du côté du Mal. Leur mission est de trouver des êtres humains qui serviront leur camp respectif dans le monde de Siàm.

– Et ils en trouvent ?

– Ils ont droit à un Élu chacun, tous les dix ans. Soit quatorze personnes au total par décennie.

– C'est peu.

– Oui, d'autant plus que la plupart des élus meurent au moment de franchir une porte. Quant aux survivants, ils meurent aussi, une fois sur place.

– Seigneur! Et combien réussissent à revenir de ce monde?

– Un ou deux par siècle.

Elle émit un sifflement de surprise.

– C'est atroce! Si peu de survivants par rapport au nombre total!

– Environ un pour cent. Soit une vingtaine de rescapés depuis le début de l'ère chrétienne.

– Parce qu'en plus ça dure depuis deux mille ans?

– Non, depuis cent cinquante mille ans! Malheureusement, sur le millier d'Élus survivants, presque tous ont choisi le mauvais camp. Celui du Mal.

Le récit de Gabriel alternait le merveilleux et l'impossible, l'horrible et le cocasse. Il était difficile de le croire.

– Tu penses que je mens? fit-il, visiblement attristé.

– Je doute, c'est normal. Pouvez-vous m'apporter une preuve de ce que vous racontez?

– Je n'ai rien pour prouver ce que je viens de te raconter. Mais je peux te montrer que les messagers existent, et qu'ils ne sont pas des gens comme les autres.

Un court instant, leurs regards se croisèrent dans la semi-pénombre. Puis Gabriel baissa sa vitre, lâcha son volant, s'agrippa à la poignée au-dessus de la portière et, sous les yeux stupéfaits de sa passagère, se hissa sur le toit du véhicule. Quand les jambes de son chauffeur disparurent, elle se jeta sur le volant, paniquée. La voiture fit une légère embardée mais Loreleï réussit à la stabiliser.

Ses perceptions visuelles étant déformées par la peur, il lui sembla que les phares n'éclairaient pas assez, que le bord de la route était trop proche, que la route elle-même était cabossée tant le véhicule subissait de secousses. Le temps avait beau passer, le pick-up ne perdait pas de vitesse, son compteur bloqué sur « 80» alors qu'elle avait l'impression qu'il fonçait deux fois plus vite.

Elle déboucla sa ceinture et se contorsionna pour occuper la place abandonnée par Gabriel, qu'elle entendait remuer sur le toit. Pour la première fois de sa vie, elle se retrouvait à la place du conducteur. Les pédales étaient trop loin de ses pieds. Et de toute façon, elle n'avait pas la moindre idée de la fonction de chacune. Elle ne tarda pas à regretter de n'avoir jamais observé les gestes de son père quand il était au volant du 4×4 ; elle aurait su quoi faire.

La tête de Gabriel apparut à l'envers, devant le haut du pare-brise, toutes dents dehors dans un grand sourire joyeux... ou démentiel.

– Revenez ! cria Loreleï.

Il répondit en criant encore plus fort. Le vent qui se heurtait aux parois de l'habitacle déforma ses paroles, mais elle parvint à leur redonner un sens :

– Ne t'occupe de rien... La route est droite... J'ai mis le régulateur de vitesse.

Il se laissa glisser sur le pare-brise. Elle ne distingua plus la route.

– Poussez-vous ! hurla-t-elle à s'en déchirer les cordes vocales.

Elle le vit regarder par-dessus son épaule et lut sur ses lèvres : « D'accord ».

La seconde suivante, il sautait en avant et disparaissait sous les roues.

Le pick-up tressauta par deux fois.

Elle éloigna de son esprit la vision d'horreur des membres broyés par les deux tonnes du véhicule qui se mit à perdre de la vitesse, son régulateur désactivé par le choc.

Elle se coula sous le siège jusqu'à sentir le contact des pédales. Une pression exercée au hasard, du pied gauche, sur la plus large, et le véhicule pila, tassant Loreleï sous le volant. Quelques soubresauts plus tard, le pick-up s'immobilisait, moteur calé.

La première pensée de la jeune fille fut pour Gabriel. Elle l'avait tué. Une explosion de folie dans un cerveau dérangé avait fait d'elle un assassin. Pourquoi lui avait-elle demandé une preuve ? Elle aurait dû se douter que le malade mental risquait de commettre un acte fou. Alors pourquoi ?

L'air avait du mal à franchir la barrière de sa gorge. Ses bras et ses jambes tremblaient.

Peut-être n'était-il que blessé, se prit-elle à espérer. Certainement très mal en point, mais vivant !

Elle ne savait pas comment l'aider s'il vivait encore, mais décida qu'elle ne devait pas l'abandonner là, au bord de la route. Au prix d'un effort dont elle ne se serait pas crue capable, elle réussit à se relever et chercha la poignée de la portière qu'elle finit par trouver malgré le mouvement saccadé de ses doigts.

La nuit était aussi froide que la journée avait été chaude. Loreleï grelotta si fort que la douleur s'insinua dans ses muscles. Elle se contracta comme si elle pouvait rétrécir et ferma son ciré jaune jusqu'au cou. Un croissant de lune blafard peignait en gris les abords du pick-up. Sur le bitume, les ombres des branches d'arbres valsaient sur le rythme endiablé imposé par le vent. Elle longea l'arrière du véhicule et s'en éloigna. Au bout d'une vingtaine de mètres, un gouffre obscur l'attendait. Devait-elle s'y précipiter, au risque de se blesser, peut-être même d'être attaquée par un animal nocturne ?

Mais Gabriel était peut-être en vie…

Elle l'appela par son nom, hésitant à progresser à l'aveugle, tétanisée par l'une de ses plus grandes peurs d'enfant. Celle de l'obscurité.

Gabriel…

Elle prit une profonde inspiration et s'élança. Ses pas la menèrent loin derrière la voiture, au cœur d'un océan de bruits inconnus, de mouvements furtifs, de plaintes portées par la nuit. Un hululement la fit tressaillir. Elle perçut un mouvement brusque sur sa droite, suivit d'un battement d'ailes si proche qu'un souffle contraire au vent emmêla ses cheveux.

La forme éthérée fila en direction de la route, droit devant Loreleï. Son ombre se découpa dans le ciel, éclipsa la puissance lumineuse de Vénus et des étoiles alentour, puis disparut en silence. La jeune fille aurait juré que l'oiseau de nuit avait une taille hors du commun. L'envergure de ses ailes devait avoisiner les six ou sept mètres.

Elle reprit sa marche. Par un réflexe dont elle n'eut pas conscience, elle serra le pendentif. Il pulsait des ondes de force qui lui donnaient le courage d'avancer, pas après pas, dans la noirceur oppressante.

Et enfin elle le vit, silhouette aux contours imprécis, allongée, immobile.

Comment pouvait-il en être autrement? Espérait-elle le voir se lever et se mettre à rire, ses dents du bonheur luisant dans la nuit?

Elle prit son élan et courut vers lui.

– Gabriel!

Le doux dingue. Le gentil qui lui avait sauvé la vie près du bus et qu'elle n'avait même pas remercié. Au contraire, elle s'était montrée désagréable, hautaine, suspicieuse, quand il n'espérait qu'une oreille attentive à son imagination sans limites.

– Tu m'as appelé par mon prénom, répondit la silhouette en s'asseyant.

Elle se figea, à l'écoute, sans être vraiment certaine de l'avoir entendu.

– Gabriel?

La silhouette se redressa et partit d'un grand rire. La blancheur éclatante de ses dents et l'écart entre les deux grosses incisives ne laissèrent planer aucun doute.

C'était Gabriel. Et il vivait.

– Bientôt, nous serons assez amis pour que tu m'appelles Gégé, dit-il avec son ton enfantin.

Une vague d'affection la submergea. Elle se surprit à reprendre sa course pour se jeter dans les bras du géant. Il était presque un inconnu et pourtant, elle n'hésita pas à se blottir contre lui, sa joue posée contre son ventre. Et quand il la pressa doucement contre lui, toute la tension qu'elle avait accumulée depuis son départ, la veille au soir, s'évapora comme neige au soleil.

– J'ai eu tellement peur pour vous…

Tandis que sa chaleur irradiait Loreleï, une poignée de longues plumes noires voleta dans les airs. La plus grande de ces plumes s'immisça entre le ciré jaune et le cou de la jeune aventurière. Une autre, plus petite, se posa sur une feuille de papier tombée au sol, pliée en quatre, contenant les coordonnées d'une jeune fille paraplégique, à Des Moines.

Et la noirceur de cette plume occulta la blancheur du papier.

13

Une trentaine de miles après le coup de folie de Gabriel, un panneau avait indiqué l'imminence de leur arrivée à Des Moines. Le pick-up avait emprunté une bifurcation et s'était engagé sur une voie plus étroite. Loreleï s'en était étonnée. Le géant lui avait alors expliqué que grand-mère Hao ne vivait pas à Des Moines même, mais au sud-est, dans une petite ville du comté de Marion appelée Knoxville. Afin d'éviter une nouvelle réaction imprévisible de Gabriel, Loreleï avait préféré éviter de lui poser des questions sur le monde de Siàm, et s'était contentée de l'écouter accompagner Bob Marley jusqu'à la fin de l'album *Kaya*. Elle aurait tout le temps d'en apprendre davantage par sa grand-mère.

Avant d'entrer dans Knoxville, ils longèrent une étendue d'eau dont l'immensité se fondait dans la nuit. La lune y contemplait sa jumelle à la surface d'une onde altérée par des rides en mouvement. La voiture traversa la ville d'est en ouest puis remonta vers le nord. Loreleï l'ignorait, mais Gabriel avait choisi de rallonger leur trajet afin d'éviter la patrouille du shérif qui sillonnait la ville, veillant ainsi à la quiétude des habitants.

Après une série de détours, le pick-up s'immobilisa finalement devant une petite maison, à l'écart des autres. Un bout de jardin s'étendait sur le devant. Deux lampions encadraient la porte d'entrée. Ils diffusaient une lueur orangée qui donnait un air festif aux murs blancs de la bâtisse.

– C'est ici ? demanda Loreleï, qui trépignait d'impatience.

– C'est bien ici. Tu peux y aller, belle demoiselle.

Elle s'empara de son sac à dos qui traînait à ses pieds, ouvrit la portière et sauta d'un bond sur le sol. Elle allait refermer la portière lorsqu'elle s'aperçut que Gabriel n'avait pas bougé.

– Vous ne venez pas? fit-elle, la déception à fleur de voix.

Les lèvres de Gabriel s'ouvrirent sur ses dents du bonheur.

– Nos routes se séparent ici. Nous aurons l'occasion de nous revoir, un jour ou l'autre, conclut-il, évasif.

– Mais je pensais que…

– Salue Hao de la part de son vieil ami Gégé. Et fais bien attention à tes choix. Car n'oublie pas qu'il n'existe pas de milieu. Il n'y a que le Bien et le Mal.

Il se pencha vers la place que sa passagère avait occupée et ferma la portière.

Au risque d'attirer l'attention, le klaxon retentit longuement à deux reprises. Le géant adressa un geste d'au revoir à Loreleï avant que la veilleuse de l'habitacle ne s'éteigne. Elle leva la main à son tour et la voiture s'éloigna. Bientôt, l'obscurité dévora la lumière rouge de ses feux arrière.

Une sensation de vide se logea dans la poitrine de la jeune fille. L'étrange Gabriel Granache lui manquait déjà. Malgré ses surprenants épisodes de délires gentillets, voire carrément suicidaires, il exhalait un parfum de bonté à l'état pur, de gentillesse sans accroc, ainsi qu'une aura d'abnégation. Ne s'était-il pas précipité à son secours lorsqu'elle avait perdu connaissance près du bus, alors que Shane et les trois fous furieux aux yeux violets mettaient le feu au véhicule et faisaient couler le sang?

Le géant noir, un peu farfelu, était l'incarnation du Bien. Mais que pouvait-elle penser des quatre autres? Pourquoi avaient-ils agi ainsi? Qu'est-ce qui avait poussé Shane à participer à une telle horreur?

Durant la dernière heure de route, Loreleï avait songé à certaines paroles de Gabriel. Il lui avait dit que les messagers traquaient les Élus afin de les enrôler dans leur camp respectif. En admettant l'impossible, en acceptant que ces messagers existent et ce monde parallèle aussi, se pouvait-il que le garçon aux yeux couleur d'or en soit un, qu'il soit un messager… du Mal? Il avait beau s'être montré serviable avec elle, toujours soucieux de son bien-être, il n'en était pas moins entouré de faits inexplicables et peu glorieux. Le souvenir des gens à l'air hagard et du policier qu'il avait ceinturé dans le bus était toujours aussi difficile à accepter, alors que tout avait été réel et directement lié au garçon, Loreleï n'en doutait pas une seconde.

Elle devait rencontrer grand-mère, apprendre à mieux la connaître, mais aussi obtenir des éléments de réponse de sa part. Elle seule pourrait l'éclairer à présent que Shane était loin et que Gabriel avait disparu dans la nuit.

Au milieu d'un carré de gazon tondu à ras, un chemin dallé sinuait jusqu'à la petite maison. Loreleï le parcourut au pas de course. Au-dessus de la porte, une avancée protégeait l'entrée de la pluie. Quelques gouttes se mirent à tomber et la jeune fille s'y abrita. Une chaînette traversait la façade pour offrir au visiteur une poignée sur laquelle elle tira. Aussitôt, le tintement d'une kyrielle de clochettes résonna à l'intérieur.

Les secondes s'égrainèrent. La porte resta désespérément close. Grand-mère n'était-elle pas pressée de retrouver sa petite-fille? N'éprouvait-elle pas la même hâte que Loreleï de combler le manque laissé par l'absence d'un parent proche?

Une main posée sur la poignée, elle tira plus fort sur la chaînette. Au moment où l'inquiétude la gagnait, Loreleï poussa la porte, qui s'ouvrit sur une petite entrée. Grand-mère n'avait pas jugé bon de fermer à clé; preuve qu'elle l'attendait.

Immédiatement à droite, des marches d'escalier en bois grimpaient à l'étage. Sur la gauche, un rideau jaune criard barrait l'accès à une pièce. En face, un autre rideau, bleu pâle, était ouvert et dévoilait une cuisine qui paraissait fort étroite.

Loreleï posa un pied sur le parquet et appela. Aucune réponse ne lui parvint en retour. Une paire de chaussons ornés d'une tête de Winnie l'ourson patientait sur la première marche de

117

l'escalier. Elle les souleva et vit qu'ils étaient neufs, encore atta-chés entre eux. Un macaron doré indiquait leur pointure : 35.

Pile à ma taille!

– Grand-mère? Vous êtes là? cria-t-elle joyeusement en bri-sant le fil en plastique qui, libéra les chaussons.

Le silence lui répondit.

La vieille dame dormait peut-être déjà, à moins que son audition ne soit plus très bonne. Elle n'était tout de même pas partie! Pas aujourd'hui! Pas ce soir! Précisément au moment où sa petite-fille avait mis sa vie en danger, outrepassant mille interdits pour arriver jusqu'à elle!

Loreleï enfila les chaussons et fonça dans la cuisine. Une cuisine très étroite, mais longue. Et tout au bout, elle trouva une autre porte qu'elle s'empressa d'ouvrir. Elle fut déçue de ne découvrir qu'une minuscule cabine de douche accolée à une petite armoire dotée d'un haut miroir, ainsi qu'un lavabo qui avait pour compagnon un WC.

Un demi-tour plus tard, elle revenait dans la cuisine. Des meubles suspendus aux murs et un évier, sous une fenêtre, constituaient l'essentiel de l'aménagement. Pas d'appareils élec-troménagers, nulle part; la place aurait manqué pour les caser, même un modèle réduit de réfrigérateur n'aurait pu s'y loger. Où grand-mère stockait-elle ses denrées? Se rendait-elle tous les jours en ville pour y faire ses courses?

Loreleï retourna près de la porte d'entrée en appelant une nouvelle fois. Le rideau jaune près de l'entrée coulissa sur sa tringle. Derrière, elle découvrit un salon chichement meublé d'un buffet asiatique et d'une table basse entourée de nattes aux bords finement brodés. Ici, point de téléviseur ou de chaîne hi-fi, pas le moindre téléphone, et encore moins d'ordinateur ou de console de jeux vidéo; seulement une pièce, presque vide, dans laquelle les murs affichaient leur blanche nudité.

Elle gagna l'escalier. L'inquiétude commençait à l'emporter sur la déception car elle n'obtenait toujours pas de réponse à ses appels. Arrivée en haut des marches, elle découvrit un palier desservant un cagibi vide et deux chambres au mobilier réduit au plus strict nécessaire : chacune renfermait un lit futon, une armoire basse, une commode, ainsi qu'un petit bureau. Étrangement, seule la chambre de droite avait une chaise. Les murs, quant à eux, étaient dépouillés de tout élément décoratif.

Et toujours aucune preuve de la présence de grand-mère Hao.

Dépitée, elle redescendit mollement les marches, ouvrit la porte d'entrée et se perdit dans la contemplation de la bordée de nuages qui voilaient la lune. L'astre semblait pleurer les larmes que Loreleï, lèvres pincées, empêchait de couler ; une pluie fine et continue, au goût amer.

Avoir fait tout ce chemin pour se retrouver dans une maison vide, à plus d'un millier de miles de chez elle…

À cette heure-ci, sa mère devait être morte d'inquiétude. Son père, que la police avait dû alerter, survolait probablement l'océan dans l'autre sens, comme passager cette fois-ci. Imaginer leur fille esseulée dans la jungle urbaine, alors qu'elle ne sortait presque jamais de chez elle, et en tout cas toujours accompagnée, était une torture qu'ils subissaient par sa faute. Et si les forces de l'ordre les avaient prévenus que son bus était tombé dans un traquenard, où de surcroît des hommes avaient péri, alors Martha et Damian devaient être désespérés.

Ils ne savent rien pour l'attaque, essaya-t-elle d'argumenter pour se rassurer. *Le policier hébété a téléphoné à ses collègues. Il a répété ce que Shane lui a soufflé : qu'il m'avait identifiée au départ de New York, que je n'avais pas pris ce bus.*

Malheureusement, l'officier avait aussi ajouté qu'elle était partie en faisant de l'auto-stop. Elle se mit à la place de ses parents et songea au carcan d'angoisse dans lequel ils étaient emprisonnés. Un inconnu avait pu la kidnapper, la blesser, voire pire : la tuer.

Un chapelet de remords se déversa sur Loreleï.

Elle n'avait pas le droit de leur faire endurer pareille épreuve. Sa fugue était un acte réfléchi, elle savait qu'ils en souffriraient. Mais les laisser sans nouvelles était une injure à l'amour que ses parents lui portaient. Il fallait qu'elle les rassure.

Elle s'engouffra dans la maison, courut d'une pièce à l'autre, au rez-de-chaussée puis à l'étage, à la recherche d'un téléphone. Arrivée en haut, elle se souvint qu'elle n'en avait pas vu lors de sa visite et redescendit.

Les marches d'escalier défilèrent sous ses pas. Soudain, son sang se glaça dans ses veines. La porte d'entrée bâillait en grand alors qu'elle l'avait laissée à peine entrouverte. Et le parquet était mouillé. Quelqu'un était entré. Face à elle, le rideau jaune barrait de nouveau l'accès au salon.

Elle tendit la main vers le tissu puis se ravisa. Si un rôdeur était derrière, il ne l'avait peut-être pas entendue, ses chaussons ayant amorti le bruit de ses déplacements sur le bois de l'escalier et du parquet.

Il était encore temps de fuir, de courir jusqu'à la maison la plus proche, d'y trouver de l'aide.

Loreleï retint son souffle.

Ses pieds se posèrent lentement, pointe la première, le talon effleurant les lattes usées par d'innombrables allées et venues.

Il n'y a rien à voler dans le salon. Un voleur en serait déjà sorti pour fouiller ailleurs.

L'espoir bouscula la peur.

– Grand-mère ? C'est vous ?

– Non, elle n'est pas là ! répondit une voix d'homme depuis le salon.

Elle connaissait cette intonation, mélange de douceur et d'arrogance.

– Shane ? s'étonna-t-elle en écartant le tissu.

Son bonnet enfoncé jusqu'sur les sourcils, le garçon aux yeux d'or se tenait face à elle, assis sur la table basse. Son éternel sourire en bandoulière, Shane avait pris une pose nonchalante, comme si sa présence n'avait rien d'anormal.

– Tu te déplaces avec la grâce d'un chat, la félicita-t-il.

– Qu'est-ce que tu fais là, comment m'as-tu retrouvée ? lâcha-t-elle, stupéfaite, en gardant ses distances.

Shane traça un signe évasif dans les airs, puis plongea sa main à l'intérieur de sa veste kaki pour en sortir un paquet de cigarettes. Il en extirpa une, à l'étrange forme conique, qu'il porta à ses lèvres avant qu'une allumette apparaisse, entre ses doigts, surgie de nulle part.

– Lequel est venu te chercher ? lança-t-il, en enflammant l'allumette au talon de sa ranger.

– Qu'est-ce que tu racontes, de qui parles-tu ?

– Tu sais très bien de qui je parle, petite fille. Je veux juste savoir son nom.

Elle recula d'un pas. Le ton qu'avait employé Shane, s'il gardait toujours une sorte de détachement, laissait filtrer aussi des bribes d'agacement. Il se pencha en arrière, bras tendus, en appui sur la table, tête renversée, et exhala des volutes d'une fumée grise, épaisse. Chacune esquissa des formes incertaines, évoquant des nuages qui s'enroulaient sur eux-mêmes. Puis les formes devinrent profils de visages.

Loreleï fut parcourue d'un frisson.

Parmi les quatre premières silhouettes, l'une était celle d'une femme aux cheveux longs. Les trois autres avaient les traits doux, tout en rondeurs, d'hommes à l'aspect jovial. La cinquième silhouette s'assombrit jusqu'à devenir noire comme la nuit, répondant au mystère de l'incroyable ressemblance avec celui qui avait sauvé Loreleï après la rixe dans le bus.

Gabriel…

La jeune fille garda le silence, observant les huit autres profils dessinés par la fumée. Treize en tout, dont seulement quatre de femmes. Gabriel Granache avait parlé de quatorze Messagers qui avaient parcouru le monde à travers les âges pour trouver les Élus et les conduire dans le monde de Siàm.

– Tu es le quatorzième, n'est-ce pas ? osa-t-elle demander à Shane.

Il se redressa. Elle recula encore d'un pas.

– Dis-moi son nom, petite fille, dit-il avec un calme feint. J'ai besoin de savoir à quel camp il appartient, et si je vais devoir l'affronter.

Le camp… Celui du Bien ou celui du Mal, lui avait expliqué Gabriel. Elle ne doutait pas que son sauveur appartenait au premier, mais n'avait pas la moindre certitude concernant Shane, même si sa conscience lui soufflait qu'il faisait partie du deuxième.

Elle se posta près de la porte, prête à fuir, avec l'infime espoir qu'elle atteindrait une maison voisine avant que le garçon ne la rattrape.

– Je ne sais pas comment il s'appelle. Il ne m'a pas dit son nom.

Et elle s'élança dans la nuit, oubliant la pierre qui pendait à son cou, oubliant la fragilité de son cœur incapable de résister à l'effort exceptionnel qu'elle s'apprêtait à fournir. Oubliant même son sac à dos au bas de l'escalier. Oubliant tout, sauf l'image du démon de son récent cauchemar. Un démon à la peau de braise, haut comme un immeuble, aux cornes affûtées comme des lances de guerre, aux griffes plus tranchantes que des lames de sabre, et aux yeux couleur d'or…

Le crachin s'était transformé en pluie diluvienne. Des pointes aqueuses s'abattirent sur Loreleï, cinglèrent la peau de ses mains et de son visage. Elle ne s'accorda pas le temps de fermer son ciré et ses vêtements absorbèrent les gouttes froides. Les dalles du jardin étaient autant de pièges glissants, prêts à la jeter au sol. La dernière faillit lui être fatale lorsqu'elle voulut bifurquer sur la gauche. Elle dérapa, perdit l'équilibre puis chuta sur le côté, glissant à moins d'un mètre de la route tandis qu'une camionnette arrivait à vive allure. Un flot propulsé du caniveau la submergea. Ses poumons se remplirent d'un liquide à la saveur de goudron.

Un haut-le-cœur empoigna son estomac. Elle vomit l'acidité absorbée peu avant. Le souffle court et le bord des yeux en feu, elle se releva. Des pics de douleur se logèrent dans le poignet qui avait amorti sa chute.

Un rapide coup d'œil vers la maison lui apprit que Shane n'avait pas encore réagi. Quand son regard se détourna vers une lueur brouillée par la pluie, une lueur qui s'échappait de la fenêtre d'une maison au toit haut, Loreleï discerna trois ombres mouvantes. Elles approchaient, s'étirant à chaque pas, comme si elles subissaient en accéléré la croissance de l'enfance à l'âge adulte.

Trois hommes, épaule contre épaule.

– Aidez-moi ! supplia-t-elle en crachant quelques gouttes aigres dont le goût écœurant se fixa sur ses papilles.

Elle devina le crâne lisse et la barbe qui mangeait les joues de celui de droite. Elle devina les cheveux longs de celui de gauche. Et comprit que celui du milieu, même s'il était pourvu d'un système capillaire différent, avait des yeux d'une couleur identique à celle des deux autres.

Les chauffeurs du bus ! Les frères assassins ! songea-t-elle, sur le point de défaillir.

Pendant une poussière de seconde, la vision de la monture à trois têtes, chevauchée par le démon, évinça celle des trois hommes. Puis six billes projetèrent leur halo violet dans l'obscurité. L'instant suivant, chacune des trois mâchoires s'abaissant de concert, la vision d'horreur s'accrut : l'éclat jaunâtre de leurs dents, toutes des canines, accompagna le rire de hyène qui s'échappa de la gorge des triplés.

Les trois fous furieux voulaient la tuer, comme ils avaient tué les policiers et certainement les autres innocents du bus.

– Reviens! hurla Shane depuis l'encadrement de la porte. Je te jure qu'ici tu ne crains rien!

Elle ne pouvait plus bouger, ses pieds étaient rivés au trottoir, prisonniers d'une gangue de plomb.

À travers son sweat détrempé, ses doigts se crispèrent sur le soleil de Siàm. Elle allait mourir, malgré l'aura protectrice qui l'enveloppait. Mourir, sans avoir revu grand-mère ni rencontré son amie Kate.

Au moment où les triplés tendirent leurs doigts vers elle, prêts à l'agripper, à lui déchirer les chairs, Loreleï sentit qu'on la ceinturait pour soulever ses trente-sept kilos aussi facilement qu'une boîte de sucre.

Elle se retrouva allongée entre les bras de Shane. Du dos de celui-ci dépassait une masse compacte de plumes blanches. Elle sentit une poussée depuis la terre vers le ciel et tous deux firent un bond phénoménal qui les transporta jusqu'à l'entrée de la maison.

Comme bloqué devant le pas de la porte, le garçon la déposa délicatement à l'intérieur sans entrer. Son immense paire d'ailes blanches déployées lui en interdisait l'accès.

Un ange...

– Ferme la porte, petite fille. Il ne peut rien t'arriver tant que tu resteras dedans, tu m'as compris?

Elle hocha la tête, impressionnée, incapable de prononcer un mot, croyant à peine ce qu'elle voyait.

Les ailes se rétractèrent avant de disparaître derrière lui tandis qu'il grimaçait de souffrance.

Au bout de l'allée, les trois silhouettes lugubres apparurent dans la lumière orangée des lampions, à moins de dix pas de Shane.

– Quoi qu'il arrive, quoi que tu entendes, n'ouvre surtout pas cette porte, d'accord?

Un autre timide mouvement de tête plus tard et les mots toujours bloqués dans sa gorge, elle posa sa main sur la poignée.

– Maintenant ! ordonna Shane en plongeant ses yeux dorés dans la clarté verte de ceux de Loreleï.

Elle claqua la porte, fit faire deux tours au verrou, et n'eut plus que le silence pour compagnon.

Un compagnon qui s'évanouit quand une salve de hurlements retentit au dehors.

14

Abritée par des cloisons qui lui semblaient bien trop fines pour résister au déferlement de violence qu'elle percevait à l'extérieur de la maison, Loreleï tremblait de tous ses membres.

Des coups, des cris, des bruits de chute et de corps traînés sur le sol lui parvenaient. Elle n'aurait su dire qui de Shane ou des triplés prenait le dessus ; impossible d'identifier les voix, déformées par l'effort et la souffrance.

Un choc fit vibrer la porte sur ses gonds, Loreleï bondit en arrière. Quelqu'un ou quelque chose venait de se fracasser dessus. Peu après, elle entendit un frottement contre le bois, comme si un animal au poil rêche s'en servait pour se gratter. L'impression qu'elle avait affaire à une bête devint certitude lorsqu'un reniflement longea le faible espace ouvert entre le bas de la porte et le parquet. L'être vivant qui se tenait derrière avait décelé l'odeur de sa proie. Il humait sa présence, toute proche. La jeune fille comprit qu'il se délectait d'avance du festin qui l'attendait quand le frottement reprit, accompagné du son râpeux d'une langue.

Il léchait la porte. C'était répugnant.

La poignée tourna par saccades brèves et nerveuses tandis que, au loin, les échos de l'affrontement s'estompèrent avant de disparaître complètement.

– Ouvre-moi…, supplia une voix de femme qu'elle crut reconnaître.

Grand-mère Hao ?

La poignée cessa de bouger.

– Laisse-moi entrer… Il pleut… J'ai froid… Ouvre…

– Grand-mère? demanda timidement Loreleï en s'approchant de la porte.

– Ne me laisse pas… Pas avec eux… Ils vont me faire mal…

L'ampoule suspendue au plafond se mit à perdre de son intensité. La pâle lueur qu'elle diffusait disparut par intermittence; des coupures rapides puis de plus en plus rapprochées; un effet stroboscopique qui découpa le mouvement du bras de Loreleï lorsqu'elle le tendit pour ouvrir la porte.

Ses doigts flottèrent à portée du verrou. La voix ressemblait fort à celle qu'elle avait entendue à l'hôpital, quand Hao était venue lui rendre visite. Mais il y avait de légères différences. Une façon geignarde, traînante aussi, de poser les mots, de les chuchoter, que grand-mère n'avait pas auparavant. La peur ne pouvait être la cause de cette modification. Quelqu'un tentait de se faire passer pour la vieille dame, de l'imiter pour parvenir à ses fins : entrer dans la maison.

– Vite, ma puce! Ils approchent!

Ma puce. Grand-mère m'appelait comme ça, je m'en souviens.

Loreleï se demanda si elle ne s'était pas trompée. Si Grand-mère était blessée, la douleur ou simplement la proximité du danger avait peut-être altéré sa façon de parler.

Le verrou tourna une première fois entre ses doigts.

– C'est bien… Tourne-le encore… Dépêche-toi… Ils veulent me tuer…

L'ampoule cessa de clignoter, nimbant les contours de Loreleï d'un mince voile lumineux. L'arrêt brutal de l'effet stroboscopique, la faiblesse de l'éclairage et par-dessus tout la fin de l'agitation du dehors apaisèrent la jeune fille.

Elle songea aux dernières paroles de Shane. Il l'avait mise en garde, lui avait intimé l'ordre de n'ouvrir à personne, quoi qu'il arrive et surtout, quoi qu'elle entende.

C'est peut-être elle. Mais comment en être certaine, comment le vérifier?

À peine eut-elle formulé la question dans son esprit qu'elle sut comment s'y prendre.

– Quel est le premier métier qu'a exercé grand-père à New York? lâcha-t-elle d'une traite, l'oreille plaquée contre la porte.

Le souffle du vent en réponse…

Puis un coup, inattendu, violent, porté contre le bois, la propulsa sur l'escalier. Elle se retint à la rampe, à deux doigts de s'affaler dos contre les marches tandis qu'un bourdonnement s'emparait de son tympan, se prolongeant en un sifflement aigu.

– Ouvre-moi, sale peste! claqua la voix, devenue subitement grave et haineuse.

Une avalanche de chocs s'abattit sur la porte, la faisant vibrer sur ses gonds, au risque de la briser d'une seconde à l'autre.

Fuir.

Loreleï devait fuir cet endroit maudit avant de subir le sort des passagers du bus, prisonniers de la tôle, comme elle-même l'était entre les murs de cette maison.

Son sac à dos passé sur l'épaule, elle se précipita vers la cuisine, où elle avait vu une fenêtre au-dessus de l'évier. D'un mouvement sec, elle écarta le rideau puis entra.

Derrière la vitre, dans la pénombre de la nuit, deux yeux violets étaient braqués sur elle. Elle discerna un crâne chauve et une longue barbe. Les triplés bloquaient tous les accès, Loreleï était perdue!

L'homme au visage déformé par la haine se jeta en avant, s'écrasa sur le carreau, gueule ouverte. La fenêtre encaissa le choc sans se briser. Un vrai miracle. Des ongles raclèrent la surface lisse du verre. Leur crissement tétanisa Loreleï. Le barbu recula, s'enfonçant dans l'obscurité. Puis il ressurgit, plus vif encore. Sa face de tueur s'aplatit sur la vitre, ses traits s'allongèrent démesurément. Il lécha le carreau et sa langue laissa une traînée de bave verdâtre, écœurante.

Terrifiée, Loreleï courut vers l'entrée.

La bête sauvage continuait de heurter la porte. Des coups puissants, certainement donnés avec la tête. Le bois ne tarderait plus à exploser sous la violence des assauts. Les échardes, comme autant de projectiles tranchants, transperceraient l'espace et tout ce qu'il contenait. Alors ce serait la fin.

Loreleï grimpa à l'étage aussi vite que ses courtes jambes le lui permirent. Arrivée sur le palier, elle sut que la maison deviendrait son tombeau. Elle n'avait aucune possibilité de s'échapper autrement qu'en sautant par une fenêtre. Une perspective tout aussi dangereuse que de se retrouver face à un des triplés.

Pour gagner du temps, avec l'espoir qu'un voisin entendrait le raffut de celui qui s'acharnait sur la porte, elle s'engouffra dans le cagibi. Un tour de verrou puis elle recula jusqu'à ce que son dos rencontre la résistance d'un mur. Perdue dans l'obscurité, elle glissa sur le sol, se tassa sur elle-même, comme un lapereau pris au piège, attendant la clémence de son chasseur.

S'ils avaient voulu me tuer, je serais déjà morte. Ils auraient pu me tuer, ils auraient pu me tuer, se répéta-t-elle en boucle.

Peu à peu, ce leitmotiv monta en puissance dans son esprit, occultant tout le reste, hormis la terreur. Loreleï mobilisa toute sa force de caractère pour ne pas sombrer dans la démence. Elle finit pourtant par hurler :

– Vous auriez pu me tuer dans le bus ! Vous pouviez le faire ! Alors pourquoi ? Pourquoi maintenant ?

Le silence revint aussitôt.

Le souffle rapide de sa respiration le brisa. Surgit une pointe de douleur qui se ficha dans sa poitrine. La peur, cumulée aux efforts, avait affolé son cœur. Il battait trop vite, trop fort. Elle crispa ses doigts sur son sweat et sentit le soleil de Siàm au travers. Si le joyau ne faisait plus effet, Loreleï allait-elle mourir d'une crise cardiaque, comme Gabriel l'avait suggéré ? Peut-être même que les triplés, dont elle ne doutait plus qu'ils n'avaient d'humain que l'apparence, avaient décelé la défaillance du pouvoir de la pierre. Ils souhaitaient la mort de la jeune fille et n'auraient même pas à agir pour la précipiter.

Leur seule présence aura suffi à la tuer.

Et Shane, l'ange ailé aux yeux d'or, au sourire si engageant, à la beauté si parfaite, quel rôle tenait-il dans cet assassinat programmé ? Était-il simplement apparu pour l'emporter dans l'au-delà ?

À bord du pick-up de Gabriel, elle avait songé que le garçon n'était pas quelqu'un de bien, qu'il portait un masque de bonté. Pourtant Shane l'avait aidée, y compris lors de l'attaque du bus. D'ailleurs, à ce moment-là, elle était persuadée qu'il connaissait les triplés, qu'ils formaient une équipe, une horde barbare, démentielle. Mais après sa récente intervention, dehors, quand il l'avait tirée des griffes des hommes aux yeux violets, elle avait compris qu'il avait ceinturé l'officier de police uniquement pour qu'elle puisse s'enfuir. Contrairement aux trois autres, il n'avait brutalisé aucun des membres de la police. Et puis, il y avait eu ces ailes immenses et blanches, dans son dos, qui avaient prouvé à Loreleï qu'elle s'était fourvoyée sur le compte du garçon. Un ange combat le Mal, ne s'autorise jamais à en faire.

Elle s'inquiéta pour lui : Shane n'avait pas vaincu ses adversaires dans le jardin. Alors que lui était-il arrivé ? Avait-il pris la fuite ou l'avait-on terrassé ?

Un ange peut-il mourir ?

Les battements de son cœur s'étaient assagis. La douleur avait reflué et la peur s'était légèrement dissipée. Assez pour que Loreleï se relève et trouve à tâtons la poignée du cagibi. Elle la déverrouilla, la tourna avec précaution, puis décocha des regards alentour. La lune brillait à travers une lucarne. Il ne pleuvait plus, mais le vent bousculait des amas nuageux.

Du haut de l'escalier, elle vit que l'ampoule de l'entrée avait retrouvé sa vigueur. Elle appuya sur l'interrupteur. Deux appliques en forme de dragons, fixées au mur, illuminèrent les marches qu'elle descendit une à une, posant délicatement ses pieds sur les lattes jusqu'à atteindre la dernière.

La porte ne vibrait plus sous les assauts de la créature. La furieuse agitation s'était éteinte.

Loreleï osa s'aventurer d'une pièce à une autre, usant de son courage pour risquer un œil à chaque fenêtre. Le calme régnait à l'intérieur ainsi qu'aux abords de la maison.

Les triplés étaient partis.

Elle lissa ses cheveux du plat de la main puis expira le trop-plein d'air accumulé, retenu dans ses poumons par la peur. Le doux rêve d'aventures s'était métamorphosé en périple cauchemardesque. Les événements surnaturels s'enchaînaient, les tragédies aussi. Chaque situation était dictée par des forces qu'elle percevait, sans parvenir à déterminer leur but. Et subir sans comprendre était fortement désagréable. Car tout ce qu'elle avait vécu depuis la veille au soir représentait une fresque incompréhensible, où Shane et Gabriel apparaissaient au premier plan, suivis des triplés et de grand-mère Hao, avec, en toile de fond, Loreleï et sa terreur.

L'épuisement l'empêchait de situer, d'ordonner puis d'analyser le rôle de chacun dans cette fresque, à commencer par celui qu'elle jouait malgré elle.

Loreleï remonta à l'étage, soulevant les pieds comme s'ils étaient arrimés à des boulets de plomb. Dans la chambre à droite du palier, son sac à dos atterrit près du lit et son ciré dessus. Une plume noire se découpa sur le jaune du vêtement. Loreleï la saisit du bout des doigts, lissa les barbes et constata qu'elle mesurait plus de vingt centimètres de long pour environ six de large.

Elle retira ses chaussons, s'effondra sur les draps et se perdit dans la contemplation de la plume. Comment était-elle arrivée là ? À quel moment ? Shane avait déployé des ailes à la blancheur immaculée. Alors, à qui appartenait cette plume sombre comme une nuit sans lune ?

Elle tenta de combattre la fatigue pour répondre à ces questions.

Elle se les posait encore lorsque ses paupières se fermèrent.

Quelques secondes moururent avant que le sommeil ne dévore la conscience de Loreleï.

15

Quelqu'un braquait une lampe torche sur son visage.

La petite Eurasienne sursauta dans le lit. Un bras devant ses yeux pour s'abriter de l'agression lumineuse, elle roula sur le côté et tomba. Une chute rapide et indolore ; le matelas était presque au ras du sol.

Elle se redressa, en appui sur un coude. Ce qu'elle avait pris pour une lampe torche n'était que les rayons du soleil. Ils traversaient la chambre depuis la fenêtre située au-dessus du bureau. La nuit avait accompli son cycle sans que la jeune fille ne s'en rende compte, sans qu'aucun mauvais rêve ne perturbe son sommeil malgré les événements de la soirée.

Une fois debout, elle se dirigea vers l'éblouissante lumière qui irradiait une douce chaleur. Dans le lointain, la vaste étendue d'eau sur laquelle les rayons de l'astre se reflétaient devait être celle qu'ils avaient longée avec Gabriel, à bord du pick-up, la veille au soir. Des arbres la bordaient, remparts de verdure entre l'onde et une route où quelques véhicules circulaient à faible allure. Un terrain vague s'étalait jusqu'au petit jardin en contrebas de la chambre. L'absence de clôture entre le champ et le jardin rendait ce dernier beaucoup plus grand qu'il ne l'était réellement. Seules les bordures de son gazon délimitaient la frontière avec l'immense étendue végétale abandonnée.

Loreleï étira le cou et distingua le toit d'une balancelle accolée au mur de la maison. Décidée à sortir, elle enfila ses chaussons, son ciré et passa le sac à dos sur son épaule. Un rapide coup d'œil dans la chambre attenante lui apprit que personne n'y avait dormi ; les draps n'avaient pas été défaits.

Une fois les marches descendues, elle se força à ignorer la porte d'entrée – source de peurs encore trop présentes dans son esprit – et se pressa d'atteindre la cuisine. Lorsqu'elle entra dans le réduit inondé de soleil, son estomac lui rappela qu'elle n'avait rien avalé depuis la veille au matin, dans le bus, quand Shane avait déposé quelques denrées sur son siège.

Tandis qu'elle ouvrait les placards, en quête de nourriture, ses pensées dérivèrent sur l'océan de ses proches souvenirs : Shane, Gabriel, les triplés et tout ce qui avait gravité autour d'eux – la course à moto, les gens à la gare, éberlués comme le policier de Cleveland, l'attaque du bus et ses victimes, la route en pick-up et la folie du géant qui s'était jeté sous les roues de sa voiture, le garçon qui avait réussi à la retrouver dans cette maison isolée ainsi que les trois frères, les ailes blanches, le combat et la plume noire ; tout cela était-il réel ? Elle commençait à en douter lorsqu'elle mit la main sur un pot de beurre de cacahuètes. Instantanément, tout son être se concentra. Sans perdre de temps à dégoter une cuillère, elle plongea ses doigts dans la pâte onctueuse et les porta à sa bouche. Très vite, de presque plein, le pot se retrouva complètement vide. La soif apparut sans attendre. Loreleï se pencha sur l'évier et s'abreuva directement au robinet. L'eau avait un léger arrière-goût de cannelle, pas désagréable.

Le bas du visage trempé, elle releva la tête. Un mouvement au-dehors attira son attention. Les barres de maintien de la balancelle remuaient. Trop petite pour distinguer si le vent était responsable de ces oscillations, elle grimpa sur l'évier, se redressa lentement, et vit une paire de jambes, aux pieds chaussés de ballerines rouges, qui se tendaient par intermittence sur le devant. Le dossier, haut et abrité par une couverture matelassée, masquait le reste du corps. Elle se prit à espérer qu'il s'agisse de grand-mère Hao, mais se retint néanmoins de frapper au carreau. Avant de se montrer, mieux valait avoir la certitude que c'était bien elle qui se balançait.

Loreleï fila vers l'entrée, actionna le verrou, et s'engagea sous le perron. À la lumière du jour, le paysage alentour semblait différent. La route était à l'écart de la maison, le trottoir plus large, et les dalles dans l'allée plus nombreuses. Le jardin lui-même paraissait plus grand, comme s'il avait doublé de taille durant la nuit. Les maisons voisines étaient nettement moins éloignées qu'il y paraissait dans la pénombre. Étrange tout de même que personne n'ait entendu le vacarme du combat entre Shane et les triplés. Soit les gens s'étaient déjà endormis, soit ils avaient fait la sourde oreille, évitant ainsi de se trouver mêlés à des problèmes qui ne les concernaient pas.

Elle longea le côté de la maison, avant de se pencher à l'angle du mur, ne laissant dépasser que le haut de son visage.

On l'appela depuis la balancelle :

– Bonjour ma puce. Tu as bien dormi ?

Toujours méfiante – le souvenir de la créature imitant la voix de sa grand-mère était bien ancrée dans sa mémoire – Loreleï s'approcha prudemment. La vieille dame regardait, droit devant elle, le champ et l'étendue d'eau. Elle lissait machinalement le bas de sa tunique rouge à bordure noire, tandis que ses courtes jambes donnaient l'impulsion nécessaire pour obtenir un léger mouvement de balancier.

– Grand-mère ? C'est vous ? s'inquiéta Loreleï, doutant de celle qu'elle avait pourtant reconnue.

– Viens t'asseoir près de moi, répondit la vieille dame en tapotant la couverture matelassée. Nous avons des tas de choses à nous dire.

La jeune fille s'installa, son regard rivé sur le profil de sa grand-mère. Celle-ci affichait un air serein mais plutôt distant, comme si la présence de sa descendante lui semblait normale, comme si elle l'avait toujours vue auprès d'elle. Loreleï s'attendait à une réaction plus démonstrative. Elle aurait aimé qu'elle la serre dans ses bras, ou au moins qu'elle lui dépose un baiser sur la joue. Mais la vieille dame resta de marbre.

– Vous n'êtes pas contente de me voir ? s'étonna Loreleï, exprimant clairement sa déception.

– Si, bien sûr, la rassura Hao en posant sa main sur la sienne. Mais je suis inquiète. Et j'ai tellement à t'apprendre, à t'expliquer, que je ne sais trop par où commencer.

– Vous pourriez déjà me dire pourquoi vous ne dormez pas dans cette maison.

Loreleï sentit les doigts de sa grand-mère presser sa main.

– Malgré les apparences, cet endroit est le seul où tu es en sécurité. Tant que tu resteras à l'intérieur, il ne peut rien t'arriver. Personne ne pourra t'atteindre. Désormais, cette maison est la tienne.

– Et vous ?

– Moi, je vis en centre-ville, là où j'ai ouvert mon cabinet de voyance.

– Je me sens perdue, toute seule, ici. Et j'ai peur.

– Je sais mon enfant. Mais il ne peut en aller autrement. Tu dois t'endurcir car, très bientôt, il te faudra surmonter de nouvelles épreuves qui te demanderont courage et persévérance. Et tu seras presque toujours toute seule pour les affronter. Je suis vraiment désolée de ne pouvoir t'en dire plus, mais crois-moi, mes silences sont nécessaires. Si je te dévoilais ton avenir, tes décisions risqueraient d'être différentes et te mettraient en danger.

Loreleï avait perçu l'inquiétude dans la voix de sa grand-mère. Elle ne doutait pas qu'en se taisant, son aïeule agissait pour son bien.

– Est-ce que je peux au moins vous demander ce que vous savez des Messagers dont Shane et Gabriel font partie ?

Hao inspira profondément puis se lança. Ses premières paroles n'apportèrent rien de nouveau à sa petite-fille. Les Messagers erraient sur Terre. Leur but était de trouver des Élus prêts à servir leur cause, que ce soit ici ou dans le monde de Siàm. Des Élus peu nombreux, qui avaient presque tous trouvé la mort ou étaient devenus fous. Les rares à s'en être sortis indemnes avaient choisi le camp du Mal.

La suite des explications s'avéra plus instructive :

– Le souci, ma puce, c'est que tout ce qui touche au monde de Siàm se répercute dans le nôtre, le bon comme le mauvais. Là-bas, le Mal est devenu puissant, vraiment très puissant. Il suffirait qu'un seul Élu bascule dans le camp du Mal pour que le désordre règne. Si cela devait arriver, ce serait l'enfer dans le monde de Siàm, mais aussi sur notre bonne vieille Terre. Des légions de démons déferleraient, tuant, pillant sans vergogne, semant le chaos sur leur passage, pour finalement prendre le pouvoir absolu et se nourrir des souffrances des êtres pensants qui auraient survécu au carnage.

L'horreur de hordes démoniaques, mettant le monde à feu et à sang, déclencha un violent frisson dans le corps Loreleï. Elle comprenait mieux la distance que lui imposait grand-mère et son manque de gestes tendres. La terrible tragédie que la vieille dame entrevoyait accaparait ses pensées.

– Et quel est mon rôle dans tout ça ? questionna Loreleï, qui se doutait de la réponse.

Hao parut soudain plus âgée. Ses épaules s'affaissèrent. Elle marqua une longue pause avant de répondre :

– Tu es l'Élue. Certainement la dernière, mais aussi la plus puissante qui ait jamais vécu.

Loreleï accusa le coup. Comment pouvait-elle être ce que grand-mère prétendait alors qu'elle était si insignifiante, si fragile ? Certes, Gabriel lui avait expliqué que plus un Élu était faible sur la Terre, plus il serait fort dans le monde de Siàm. Mais de là à faire d'elle une sorte de super-Élue, il y avait un fossé que sa raison se refusait à franchir.

– Ton âme est pure, mais elle est jeune et donc malléable. Elle peut encore verser d'un côté comme de l'autre, donc tu intéresses les deux camps. De plus, ta santé est terriblement défaillante. Sans le soleil de Siàm, tu serais déjà… morte.

Hao baissa tristement la tête, avant de poursuivre :

– Ceux qui passent dans le monde de Siàm ont une robustesse inversement proportionnelle à la force qu'ils ont ici.

– Gabriel me l'a expliqué.

– Ce qu'il ne t'a pas dit, c'est que jamais aucun Élu n'est parti vers Siàm avec un corps aussi faible que le tien. Et comme le Mal a pris le dessus, si tu bascules dans son camp, alors il atteindra son apogée en un rien de temps et déferlera sur les deux mondes.

– Mais je ne veux pas aller dans le monde de Siàm ! Toute cette histoire ne m'intéresse pas ! Je voulais juste te connaître et rencontrer Kate, mon amie, et rien d'autre !

– Ce choix ne t'appartient pas, ma puce. Que tu le veuilles ou non, tu devras t'y rendre. Le camp que tu rejoindras connaîtra la victoire.

Loreleï aurait voulu hurler que, même si on la ligotait pour la forcer à passer dans le monde de Siàm, jamais elle ne rallierait la cause du Mal. Pourquoi le ferait-elle ? Rien ne pourrait l'y contraindre. Rien ni personne !

Elle ne se sentait ni l'envie ni le courage d'affronter l'inconnu. Cet avenir qu'on lui prédisait l'effrayait. Qui était-elle pour que la Terre entière et ce monde dont elle ignorait tout dépendent d'elle ?

– Et si je refuse d'y aller, que se passera-t-il ?

– Je te l'ai dit : même si tu ne le souhaites pas, tu iras dans le monde de Siàm. Les Messagers se chargeront de t'y emmener, d'une manière ou d'une autre. Autant que ce soit toi qui décides du moment où tu t'y rendras.

– Alors je ne suis qu'une marionnette ?

– Non, tu es l'espoir, l'avenir, celle qui peut nous sauver.

– Ou vous détruire, ajouta Loreleï dans un souffle.

– Seulement si tu choisis le mauvais camp.

Les paroles de grand-mère étaient terribles. Elles induisaient des actes que la jeune Eurasienne n'arrivait pas à imaginer, pas plus que leurs conséquences, qu'elle percevait, mais sans vraiment les visualiser. Si le Mal triomphait, y aurait-il davantage de guerres ? Les catastrophes naturelles seraient-elles plus nombreuses, plus dévastatrices ? Les maladies seraient-elles plus graves, les gens plus pauvres ?

— Pourquoi est-ce que je choisirais le mauvais camp ? Quel intérêt aurais-je à rallier le camp des méchants ? demanda-t-elle sévèrement.

— Tandis que le Bien te laissera dans l'ombre, que tes actions ne seront connues de personne, le Mal te fera toujours miroiter le pouvoir, la richesse, la célébrité.

— Mais je me moque de tout ça ! Je n'en veux pas ! Mon seul désir est de vivre une vie normale, d'aller au collège, d'avoir des amies, une famille. Je n'irai pas dans le monde de Siàm, qu'un autre prenne ma place ! décréta-t-elle enfin, sûre de sa décision.

— Personne ne peut te remplacer, ma puce. Je le sais, les Messagers le savent, et tu es déjà attendue là-bas. À toi de décider quand tu t'y rendras. Malheureusement, c'est le seul choix qu'il te reste.

Loreleï avait le tournis. Sa vie, son avenir, ne lui appartenaient pas. Ils dépendaient de gens dont elle ignorait les codes, les modes de pensée, et les pouvoirs. Car il ne faisait aucun doute que ces êtres détenaient des pouvoirs. Shane et Gabriel lui en avaient apporté la preuve. Le premier semblait réussir à hypnotiser des inconnus d'un seul regard. Le second avait survécu aux deux tonnes du pick-up qui lui avaient roulé dessus.

Shane et Gabriel.

Grand-mère devait savoir à quel camp ils appartenaient.

— Shane… J'ai vu ses ailes, est-ce un ange ? s'enquit-elle, espérant que Hao répondrait par l'affirmative.

— Je ne connais pas ce garçon. Mais Gabriel m'en a parlé. Je peux t'assurer que tous les Messagers deviennent des anges dès qu'ils franchissent les portes du monde de Siàm pour venir ici. À vrai dire, que l'on voyage dans un sens ou dans l'autre, notre apparence change. Shane, s'il est un ange sur Terre, ne l'est pas dans le monde de Siàm.

– Et... à quoi ressemble-t-il, là-bas ? voulut-elle savoir, l'image du démon de ses cauchemars imprimée dans son esprit.

– Je ne sais pas. J'ignore même la forme que revêt Gabriel quand il passe la frontière. Ici, j'ai vu ses ailes, noires et immenses.

Loreleï songea à la plume qu'elle avait trouvée sur son ciré et dont elle avait lissé les barbes. Elle remonta plus loin dans le passé et se souvint de l'accident, quand son chauffeur avait abandonné le véhicule pour se jeter sous ses roues ; du bruissement des ailes dans les arbres, au court duquel elle avait immobilisé le véhicule et qu'elle était partie à la recherche de son conducteur. Un grand oiseau de nuit s'était découpé sur le ciel nocturne. Sa taille l'avait impressionnée.

– Sont-ils immortels ?

– Je ne sais pas non plus. J'ignore beaucoup de choses. Il est certain que les Messagers ont des pouvoirs surnaturels, des pouvoirs qui sont bien plus développés dans le monde de Siàm qu'ici. Mais de là à affirmer que ces êtres sont indestructibles, il y a un pas que je n'oserais franchir.

– Shane m'a aidée à venir jusqu'à toi. Trois hommes l'accompagnaient. À part leur coupe de cheveux et leurs poils sur la figure, ils se ressemblaient beaucoup. Je suis certaine que ce sont des triplés et qu'ils sont malfaisants. Au début, j'ai cru qu'ils étaient avec lui, mais hier soir, il les a combattus. Sais-tu qui ils sont et si Shane a pu les vaincre ?

– Je n'ai pas de certitude. Je sais seulement que dans le monde de Siàm, les démons se multiplient de plus en plus vite, qu'ils étendent leur territoire et que certains franchissent la frontière pour venir jusqu'à nous. D'après Gabriel, il ne leur manque qu'un Élu pour devenir les maîtres absolus des deux mondes. Peut-être que les triplés ont cherché à te ramener avec eux, ou à... (Elle chercha le mot adéquat.) t'écarter du conflit, afin de t'empêcher d'aller vers le camp du Bien. Dans ce cas, Shane, en voulant te défendre, a prouvé qu'il n'était pas de leur côté.

Loreleï en fut rassurée. Elle avait tellement douté du garçon que l'annonce de sa grand-mère lui retira un poids énorme de la poitrine. Shane avait des allures de voyou, mais il était du bon côté des forces, et c'était le plus important. Restait à savoir s'il avait survécu au combat qui l'avait opposé aux triplés. Elle se posa à nouveau la question : un ange peut-il mourir ?

Grand-mère Hao bloqua le mouvement de la balancelle et les réflexions de sa petite-fille.

– J'ai appelé tes parents, ce matin. Ils savent que tu es avec moi.

– Et qu'ont-ils dit ? demanda-t-elle, anxieuse. Est-ce qu'ils vont bien ? Ils ne sont pas trop inquiets ? Ils sont d'accord pour que je reste ?

La vieille dame sourit devant tant de fougue.

– Je les ai rassurés et ils ont accepté que tu restes ici jusqu'à l'été prochain. Peut-être viendront-ils te rendre visite, mais pas ensemble.

Le divorce, voilà pourquoi ils comptaient venir séparément. Malgré cette ombre au tableau, Loreleï n'en croyait pas ses oreilles. Ses parents avaient accepté. Elle se demanda ce que grand-mère leur avait raconté pour qu'ils ne se précipitent pas à Knoxville. Trop heureuse de la liberté qu'ils lui accordaient, elle se contenta de se pencher vers Hao et de l'enlacer.

– Deux mois, ma puce. Nous avons deux mois pour apprendre à mieux nous connaître, dit-elle en lui déposant un baiser sur le front.

Loreleï se pressa un peu plus contre elle. Une douce odeur de rose chatouilla ses narines. L'odeur d'une rose blanche. La même que celles qui jonchaient les prairies dans son rêve, avant que le démon et sa monture à trois têtes ne la prennent en chasse.

16

Avant de retourner à son cabinet de voyance, grand-mère Hao avait expliqué à Loreleï que la petite maison de Knoxville était une zone protégée. Un endroit ouvert aux Élus et à personne d'autre. Nul ne savait qui l'avait bâtie, ni en quelle année. Un étranger ne pouvait y pénétrer qu'à l'unique condition que l'Élu qui y résidait lui ouvre sa porte. Shane avait pu entrer parce que Loreleï ne l'avait pas refermée derrière elle. Et les triplés n'avaient espéré qu'une défaillance de sa part. Qu'elle leur ouvre et ç'en aurait été fini d'elle.

Cette maison était son domaine privé, ses murs et ses fenêtres des remparts infranchissables. Une zone interdite, inaccessible à tous, même aux Messagers.

Pour la frêle jeune fille, habituée depuis toujours à être couvée, surprotégée, l'impression de liberté était aussi nouvelle qu'enivrante. Pas de comptes à rendre à des parents perpétuellement soucieux. Elle gérait sa journée comme bon lui semblait, du lever au coucher, et mangeait un peu n'importe quand, lorsque la faim se faisait sentir. L'indépendance avait du bon. Mais pas seulement, car Loreleï commençait à tourner en rond, hésitant à sortir de la zone de sécurité.

Trois journées s'étaient déjà écoulées depuis qu'elle avait emménagé. Le premier jour, grand-mère lui avait apporté des vêtements, un nécessaire de toilette et de quoi se nourrir. Hormis les explications sur la maison, Hao avait évité d'aborder le sujet des phénomènes paranormaux. Le lendemain matin et le jour suivant, la vieille dame était passée en coup de vent pour livrer des victuailles ainsi que quelques livres. Loreleï avait dévoré *La Nuit des temps*, de René Barjavel, puis elle avait débuté la lecture d'un roman à suspense. Étrangement, ce livre l'avait endormie dès les premières pages. Elle l'avait abandonné pour se délecter du roman d'une auteure, française elle aussi, qui avait inventé un monde fabuleux, dont le titre portait le nom d'un peuple féerique : *Fedeylins*. Une histoire magnifique...

Souvent, Loreleï avait fait des pauses dans sa lecture, son esprit voyageant aux côtés de Shane, sur la moto, puis dans le bus, jusqu'à l'attaque dont elle avait parlé à grand-mère. D'après celle-ci, la presse avait tu l'événement, comme s'il n'avait jamais eu lieu. Peut-être était-ce le cas, avait fini par se dire Loreleï. Peut-être que tout cela n'avait été que suggestions. Shane l'aurait hypnotisée. Une façon de la tirer des griffes des triplés qu'il avait repérés à l'intérieur du bus, lui trouva-t-elle comme excuse.

Elle avait espéré que le garçon lui ferait signe, ne serait-ce que pour la rassurer sur son état de santé. Ses silences l'inquiétaient, son absence lui pesait, sans qu'elle sache pourquoi. Il n'était pas reparu durant ces trois jours, pas plus que Gabriel, dont grand-mère n'avait aucune nouvelle. Hao avait glissé deux mots à Loreleï au sujet du géant noir. Il semblait tantôt incroyablement intelligent, tantôt profondément niais. Impossible de savoir si ce comportement était voulu. Grand-mère pensait aussi qu'il faisait partie du camp qui défendait le Bien, mais elle n'aurait pu en jurer.

Pour tromper l'ennui grandissant, Loreleï aurait aimé avoir un ordinateur connecté à Internet pour entrer en communication virtuelle avec Kate, mais elle n'avait pas osé le demander.

Les journées s'étiraient paisiblement, de plus en plus longues. Elles lui avaient permis de récupérer de ses émotions, mais aussi de ressasser les propos de grand-mère concernant les Messagers, les Élus, et le combat grandissant entre les forces du Bien et celles du Mal. De nombreuses questions restaient néanmoins sans réponses. Comment les Messagers reconnaissaient-ils les Élus ? Par quel moyen les retrouvaient-ils ? Une fois qu'ils les avaient repérés, comment s'y prenaient-ils pour les faire basculer dans leur camp ? Et pourquoi la plupart des élus mouraient-ils ? Qu'est-ce qui les poussait à sombrer dans le Mal ou dans la folie ? Enfin, une toute dernière question la taraudait : par quel prodige Gabriel avait-il pu prévoir, le jour où il avait remis le jeu à Hao, qui n'était alors qu'une enfant, que cinquante ans plus tard, sa petite-fille serait la plus puissante des Élus ?

Trop de questions, pas assez de réponses, et toujours cette sensation pénible de ne pas tenir les rennes de son destin, l'agaçaient. Elle n'avait pas l'intention d'être perpétuellement la marionnette de forces occultes. On ne la contraindrait pas à passer la frontière entre les deux mondes, elle seule en déciderait. Mais pour l'instant, elle ne se sentait pas prête à franchir le pas, même si l'attrait de l'aventure la titillait.

Et, en cet après-midi du troisième jour, l'inaction commençait à lui peser.

Elle décida qu'il était temps de sortir de la maison, d'enfin accomplir son but premier : rencontrer Kate !

Son sac à dos sur l'épaule et le soleil de Siàm suspendu à son cou, elle fit quelques pas dans l'allée. Un couple de jeunes amoureux déambulait sur le trottoir. Ils se dirigeaient vers elle.

Loreleï ressentit le besoin de les appeler, d'entendre des interlocuteurs « normaux ».

– S'il vous plaît ! J'aimerais savoir si…

Sa phrase resta en suspens. Ils passèrent leur chemin et s'éloignèrent en riant, comme s'ils ne l'avaient pas vue, pas entendue.

Arrivant en sens inverse, un homme aux cheveux blancs leur adressa un salut. La jeune femme s'accroupit et Loreleï discerna un chien, minuscule, que le vieil homme tenait en laisse. Ils échangèrent des banalités sur les dernières pluies et les prochaines que la météo annonçait pour les jours à venir, puis ils se séparèrent. Le promeneur marcha vers elle.

– Bonjour ! lança-t-elle lorsqu'il fut à moins de deux mètres.

Le chien, un chihuahua entièrement rasé avec juste une touffe de poils fichée au sommet du crâne, effectua un demi-tour rapide, truffe en l'air, et se mit à pousser un jappement apeuré. Son maître le rassura d'un mot, mais resta indifférent à l'appel de Loreleï.

– Monsieur! récidiva-t-elle, un pied toujours dans le jardin. Pourriez-vous me dire où je pourrais trouver un bus pour Des Moines?

L'homme prit son chien dans ses bras et poursuivit sa marche en ignorant Loreleï. Était-il à moitié sourd et aveugle?

Passé une seconde de surprise, elle se lança à sa suite, le rattrapa et l'agrippa par la manche. Il se retourna et la fixa, ses yeux grands ouverts sous une masse de sourcils en broussaille.

– Excusez-moi, monsieur, je cherche l'arrêt de bus pour me rendre à Des Moines.

– D'où tu sors, toi? répliqua-t-il, le regard mauvais à présent.

– De chez moi, fit-elle en pointant la maison du doigt.

Il suivit la direction puis reposa les yeux sur elle.

– Tu habites près du lac?

Pourquoi parlait-il de l'étendue d'eau qui se trouvait à plusieurs centaines de mètres?

– Non, je vis dans la petite maison qui est là.

Cette fois-ci, elle avait légèrement abaissé son bras et esquissé, avec sa main, le contour de la demeure. Le vieil homme parut étonné.

– Je suis désolé mais ma vue n'est plus ce qu'elle était. Je ne verrais pas un camion à trois cents mètres.

– Mais… elle est là! Devant vous! À tout juste dix mètres!

Il regarda Loreleï d'un air grave, puis partit d'un rire gêné en lui tapotant la tête.

– Oui, oui, bien évidemment qu'elle est là, suis-je bête. Dis-moi, ma grande, tes parents savent que tu te promènes, toute seule, dans la rue, au lieu d'aller au collège? D'ailleurs, tu vas au collège ou dans un institut spécialisé?

Il la prenait pour une folle. Ce vieux bonhomme croyait vraiment qu'elle divaguait. En zieutant alentour, il se mit à lui caresser les cheveux, puis la joue, et elle détesta ces gestes tendancieux. Elle se dégagea brusquement et le chihuahua gronda, babines retroussées.

– Monsieur Balmore! claqua une voix depuis le trottoir opposé. Puis-je vous suggérer de remiser vos sales pattes dans vos poches avant que je m'occupe de vous?

L'homme, son chien et Loreleï se tournèrent à l'unisson.

Mains sur les hanches, cigarette aux lèvres et bonnet enfoncé jusqu'aux yeux malgré le soleil, Shane contemplait le vieillard libidineux avec un rictus qui en disait long sur ses intentions.

En le voyant ainsi, sûr de lui et surtout en bonne santé, Loreleï éprouva un profond soulagement. L'ange avait survécu à la folie des triplés. Le vieil homme, nerveux, tira sur la touffe de son chien sans même s'apercevoir qu'il lui secouait la tête et que la pauvre bête jappait de douleur. Lorsque Shane posa un pied sur la chaussée, Balmore fit une rapide volte-face et s'éloigna en claudiquant. Une démarche que Loreleï n'avait pas remarquée auparavant. Shane venait-il d'utiliser son pouvoir sur lui? Très vite, le vieil homme se mit à boiter, jeta son chien au sol et le traîna tel un poids mort.

– Tu as le chic pour rencontrer les gens qu'il ne faut pas, asséna le garçon. Heureusement que le vieux Teddy Balmore souffre de crises de goutte, ça permet à ses victimes potentielles de prendre la fuite. Ce type est une vieille crapule, plusieurs fois inculpé pour des faits dont il vaut mieux que tu ne saches rien.

Loreleï devina sans problème le sous-entendu de Shane. La façon que le vieillard avait eue de poser la main sur elle laissait craindre le pire. Ce genre de personnage était à éviter.

– Tu l'as appelé par son nom et tu es au courant de son passé; d'où tiens-tu ces informations? Tu le connais?

Une ébauche de sourire se dessina sur le magnifique visage de Shane.

– As-tu déjà oublié qui je suis ?

– Non, et justement, j'aimerais que nous en parlions ! fit-elle en soutenant son regard.

– À ta guise, petite fille. Tu m'invites chez toi ?

– Je viens de passer trois jours enfermée, je préférerais m'aérer un peu.

– Je te paye un verre dans un bar du centre-ville ?

Elle se dit qu'il lui offrait l'occasion d'en savoir davantage ; Kate devrait attendre encore un peu avant de recevoir la visite de son amie. Elle ne retira pas sa main quand il la saisit pour traverser la route. La sensation de brûlure fut immédiate, mais sans la douleur qui aurait naturellement dû l'accompagner ; c'était juste une sensation de chaleur tenace, pas vraiment désagréable. Elle l'irradia jusqu'au coude, se dissipant peu à peu pour disparaître au niveau de l'épaule.

– Shane, j'ai besoin de savoir, commença-t-elle avec timidité. Dis-moi ce qui se passe.

– Plus tard, répondit-il comme à son habitude dès qu'une question gênante lui était posée.

Ils remontèrent la rue sans prononcer un mot. Shane sifflota à deux reprises. Deux airs différents qui, pourtant, eurent le même impact sur Loreleï : ils la mirent en confiance.

Elle se sentait bien avec ce garçon, ce presque inconnu dont elle ne savait trop quoi penser. Ses pouvoirs ne l'effrayaient pas, ils l'intriguaient. Et puis, jusqu'à présent, il les avait utilisés pour l'aider, la protéger, jamais pour la blesser. Alors pourquoi aurait-elle eu peur ?

En cette heure avancée de l'après-midi, la circulation était dense. Beaucoup rentraient de leur travail, d'autres profitaient de la fin de journée pour faire leurs achats avant la ruée du week-end.

Shane s'arrêta devant un bar : *Le Dingus Lounge*. Galant, il tint la porte à Loreleï.

Une sacrée ambiance régnait à l'intérieur. De nombreux jeunes gens buvaient. Tous étaient contraints de hurler pour couvrir la musique crachée par des enceintes fichées dans les angles de la pièce. Le bar, plutôt petit, était bondé. Les gens s'y tenaient au coude à coude. La plupart des consommateurs restaient debout, leur verre à la main. Certains dansaient, quelques-uns restaient prostrés, les yeux luisants, déjà trop imbibés d'alcool pour savoir ce qu'ils faisaient là.

– Suis-moi, intima Shane en fendant la masse compacte.

Pour Loreleï, entrer dans un tel endroit était une première. L'agitation et le brouhaha la perturbèrent une courte minute. Elle se sentit encore plus petite qu'elle ne l'était, n'arrivant pas à l'épaule des jeunes gens persuadés qu'elle devait avoir une douzaine d'années, voire moins. Mais l'atmosphère festive n'était pas pour lui déplaire. Elle décocha des sourires à la ronde et eut l'agréable surprise de voir qu'on les lui rendait.

Devant le comptoir, Shane s'intercala entre deux garçons plutôt bon chic bon genre. Il glissa un mot à l'oreille de chacun et ils s'écartèrent, bousculant leurs voisins respectifs. Loreleï s'engouffra dans la place ainsi libérée. L'endroit ne se prêtait pas à la discrétion, et elle hurla pour se faire entendre :

– C'est sympa ici ! Tu connaissais ?

– Pas plus que toi ! Mais j'aime bien, ça bouge pas mal, et la musique est bonne !

– Un peu forte quand même, non ?

Une jolie serveuse s'approcha. Shane retira son bonnet, ses boucles blondes dévalèrent sur ses épaules. La jeune femme le contempla, bouche entrouverte, regard aguicheur.

– Qu'est-ce que je vous sers ?

– Un double scotch pour moi et un Malibu pour la demoiselle !

La serveuse regarda rapidement Loreleï et s'écria :

– Je suis désolée, mais nous ne servons pas ce genre de boissons aux mineurs !

Loreleï ne savait pas ce qu'était un Malibu. Elle venait cependant de comprendre qu'il s'agissait d'un alcool. Et elle n'en avait jamais bu. Elle voulut intervenir, commander un quelconque jus de fruits, mais le profil de Shane se modifia, devint grave et peu avenant. Les yeux de la serveuse se rétrécirent, son regard traversa le garçon pour se perdre vers un point invisible, dans le fond de la salle. Peu après, comme un automate, elle se retourna et s'empara de deux verres avec des gestes saccadés. Celui de Shane se remplit d'un liquide ambré, celui de Loreleï d'une sorte de lait, en plus épais.

Une fois encore, la jeune Eurasienne se douta que Shane avait utilisé son pouvoir de suggestion pour imposer sa volonté.

– Trinquons à nos retrouvailles, proposa-t-il.

Les verres s'entrechoquèrent et Loreleï trempa ses lèvres avec précaution, s'attendant à ressentir une atroce brûlure dans la gorge. Il n'en fut rien. Le liquide était doux, fortement sucré, et doublé d'un arrière-goût de noix de coco vraiment agréable. Le contenu de son verre disparut en trois gorgées.

– Belle descente ! commenta Shane.

– On dirait du sirop !

– Crois-moi, ce genre de sirop aura vite fait de te rendre malade. Mieux vaut ne pas en abuser. Un verre, c'est toujours un verre de trop !

Elle essaya de lui répondre. En vain : ses pensées refusaient de s'organiser. Le bar tangua, la serveuse aussi. Dans la salle, les jeunes qui parlaient haut en se trémoussant se retrouvèrent accolés à leurs jumeaux un peu flous, qu'elle seule voyait.

Les trente-huit degrés du Malibu avaient déjà imprégné l'organisme de Loreleï, qui sentit approcher une crise d'euphorie.

Elle se mit à rire bêtement, avec une furieuse envie de se moquer des gens qui l'entouraient. Ce qu'elle ne tarda pas à faire en pointant du doigt un gars d'une vingtaine d'années, très grand et plutôt beau garçon, mais dont les cheveux couverts de gel donnaient l'impression qu'il avait trempé sa tête dans un bain de graisse. Sans compter son pantalon à carreaux verts et rouges, qui faisait penser à celui d'un clown.

– Bouffon ! se surprit-elle à crier, se mordant aussitôt la lèvre.

Shane la regarda de biais, visiblement amusé par son état d'ébriété. Une tape dans son dos le fit se retourner, tandis que Loreleï baissait les yeux, honteuse, mais sans pouvoir s'empêcher de rire à nouveau. Le grand gaillard aux cheveux poisseux n'avait pas l'air d'apprécier l'insulte.

– C'est ta petite sœur ? lança-t-il d'un ton qui laissait présager des problèmes d'ici peu.

Et Loreleï assista à une scène inconcevable.

La bouche de son compagnon aux yeux d'or s'ouvrit démesurément, comme si sa mâchoire s'était décrochée. Aucun son n'en sortit. Les enceintes cessèrent de déverser leurs décibels et une mélodie, ressemblant à un jeu de harpes dissonantes, s'en échappa. À part Loreleï, toutes les personnes présentes dans la salle se figèrent, bloquées dans leur mouvement, telles des statues de chair.

La mâchoire de Shane retrouva sa place dans un claquement de dents, et la mélodie s'arrêta. Immobile, une jeune fille rousse tenait un verre contre ses lèvres, dont le contenu se déversait sur son chemisier. Deux garçons, côte à côte, esquissaient un pas de danse synchrone, sans bouger, en équilibre sur un pied. La bouteille que tenait la serveuse se vidait dans le verre d'un client pétrifié qui s'évertuait à déloger un reste de nourriture coincé entre deux incisives. Le liquide déborda sur le comptoir. Tous les autres clients du *Dingus Lounge* avaient une posture qui aurait dû faire redoubler le rire de Loreleï. Mais celle-ci ne riait plus et la peur s'insinuait dans chaque parcelle de son corps.

– Non, ce n'est pas ma petite sœur, railla Shane en donnant une pichenette sur le front du gominé, qui bascula en arrière, entraînant dans sa chute la jeune fille rousse.

Raides comme des chandeliers, ils s'effondrèrent en conservant leur position initiale.

– Que… Qu'est-ce que tu as fait ? Pou… Pourquoi ? hoqueta Loreleï, les yeux écarquillés.

– Ma chère petite, je viens d'éviter à ce grand nigaud la correction de sa vie !

– Et tous ces gens… paralysés ?

– Rien de grave, dit-il en faisant le tour du comptoir. Donnemoi ton verre, tu as besoin de diluer l'alcool que tu as dans le sang.

Il le remplit à ras bord d'eau. Avant même qu'elle ne boive, son estomac gronda. Un goût amer lui monta à la gorge. Elle se précipita vers les toilettes, renversant au passage l'un des deux danseurs figés, dont le corps heurta le sol dans un bruit sourd.

Penchée sur le lavabo, elle s'aspergea d'eau froide.

Il lui fallait retrouver ses esprits. Vite.

Et tenter de s'extraire du tourbillon irrationnel qui l'aspirait.

Depuis sa dernière crise cardiaque, rien n'allait plus. Les rencontres surréalistes s'enchaînaient, les événements dramatiques aussi. Elle se dit qu'elle devait être encore en train de dormir, allongée sur son lit d'hôpital, que tout cela n'était que rêves. Bientôt, elle se réveillerait et sa vie reprendrait, comme avant, monotone mais sereine.

Une douce chaleur irradia sa poitrine. Elle extirpa le soleil de Siàm de son sweat, le laissa pendre au bout de sa chaînette et le contempla. En son centre, une faible lueur rougeâtre pulsait sur un rythme régulier. Était-ce un signe ? Le mal prenait-il possession de son âme et, du coup, la pierre souhaitait-elle l'avertir du danger ?

Elle se pinça la peau de l'avant-bras. La douleur lui arracha une larme. Elle ne rêvait pas.

Au même moment, en provenance de la rue, une sirène de police hurla. Des portières claquèrent, et les enceintes reprirent leur mélopée orientale. Shane usait de ses pouvoirs.

17

Devait-elle fuir? Mettre la plus grande distance possible entre Shane et elle?

Si Loreleï ne voulait pas que la police l'accuse de complicité, elle n'avait pas d'autre choix.

Juste en dessous du plafond des toilettes, une enfilade de fenêtres jetait son éventail de lumière dans la pièce aux odeurs aigres de Javel. Elles étaient trop hautes pour qu'elle puisse les atteindre. Sauf si elle escaladait un lavabo. Une fois grimpée dessus, et en tendant les bras, elle atteindrait la plus proche et devrait arriver à se hisser. Pourvu qu'elle en ait la force!

Non sans peine, elle s'exécuta. La fenêtre opposa une résistance à deux reprises, avant de capituler sans problème à la troisième. Se suspendre à son rebord fut autrement plus compliqué. Les premières tentatives échouèrent. Le pied de Loreleï ripa alors qu'elle commençait à fatiguer. La jeune fille manqua se fracasser les côtes lorsqu'elle perdit l'équilibre et rebondit sur l'angle du lavabo. Sa chute lui arracha un cri. La douleur, lancinante, effaça les dernières séquelles de vertige dues à l'absorption d'alcool. Grimaçante, la jeune fille reprit son escalade. Elle cala ses pieds tant bien que mal sur les bords du lavabo et plia les genoux, prête à bondir. Elle n'aurait pas la force de recommencer si cet essai se soldait par un échec. Elle sauta le plus haut possible, misant sur toute l'énergie qui lui restait pour atteindre son but. Elle se retrouva à moitié dehors, épaules et tête au-dessus d'une cour fleurie, les jambes pendantes, toujours à l'intérieur de la pièce. Après de prudentes contorsions qui l'obligèrent à s'égratigner le torse sur le bas de l'ouverture, elle parvint à atterrir sur ses pieds.

Une souffrance sans nom s'empara de sa poitrine.

Elle s'écroula, dos au mur de pierre, les pulsations arythmiques de son cœur résonnant dans ses tympans.

La crise, violente, allait la terrasser, la tuer, si Gabriel n'avait pas menti.

Tandis que le souffle lui manquait et qu'un feu dévastateur se répandait dans son corps, elle chercha la pierre à son cou. Sa main rencontra sa peau. Elle tâtonna autour d'elle, par terre. Rien. Le soleil de Siàm avait disparu.

Un flash de lucidité lui permit de comprendre que la chaînette s'était brisée lorsqu'elle avait franchi la fenêtre. La pierre s'était décrochée pour chuter de l'autre côté du mur, dans les toilettes. Peut-être même était-elle tombée dans le conduit du lavabo…

Loreleï leva les yeux au ciel. Presque deux mètres la séparaient de l'ouverture qu'elle venait d'emprunter. Impossible de remonter.

Une marée de larmes inonda ses yeux. Au cœur de son tourment, elle visualisa les figures attristées de ses parents. Celle de grand-mère s'y accola, vieillie par le chagrin. Un autre visage apparut, effaçant les précédents. Loreleï voyait une jeune femme, belle à l'excès, aux longs cheveux couleur de flamme, à la peau parsemée de taches de son. L'inconnue lui souriait, ses lèvres remuant légèrement, comme si elle tentait de transmettre un message que Loreleï, emprisonnée dans son carcan de souffrances, n'entendait pas.

La magnifique rouquine tendit son bras, en direction d'une haie de lauriers qui bordait la cour du bar. Quand Loreleï tourna la tête pour voir ce que l'apparition pointait du doigt, elle vit que la jeune femme affichait un sourire étrange, où se lisait une joie teintée de haine.

Une lance de flammes dans sa poitrine arracha un cri à Loreleï. Mâchoires crispées, elle ferma les yeux. Lorsqu'elle les rouvrit, un géant à la peau noire la contemplait, posté droit devant la haie. Elle leva péniblement sa main en signe de détresse.

Gabriel...

Elle ne doutait pas qu'il s'agisse de lui malgré le flou engendré par ses pleurs.

Deux grandes ailes sombres se déployèrent. Et le temps que Loreleï cligne des paupières, il était là, auprès d'elle, accroupi.

Il lui saisit le poignet, y glissa un bracelet bleu, large et lourd, dont elle distingua à peine la forme.

Avant de sombrer dans l'inconscience, elle vit les dents du bonheur de l'ange noir qui lui souriait.

* * *

Des dômes s'élevaient au-dessus d'une clairière, comme autant de champignons gigantesques recouverts de plantes : un gazon parsemé de fleurs courait sur les toits. Au pied des immenses coupoles de verdure, une foule d'êtres minuscules grouillait.

Loreleï, trop éloignée, ne pouvait les discerner avec précision. Avaient-ils des jambes, des bras, une tête ? Leur peau était translucide : elle voyait à travers.

Les êtres diaphanes couraient d'un dôme à un autre, par groupes d'une centaine de membres, sans but apparent. C'était une fourmilière titanesque dont les habitants avaient l'apparence de gouttes d'eau.

Elle dénombra huit dômes de verdure, hauts comme des immeubles de dix étages, entre lesquels l'agitation ne cessait de croître. Des encoches sur les côtés laissaient entrer la lumière des deux soleils qui enflammaient le ciel. Autour du village des

« gouttes d'eau », d'énormes ronciers s'entrecroisaient pour barrer l'accès à un éventuel ennemi. À moins qu'ils ne soient là pour empêcher les habitants de partir.

À califourchon sur l'extrémité d'une branche, Loreleï jeta un œil au bas de l'arbre. Elle aperçut sa jambe, longue et musclée, chaussée d'une spartiate blanche qui pendait dans le vide, à une hauteur vertigineuse. Comment était-elle montée si haut ? Et comment allait-elle redescendre ? La branche la plus proche était à plusieurs mètres en contrebas.

Une petite voix nasillarde, avec un drôle de défaut de langue, la fit regarder par-dessus son épaule :

– Je penze qu'il z'agit de l'époque des zamours ! Les bébêtes zont tout exzitées !

Son interlocuteur était à peine plus grand qu'une pomme et sa peau aussi jaune qu'une golden. Sa tête, ronde comme une balle de golf, s'ornait d'une houppette bleue sur un crâne lisse. D'épaisses montures en fer-blanc, deux fois trop grandes pour lui, glissaient sur son petit nez et doublaient la taille de ses yeux. Deux grosses billes rouges clignaient à chaque fois qu'il remplaçait le son « s » par un zozotement – trouble de la phonation plus amusant que déplaisant – proche des sonorités allemandes.

– Les chouines zont comme za, elles font des trucs qui ne zervent à rien, zauf quand elles ze reproduizent. Complètement obzédées par le zexze !

Avec une agilité qui la surprit elle-même, Loreleï effectua un demi-tour sur la branche, jambes tendues vers l'avant, abdominaux contractés.

– Ces petits êtres transparents s'appellent des chouines ?

– Bien zûr ! Puisqu'elles pazent leur temps à chouiner, quel autre nom aurait-on pu leur donner ? Tadam !

Il avait lâché son dernier mot en bondissant, tous ses membres écartés, avant de retomber à la même place, droit sur ses pieds.

– « Chouiner » ? Qu'est-ce que ça signifie ?

– Quand tu chouines, tu fais un petit zon dézagréable. Plaintif, quoi! Et donc, les chouines chouinent. À l'époque des zamours, elles chouinent encore pluz que d'habitude. Z'est l'exzitazion qui les met dans zet état-là. Z'est des grozes vizieuses! Tadam! conclut-il en bondissant à nouveau.

Il tira plusieurs coups secs sur les pans de son manteau, du même bleu que sa houppette. Ses chaussures ressemblaient à celles d'un clown. Beaucoup trop grandes pour lui, elles étaient aussi rouges que ses yeux. Puis il redressa le menton, fier d'étaler ses connaissances.

– Les chouines, reprit-il, zont conztituées d'eau à quatre-vingt-diz-neuf pour zent. Elles ze nourrizent des pluies de l'hiver. Elles gonflent de pluz en pluz, jusqu'au jour où elles meurent; le un pour zent reztant va nourrir la terre à zon tour. Et comme il contient une molécule nézézaire au bon développement des chapoderms, la boucle est bouclée. Zans zette molécule, pas de chapoderms.

– Les chapoderms?

– Tadam, lâcha-t-il en balançant une jambe en arrière, le bras opposé levé vers le ciel. Les chapoderms zont les grands dômes où vivent et meurent les chouines. Ils zervent de nourriture aux zentaures qui les récoltent au printemps.

– Il y a des centaures ici?

– Bah évidemment, zinon comment voudrais-tu que la frontière zud rézizte aux zattaques des golems?

L'évidence pour celui qu'elle prénomma inconsciemment « Tadam » ne l'était pas pour Loreleï. Elle n'avait pas la moindre idée de ce qu'était un golem. Mais quelque chose lui disait qu'ils n'étaient pas du genre à s'entendre avec les centaures, ni avec d'autres créatures aussi surprenantes que les chouines.

– Est-ce qu'elles pensent? demanda-t-elle en observant la foule qui continuait de s'agiter.

– Va zavoir ! Zi elles zont un zerveau, il est plein d'eau. Et l'eau ne penze pas, elle goutte, ruizelle, dégouline, tombe, z'évapore…

Pendant que l'étonnant personnage multicolore poursuivait son énumération, Loreleï huma l'air. Un fumet appétissant chatouilla ses narines. L'odeur du maïs grillé au feu de bois fit gargouiller son ventre.

– J'ai faim. Les chouines n'ont-elles rien que je puisse manger ? Je me sens faible.

– Ah non, dézolé, tu peux les boire mais z'est tout.

– Boire les chouines ? Mais c'est dégoûtant !

– Non, je t'azure qu'elles zont buvables, répondit-il sans se préoccuper de la grimace qu'elle faisait. Maintenant, zi tu as faim, il y a un moyen très zimple et économique de te zuztenter.

– Lequel ? Je donnerais tout ce que j'ai en échange d'un épi de maïs à grignoter.

– Tu ne préférerais pas une zoupe de vermizelles ? Avec les chouines, za peut z'arranger. Tu en attrapes trois ou quatre, tu les mélanges avec de…

– Non ! Assez avec ça ! Je sens cette odeur de maïs ! Je ne rêve pas ! s'emporta-t-elle en se redressant, le visage fouetté par une branche qu'elle écarta d'un mouvement brusque.

– En es-tu zûre ? Crois-tu vraiment que tu n'es pas dans un rêve ?

– J'en suis…

« *Certaine* », faillit-elle dire quand une vision surgit dans son esprit : un groupe de gens était totalement immobile dans un bar. Elle percevait leur effroi en pensée.

– C'était il y a longtemps. J'étais ailleurs. J'avais bu. Un verre, un seul et pourtant, la tête me tournait et… Le soleil de Siàm ! s'écria-t-elle en portant la main à son cou.

La pierre n'y était plus. En revanche, un bracelet en lapis-lazuli ceignait son poignet. Fiché sur le dessus, le jumeau du soleil.

– Gabriel, prononça-t-elle tandis que le bois craquait sous ses pieds.

– Oupz ! Je crois que tu es pile zur le garde-manger d'un termitovore !

Elle baissa les yeux. Le craquement s'amplifia. Avant que Loreleï n'ait pu réagir, la branche se déroba sous ses pieds, l'entraînant dans le vide.

Bras et jambes moulinant dans les airs, elle vit la tête jaune surmontée de sa houppette bleue se pencher en avant, la regarder tomber. Elle devina une main minuscule qui remuait en signe d'au revoir.

Ou d'adieu.

Loreleï accompagna sa chute d'un cri sans fin.

* * *

– Du calme, belle demoiselle. Tout va bien, maintenant.

Elle parvint à étouffer le cri qu'elle poussait et se jeta au cou de Gabriel.

Alors qu'elle respirait son odeur sucrée, tout se mélangea : les chouines et leur agitation perpétuelle, les immenses chapoderms, le visage en forme de balle de golf aux yeux rouges agrandis par l'énorme paire de lunettes, les gens figés dans le bar, les triplés, Shane, grand-mère, la belle inconnue aux cheveux couleur de flamme dont le visage lui était apparu lors de son attaque cardiaque, et Gabriel lui-même.

Il la repoussa délicatement et sortit de sa poche une serviette de table qu'il déroula. À l'intérieur, se trouvait un épi de maïs encore chaud. Elle ne chercha pas à savoir d'où il venait, ni comment il avait été grillé. Affamée, elle se jeta dessus et le rongea sans reprendre sa respiration.

– Je rêvais, dit-elle, essoufflée et la bouche pleine. Il y avait Shane, dans un bar. Ensuite je perdais ma pierre et je crois que... je crois qu'après j'étais dans le monde de Siàm.

Gabriel plongea ses yeux sombres dans les siens, encore troublés par les larmes.

– Le bar n'était pas un rêve, ma belle demoiselle. Shane a statufié les gens. Son pouvoir augmente. Et dans ta fuite, tu as perdu le soleil que Hao t'avait confié.

– Quel pouvoir ? Et comment se fait-il que je sois encore vivante si je n'ai plus la pierre ?

Le géant à la peau noire se redressa en la prenant dans ses bras. Elle s'aperçut qu'ils étaient revenus devant la petite maison à proximité de l'étendue d'eau. Elle ne savait pas par quel moyen il l'avait ramenée. Elle tendit son cou. Le pick-up n'était pas dans les parages. La nuit assombrissait le ciel. Peut-être avait-il profité de ce début d'obscurité pour déployer ses ailes et voler jusqu'ici avec elle.

Gabriel traversa l'allée et se planta devant la porte.

– Ouvre-la, demanda-t-il de sa voix enfantine. Si tu as confiance en moi, ouvre. Et je répondrai à tes questions dès que nous serons à l'intérieur. Toi, bien allongée car tu dois te reposer après ce qui t'est arrivé, et moi, à tes côtés, à te répondre.

Loreleï se souvint des paroles de grand-mère. La maison était une zone protégée. Seul un Élu pouvait y entrer. Les autres, quels qu'ils soient, devaient attendre d'y être invités ou profiter du passage de quelqu'un.

– Déposez-moi, je peux marcher.

– Ce n'est pas prudent. Il vaudrait mieux que je te porte jusqu'à l'étage, conseilla-t-il toujours aussi gentiment.

Elle se contorsionna pour échapper à ses bras. Il ne la laissa pas faire plus d'efforts et la déposa. Prise d'un léger vertige, elle s'appuya sur la poignée.

– Rien ne me prouve que vous êtes dans le camp du Bien, Gabriel. Rien !

Et elle entra dans le cocon protecteur qu'était la maison, tenant la porte à peine entrouverte.

Le géant semblait étonné.

– Je t'ai sauvée la vie deux fois.

– Pas deux, une seule fois. Et de toute façon, ça ne prouve rien. Je ne suis pas dupe, Gabriel. Je sais très bien que, bons ou méchants, vous avez tous besoin de moi parce que vous êtes persuadés que je suis l'Élue. Vous espérez que je bascule dans votre camp. Alors vous m'aidez. Mais moi, je ne vous ai rien demandé ! Et je me moque complètement de votre fichu monde de Siàm !

Elle claqua la porte et la verrouilla.

Assise au bas de l'escalier, tête entre les mains, elle pleura en silence. Ce qui devait être une aventure, son aventure, se transformait en cauchemar. Elle ne choisissait pas son destin, on le lui imposait, au gré de situations rocambolesques, pour l'amener vers une destination dont elle ignorait tout.

Une sensation de chaleur se diffusa à travers son corps depuis son poignet. Le ruisseau de ses larmes se tarit. Entre ses longues mèches noires, elle distingua la source de ce bien-être : un bracelet en lapis-lazuli sur lequel était fiché le jumeau du soleil de Siàm. Elle comprit immédiatement pourquoi la crise cardiaque ne l'avait pas terrassée dans la cour du bar. Gabriel était intervenu et lui avait enfilé le bracelet, dont l'énergie l'avait aussitôt investie. Voilà aussi pourquoi il venait de dire qu'il l'avait sauvée deux fois. La première lors de l'attaque du bus, elle l'avait deviné ; la seconde s'était produite, quelques heures plus tôt.

Prise de remords, elle se leva d'un bond et déverrouilla l'entrée. Que Gabriel soit du côté du Bien ou non, elle vivait encore, grâce à son intervention. Elle lui devait au moins des remerciements, sinon la politesse de prêter une oreille attentive à ce qu'il souhaitait lui dire.

Elle ouvrit la porte en grand.

Haut dans le ciel, en contre-jour de la lumière lunaire, une immense paire d'ailes se découpa avant de se fondre dans la nuit.

18

Loreleï avait dormi d'un sommeil agité, dont elle ne gardait aucun souvenir.

Grand-mère venait de passer en coup de vent. Comme chaque matin, elle avait laissé à sa petite-fille de quoi manger pour la journée, ainsi qu'un livre : un roman sur la guerre de Sécession, où le portrait d'Abraham Lincoln apparaissait sur fond de champ de bataille. Un conflit déclenché pour défendre une noble cause : la fin de l'esclavagisme. Le combat du Bien contre le Mal. Le premier l'avait emporté. Mais plus de six cent mille combattants avaient trouvé la mort, auxquels on pouvait ajouter des pertes civiles, bien supérieures encore. Ces atrocités n'encourageaient guère Loreleï à s'engager dans la bataille rangée entre les forces occultes qui passaient du monde de Siam au nôtre et inversement. Elle se doutait qu'il y aurait des victimes, certainement nombreuses. Il était hors de question qu'elle participe à un quelconque carnage, dans un camp ou un autre. Jamais elle ne supporterait d'être responsable, même indirectement, d'actes entraînant des blessés, voire des morts. Et si conflit il devait y avoir, ce serait sans elle.

Grand-mère ne s'était pas attardée, prétextant qu'un client l'attendait pour une séance de voyance dans le cabinet qu'elle avait ouvert à l'autre bout de la ville. La jeune fille avait eu l'impression qu'elle cherchait plutôt à éviter d'engager la conversation sur les récents événements. Hao ne lui avait même pas demandé où elle s'était procuré le bracelet qui ornait son poignet, comme si elle avait su, avant même de le voir, que Loreleï le porterait.

Assise sur la balancelle, les pieds à dix centimètres du sol, la jeune fille faisait tourner la parure autour de son poignet. Dans son rêve, quand elle s'était vue en compagnie de « Tadam », le surprenant personnage polychrome secoué par des t.o.c., le bijou lui avait semblé plus grand. Elle était pourtant convaincue qu'il s'agissait du même. Il avait simplement rétréci pour s'adapter à son tour de poignet.

Qui avait fabriqué une telle merveille ? Et comment son créateur s'y était-il pris pour y enfermer une source d'énergie si grande qu'elle maintenait en vie celle qui le portait ? Sans doute ces questions n'auraient-elles, elles non plus, jamais de réponses.

Une idée germa dans son esprit. Son amie Kate souffrait d'une paralysie totale des jambes ; si la pierre était en sa possession, parviendrait-elle à remarcher ? Loreleï se demanda pourquoi elle n'y avait pas pensé plus tôt. En un quart de seconde, elle prit une décision : retrouver la pierre égarée dans le bar et l'apporter à Kate.

Elle vérifia le contenu de ses poches afin de ne pas partir sans un sou. Dix dollars en tout, ça risquait d'être insuffisant. Elle contourna la maison et y entra. Après avoir grimpé les marches jusqu'à sa chambre, elle récupéra la peluche qui contenait ses économies. Quarante dollars s'ajoutèrent aux dix premiers.

Loreleï était tellement pressée d'accomplir une mission qu'elle considérait comme vitale qu'elle manqua dégringoler tête en avant dans l'escalier, retrouvant *in extremis* son équilibre en s'agrippant à la rambarde. Une fois dehors, elle coupa à travers le gazon et rejoignit le trottoir. Prendre le chemin de la veille, parcouru en compagnie de Shane, ne serait pas compliqué. Knoxville était relativement étendue mais ses rues étaient peu nombreuses. Et comme ils avaient surtout emprunté les voies principales pour se rendre en centre-ville, retrouver le *Dingus Lounge* ne devrait pas poser de problème.

Elle marchait vite et pourtant il lui semblait que le centre-ville était plus éloigné que le jour précédent. Au bout d'une vingtaine de minutes qui en parurent le triple, elle parvint à l'angle de Jackson Street. Si sa mémoire était bonne, il suffisait qu'elle remonte la rue jusqu'à en croiser une autre, beaucoup plus large. Ce qu'elle fit en abandonnant sur sa gauche Brobst Street. Elle s'engagea le long de la quatre voies qui menait directement au bar, situé à environ cinq cents mètres. Quelques rares habitations, des commerces épars et d'immenses parkings formaient l'essentiel de Lincoln Street.

Lincoln Street…

La rue du *Dingus Lounge* portait le nom du président dont le portrait figurait sur le livre de grand-mère. Était-ce un pur hasard? Loreleï en doutait. Depuis qu'elle était partie de New York, le hasard n'avait plus eu sa place dans sa vie.

Dès qu'elle eut franchi une voie ferrée, elle modifia son pas rapide en petit trot, pour finir par courir sur les cent derniers mètres.

Le bar se tenait face à elle. Le souvenir des jeunes gens figés immobilisa Loreleï devant la porte d'entrée. Son cœur tambourinait en raison de l'appréhension qui l'étreignait. Toutes ces personnes avaient-elles survécu à leur inexplicable paralysie? Loreleï l'espérait profondément.

Elle entra dans le bar, presque vide en cette heure matinale. Son regard croisa celui de la jolie serveuse. Loreleï fut soulagée. Si la jeune femme était là, apparemment en bonne santé, alors il devait en aller de même pour ses clients.

Elle s'approcha du comptoir.

– Un verre de lait, s'il vous plaît, commanda-t-elle, le souvenir des effets néfastes de l'alcool encore frais dans sa mémoire.

– Ton ami n'est pas avec toi, aujourd'hui? s'enquit la serveuse.

Surprise par la question, Loreleï bredouilla:

– Vous… vous ne l'avez pas revu… depuis hier?

– Non. Quand tu es partie, il n'a pas tardé à sortir, lui aussi. Il est drôlement mignon, conclut-elle en lui adressant un clin d'œil complice.

Shane était bien plus que mignon, il était la perfection. Mais que dissimulait son enveloppe de beauté surnaturelle ? Était-il l'ange du Bien qu'elle espérait, ou le démon qu'elle redoutait ?

Elle chassa les deux images qui se superposaient : celle du garçon aux ailes à la blancheur immaculée, et celle de la gigantesque bête cornue à la peau de braise.

– Vous dites que vous m'avez vue partir hier ?

La jeune femme, tout en remplissant le verre de lait, réfléchit avant de répondre :

– Pas vraiment, non. Il y a eu une bousculade, des clients se sont cassé la figure en dansant. Je crois que c'est juste après que j'ai remarqué ton absence. Ton copain a réglé la note et il est allé s'entretenir avec les flics, dehors.

– Que venaient-ils faire ici ?

– Faire leur ronde, comme d'habitude. Nous avons une clientèle de jeunes. Certains insistent pour qu'on leur serve de l'alcool, or c'est interdit par la loi. Du coup, dès que le bar est bondé, après la sortie du collège, les flics débarquent et procèdent régulièrement à des contrôles. Heureusement que je refuse toujours de servir de l'alcool aux mineurs, même quand ils insistent, sinon j'aurais fermé depuis longtemps.

Loreleï songea au Malibu que la jolie jeune femme lui avait servi malgré elle. Shane, d'un seul regard, avait brisé sa volonté. Elle se rappela la bouche du garçon, ouverte démesurément, comme si sa mâchoire s'était décrochée, déformant son profil gracieux. Et la musique, aussi, qui s'était arrêtée, remplacée par une sorte de mélodie orientale, très ressemblante à celle que Shane sifflait parfois. Mais le plus surprenant était que les clients n'avaient pas gardé en mémoire leur paralysie. En tout cas, la serveuse, elle, ne s'en souvenait pas.

Loreleï s'en inquiéta :

– Après la bousculade, vous n'avez pas eu comme... une sorte de trou noir ?

– Non, quelle drôle de question !

– Et personne n'a été blessé ?

La jeune femme haussa les épaules.

– Il y en a eu un : James Callwood, un de mes habitués. Le genre d'habitué dont je me passerais bien ! Hier, après la bousculade, il avait une brûlure assez sérieuse sur le front. On ne sait pas comment il a fait son compte pour réussir à se cramer à ce point. Il a prétendu que c'est ton copain qui lui avait fait ça avec sa cigarette, alors que j'ai bien vu qu'il ne fumait pas. Mais comme James est toujours prêt à chercher la bagarre…

La pichenette que Shane avait portée à Callwood, ce simple petit coup du bout de l'index, lui avait brûlé le front. Elle préféra ne pas imaginer dans quel état il aurait été si les policiers n'étaient pas arrivés, ou s'il avait rejoint Shane, dehors, pour tenter de le tabasser.

– Rien de grave, alors, à part cette brûlure ?

– Non, rassure-toi. Mais pourquoi toutes ces questions ? Tu m'as tout l'air de savoir quelque chose que j'ignore, avança la serveuse sans aménité.

Loreleï préféra changer de sujet. Elle aborda celui qui l'avait conduite ici :

– J'ai perdu un objet aux toilettes, hier. Peut-être près des lavabos. C'est un objet sans valeur mais qui compte énormément pour moi. Un cadeau de ma grand-mère.

La jeune femme s'accorda une courte seconde de réflexion avant de demander :

– Ce n'était pas un caillou bleu ?

– Oui, c'est ça, confirma Loreleï, pleine d'espoir. Une jolie pierre polie et ovale, comme celle que je porte à mon poignet. (Elle remonta la manche de son ciré.) Vous l'avez trouvée ?

– Moi, non, mais j'ai vu une cliente sortir des toilettes avec. J'ai tout de suite remarqué l'objet parce qu'elle avait empilé plusieurs couches de papier hygiénique dans ses mains et l'avait posé dessus.

Loreleï comprit que celle qui avait découvert le soleil de Siàm avait dû ressentir la forte chaleur qu'il dégageait. Grand-mère avait bien précisé que seule une âme pure pouvait s'en emparer sans risquer d'être grièvement brûlée.

– Vous connaissez cette cliente ? Vous savez où elle habite ?

– C'est Jenny Callwood, la sœur de James. Elle vit avec lui, chez leurs parents, à Grant Street. Je saurais reconnaître leur maison mais je ne connais pas le numéro. James et Jenny passent prendre un verre presque toutes les fins d'après-midi. Reviens plus tard, si tu veux. Tu lui demanderas qu'elle te rende ta pierre.

– Vous croyez qu'elle acceptera ?

– Elle, oui c'est plutôt son frère qui risque de poser problème. S'il décide de s'en mêler, tu n'es pas près de récupérer ton bien.

Loreleï était accablée. Elle pouvait rejoindre Kate sans le soleil de Siàm, mais elle aurait mille fois préféré l'avoir avec elle. Son rêve de rendre l'usage de ses jambes à son amie venait de s'effriter jusqu'à devenir poussières d'espoir.

– Y a-t-il un moyen de les contacter ?

– Je peux téléphoner aux renseignements, si tu veux, pour essayer de joindre les parents. Après, tu te débrouilleras avec eux.

Elle accepta. C'était sa dernière chance de guérir Kate.

Deux minutes plus tard, la serveuse entamait la conversation avec Mme Callwood, puis tendit le combiné à Loreleï.

– Je suis la maman de James et Jenny. Si j'ai bien compris, ma fille aurait trouvé un objet qui vous appartient ?

– Oui, madame. Un pendentif que j'ai perdu hier au *Dingus Lounge*. J'aimerais le récupérer avant la sortie du collège, car je dois me rendre à Des Moines dans la journée.

– Ce que je peux faire, c'est laisser un message sur le portable de Jenny. Il est 9 h 15. Son interclasse est à 10 heures. Vous pourriez vous retrouver à l'entrée du collège à ce moment-là.

– Ce serait parfait. J'y serai à 10 heures précises. Elle me reconnaîtra facilement : je suis petite et je porte un ciré jaune.

– Je lui indiquerai sur le message.

– Merci beaucoup, madame Callwood. Bonne journée.

La serveuse récupéra son appareil et rendit son sourire à Loreleï.

– Nous sommes loin du collège ?

– Cinq minutes à pied. Ça te laisse le temps de reprendre un verre de lait. Je te l'offre.

Le verre se remplit tandis qu'un client entrait dans le bar. Il s'installa au comptoir, à la droite de Loreleï. La quarantaine, l'air malheureux, il commanda une bière et décocha un regard bref à sa jeune voisine.

– Tu ne serais pas la petite-fille de la vieille voyante ? demanda-t-il à brûle-pourpoint.

Surprise, mais comprenant néanmoins qu'il avait fait le rapprochement en voyant ses traits aux origines asiatiques, elle lui répondit par une question :

– Vous la connaissez ?

– Je sors de son cabinet.

La serveuse intervint :

– Edward Triplehorn se fait tirer les cartes, qui l'eût cru ?

– Tu sais très bien pourquoi, dit-il avant de siffler la moitié de son verre.

– Et alors ? Elle a prédit le retour de ta femme ?

Il grommela doucement et termina sa bière. Les prédictions de Hao Than n'avaient pas dû aller dans le sens de ses espérances.

– Les gens de Knoxville ont raison de penser qu'elle raconte des sornettes, cette vieille sorcière chinetoque ! lâcha-t-il, mauvais.

– Du calme, Ed, le contra la serveuse. Tes accès de racisme ne feront pas revenir ta femme.

– Je ne suis pas raciste, c'est juste que... oh ! et puis rien, ressers-moi un verre, j'ai besoin de réfléchir.

Elle s'exécuta avec un sourire gêné destiné à Loreleï. Elle mit de la musique, le volume au plus bas ; de quoi obtenir un fond sonore apaisant. L'atmosphère se détendit légèrement.

– T'es arrivée à Knoxville en même temps que ta grand-mère ? voulut-il savoir.

– Non, je ne suis là que depuis quatre jours.

– Et toi aussi, tu peux prévoir l'avenir ?

– J'en serais bien incapable.

Il avala sa bière d'un trait, sans respirer. Puis il claqua le verre sur le comptoir, son pouce baissé vers l'intérieur pour qu'on le lui remplisse.

– Je croyais que la voyance se transmettait de sorcière à sorcière.

– Ed ! fit la serveuse sur un ton chargé de reproches. La petite n'est pour rien dans tes ennuis, pas plus que sa grand-mère.

Loreleï ne savait plus où se mettre. Elle ne comprenait pas l'agressivité de son voisin. Lui en voulait-il parce que Hao ne lui avait pas prédit ce qu'il espérait ? Et pourquoi était-il allé la voir s'il la déconsidérait au point de la traiter de « sorcière » ?

Elle obtint quelques éléments de réponse lorsqu'il reprit la parole.

– D'habitude, les voyants t'annoncent de bonnes nouvelles, non ? Celle-là ne te dit que des trucs mauvais. En plus, ça la fait sourire. J'ai eu comme l'impression qu'elle se foutait de ma gueule.

– Grand-mère ne se moque pas, elle sourit tout le temps, la défendit Loreleï. C'est dans sa nature. Et je pense qu'il vaut mieux qu'elle dise la vérité, même quand il s'agit de mauvaises nouvelles, plutôt que de mentir pour faire plaisir. C'est de l'honnêteté, tout simplement.

Il se tourna vers elle et la contempla, hautain.

– T'as des yeux vachement clairs pour une petite-fille de chinetoque ! T'es à moitié américaine, c'est ça ?

– Tu n'es pas obligée de répondre, murmura la serveuse.

Loreleï comprenait désormais que les propos désobligeants d'Edward Triplehorn étaient guidés uniquement par ses convictions racistes.

– Ma mère est d'origine allemande, c'est d'elle que je tiens mes yeux verts. Et avec mon père, qui n'est pas un « chinetoque » mais d'origine vietnamienne, ils sont nés sur le sol américain !

– Tu es donc le croisement entre une boche, comme les appellent ces abrutis de Français, et une saleté de vietminh communiste ! cracha-t-il en tapant du poing sur le comptoir.

– Ed ! Ça suffit ! s'interposa la serveuse. Ou tu la boucles, ou tu sors de chez moi !

L'alcool rendait l'ivrogne de plus en plus nerveux et agressif. Loreleï prit ses distances. Elle tendit un billet de dix dollars à la serveuse avec l'intention de partir au plus vite.

– La naine chinetoque m'offre un verre ! beugla son voisin en voyant le billet. Mais alors, c'est qu'elle n'est pas complètement…

Son insulte resta bloquée dans sa gorge, coupée net par une voix en provenance de la porte d'entrée :

– À ta place, Ed, j'écouterais ce qu'on vient de te conseiller. Boucle-la !

Shane !

Vêtu de son treillis, le bonnet sous le bras et les rangers aux pieds, le garçon fit craquer ses phalanges, bras tendus en avant. Puis il s'adressa à Loreleï :

– Décidément, tu vas toutes les attirer !

– De quoi parles-tu ?

Avant qu'il n'ait pu répondre, Edward s'écarta du comptoir et tituba vers lui.

– Tu cherches les noises, blondinet ? Personne ne me dit de la boucler, t'entends ? Et surtout pas un morpion de ton espèce !

Un éclair bref, rougeoyant, traversa les prunelles de Shane. Loreleï sentit qu'il allait s'en prendre à l'ivrogne, lui faire du mal, beaucoup de mal. Elle lui lança un regard suppliant.

– Je te parle des raclures de l'humanité, petite fille! asséna le garçon en avançant d'un pas vers Edward. Ces raclures qui empestent la bière, sèment la terreur en prenant garde de ne s'en prendre qu'à plus faible qu'eux. Et que tu as le don d'attirer!

Le poing d'Edward fusa. Imprécis, il heurta Shane à l'épaule. Ce dernier encaissa sans répliquer, ses yeux braqués sur Loreleï comme s'il avait capté sa supplique.

La serveuse hurla. Loreleï longea le comptoir jusqu'aux deux adversaires.

– Je vais te pulvériser! lâcha Edward en balançant une série de crochets qui atteignirent Shane en plein visage.

La serveuse s'époumona de plus belle avant de se jeter sur le téléphone pour composer fébrilement le numéro de la police. Loreleï, une main devant la bouche, tremblait pour son compagnon, dont la tête dodelinait sous les coups.

Mais son corps ne vacillait pas.

Il restait droit, fermement campé sur ses jambes.

Loreleï ceintura l'ivrogne. Elle avait si peu de forces qu'il ne sentit même pas son étreinte.

Au bout d'une interminable minute, Edward se calma, essoufflé, penché en avant, les bras ballants. Elle le lâcha et contempla l'ange aux boucles blondes.

Pas une goutte de sang ne s'échappait de son visage, dont le nez et les lèvres avaient pourtant encaissé des chocs d'une violence inouïe. Au comble de la surprise, Loreleï vit l'extrémité des doigts de sa main droite devenir incandescents. Le temps d'une milliseconde, elle visualisa ce qui risquait de se produire. Des traits de feu jailliraient des doigts du garçon, comme sortis de cinq chalumeaux. D'un large geste vertical du bras, balancé de bas en haut, il lancerait des flammes à l'assaut d'Edward, qui resterait immobile jusqu'à ce que son esprit, embrumé par l'alcool, comprenne qu'il allait mourir dans d'atroces souffrances. Alors il hurlerait.

– Non, Shane! Non! implora-t-elle, atterrée par sa vision.

Il planta son regard doré dans celui de Loreleï et lui sourit. Un sourire étrange, porteur d'une requête.

– Je ferai tout ce que tu voudras, ajouta-t-elle.

Il fit demi-tour et quitta le bar sans un mot.

Loreleï entendit la serveuse annoncer l'arrivée de la police, puis elle emboîta le pas à Shane, laissant derrière elle son billet de dix dollars sur le comptoir et Edward plié en deux, incapable de retrouver son souffle.

Une fois dehors, elle s'approcha du garçon qui lui tournait le dos, ses boucles blondes ondulant au gré du vent, brillant sous les rayons du soleil.

– Merci de lui avoir laissé la vie sauve. Merci, répéta-t-elle en s'emparant de sa main, dont la chaleur, à nouveau, la surprit.

– Je n'avais pas besoin d'intervenir. Son destin était déjà tout tracé.

À l'intérieur du *Dingus Lounge*, Edward Triplehorn commençait à paniquer. L'air refusait toujours d'emplir ses poumons. Il bascula vers l'avant, s'effondra, se recroquevilla en position fœtale.

Tandis que Loreleï et Shane prenaient la direction du collège, la serveuse faisait le tour du comptoir pour aider son client.

Edward tenta une dernière fois de respirer, sans y parvenir. Une ultime pensée imprégna son esprit : *La sorcière chinetoque avait raison, je ne reverrai jamais ma femme.*

19

Main dans la main, Shane et Loreleï s'éloignaient du bar maudit.

Les sentiments de la jeune fille étaient partagés entre la tristesse et la joie. Elle avait retrouvé Shane, mais les ennuis avaient recommencé. Il semblait aussi que le garçon n'avait pas menti : quoi qu'elle fasse et où qu'elle aille, elle attirait le Mal comme le sucre attire le frelon.

– J'ai besoin de réponses, Shane. Grand-mère ignore beaucoup de choses et je n'ai pas laissé le temps à Gabriel de me fournir plus d'explications. Je pense que toi, tu peux m'apporter ces réponses.

Toutes sirènes hurlantes, une voiture de police les croisa à vive allure. Elle fonçait en direction du *Dingus Lounge*. La serveuse avait bien prévenu les forces de l'ordre. Au lieu d'intervenir dans une rixe opposant deux clients, les policiers constateraient bientôt le décès d'Edward Triplehorn.

Loreleï avait baissé la tête au passage du véhicule. Un geste qu'elle trouva stupide sitôt après. Elle n'était pas une criminelle, n'avait donc rien à se reprocher. Et Shane non plus, puisqu'il n'avait pas levé la main sur l'ivrogne qui, pourtant, l'avait tabassé sans retenue. Ignorante de la mort d'Edward, elle se demanda si les policiers allaient conduire celui-ci en prison. Le cri des sirènes s'éloignant, elle revint à sa principale préoccupation, en l'occurrence le rôle qu'elle tenait au cœur de tous ces étranges événements qui gravitaient autour d'elle.

Shane pressa un peu plus fort la main gracile de Loreleï.

– Tu es un enjeu, petite fille. L'enjeu de deux forces qui s'opposent depuis des millénaires. Le Bien contre le Mal et vice-versa. Deux notions, deux volontés, deux pouvoirs.

– Un enjeu parce que vous pensez que je suis l'Élue ?

– Nous ne le pensons pas, nous en sommes certains ! Tu découvriras par toi-même d'où nous tenons cette certitude. Te l'expliquer maintenant serait impossible. Trop d'éléments perturberaient ta compréhension. Tu es l'ultime Élue, celle qui apportera la victoire au camp que tu auras choisi de rallier.

Ses propos rejoignaient ceux de Gabriel et de grand-mère Hao. Shane aussi semblait convaincu qu'elle ferait pencher la balance. Mais à part ses qualités physiques, déplorables sur Terre et donc exceptionnelles dans le monde de Siàm, elle ne se sentait pas le caractère d'une puissante guerrière, ni le courage. Elle ne se voyait pas prendre part à des quêtes ou à des combats. Rien que d'y penser, elle en avait la chair de poule.

La seule quête qu'elle souhaitait mener à son terme, c'était livrer l'un des deux soleils à son amie Katelyn. Mais avant, il lui fallait profiter que Shane soit disposé à lui répondre pour le questionner.

– Tu connaissais les triplés ? Ces déments qui ont cherché à me faire du mal ?

– C'est une longue histoire.

– Raconte-la-moi, s'il te plaît.

Il shoota dans un caillou qui fut propulsé sur le pied d'un lampadaire, à près de vingt mètres.

– En 1931, trois jeunes garçons, des triplés, étaient emprisonnés dans un camp du Goulag, au nord de l'Oural, une province glaciale de l'ancienne Union soviétique.

– Attends, 1931, c'était il y a plus de 80 ans !

– Je comprends ta surprise, dit-il en riant, mais laisse-moi continuer, tu vas comprendre.

Elle se mordit la lèvre et l'écouta.

– Ces trois frères, identiques jusqu'à la moindre parcelle de leur folie, avaient seize ans lorsqu'ils furent arrêtés pour des atrocités commises sur des enfants. Souhaites-tu savoir lesquelles ?

Elle fit non de la tête à toute vitesse et, sans qu'elle y soit préparée, il se pencha vers elle et déposa un baiser sur sa chevelure ébène. Un nouveau frisson la parcourut. Parti de la racine de ses cheveux, il dévala sa nuque.

– Tu es trop sensible, petite fille. Il va falloir t'endurcir. (Elle tiqua en entendant ces derniers mots. Les mêmes que ceux prononcés par grand-mère.) L'horreur fait partie du quotidien des hommes et ces trois frères y ont largement apporté leur contribution. Ils auraient dû passer le reste de leur existence dans ce camp. Une existence qui s'annonçait courte ; les conditions climatiques, la rudesse du travail forcé, le manque de nourriture et l'absence de soins réduisant considérablement leur espérance de vie. Seulement voilà, ces trois tueurs en puissance étaient des Élus. Trois d'un coup, ça ne s'était encore jamais produit dans le passé. Une aubaine pour les Messagers, qui ne pouvaient les abandonner à leur sort. Les partisans du Mal étaient assurés de les rallier à leur cause. Les partisans du Bien n'avaient que trois possibilités : soit ils laissaient faire les Messagers du Mal, soit ils tentaient de transformer les triplés en gentils garçons, soit ils les éliminaient.

– Qu'ont-ils choisi ?

– Ils ont tenté de les éliminer et ont échoué.

– Je ne comprends pas, s'ils les avaient tués, les partisans du Bien auraient commis un triple meurtre. Et tuer n'est pas vraiment un acte charitable.

– D'où la frontière si étroite entre le Bien et le Mal. Une frontière qu'il est aisé de franchir. Finalement, tu l'auras deviné, les Messagers du Mal ont sorti les triplés du camp du Goulag et les ont emmenés dans le monde de Sìam. Là, ils ont survécu à mille dangers et sont devenus plus forts qu'ils ne l'étaient déjà. Et aussi bien plus fous ! Au fil du temps, les triplés sont passés d'un univers à l'autre, semant terreur et mort sur leur passage, par plaisir. Pour te donner un exemple concret, ils ont largement contribué au déclenchement de la seconde guerre mondiale.

– Comment ont-ils fait ? s'écria-t-elle, les yeux écarquillés.

– Ils n'ont plus grand-chose d'humain, tu sais. Leur enveloppe charnelle cache des démons redoutables, capables d'insuffler l'envie, la vengeance, la haine, la folie. Il leur aura suffi de voyager d'est en ouest pour dresser les hommes entre eux. Tous les conflits et la plupart des actions malfaisantes depuis cette époque découlent de l'influence des triplés et de nombreux autres démons venus du monde de Siàm.

– Ce que tu me racontes est effrayant ! Mais, d'après tes dires, les trois frères devraient avoir une centaine d'années. Ils sont pourtant loin d'en paraître la moitié.

– C'est un des nombreux avantages octroyés aux Élus. Dès qu'ils sont entrés dans le monde de Siàm, et s'ils survivent, leur espérance de vie s'allonge, même sur la Terre. Le premier Élu est d'ailleurs toujours vivant. Avec le temps, son apparence physique s'est considérablement modifiée et, de plus, il est devenu complètement cinglé, mais il vit !

– Quel âge a-t-il ?

– Cent cinquante mille ans, environ.

Passé la surprise, Loreleï imagina un sac d'os, couvert d'une peau brune, plus sèche que celle d'une noix.

– Il doit être monstrueux.

– Tout dépend de ce que tu appelles « monstrueux ». Son corps n'est pas celui d'une momie, si c'est à quoi tu penses.

– C'est un peu ça, en effet.

– Loin de là. Il est même plutôt marrant. Sa peau a jauni, sa taille a été divisée par dix, et les quelques poils qui parsèment encore le haut de son crâne sont d'un bleu nuit qui devrait te plaire.

Elle s'arrêta au milieu du trottoir. Shane lui lâcha la main et se planta en face d'elle.

– Quelque chose qui cloche, petite fille?

– Je le connais, dit-elle dans un souffle à peine audible.

– C'est impossible. À ma connaissance, il n'a pas quitté le monde de Siàm depuis des décennies.

– Quand j'ai perdu mon pendentif au bar, j'ai eu une vision. Un peu comme un rêve. J'ai vu un petit bonhomme, étrange; une sorte de lutin. Il portait des lunettes trop grandes, cerclées de blanc, à double foyer. Ses yeux étaient rouges, ses pieds disproportionnés, très longs par rapport à ses jambes. Il avait des chaussures rouges aussi, et un manteau du même bleu nuit que la houppette dressée sur sa tête. Des t.o.c. secouaient son corps au début de ses phrases et parfois à la fin. Il criait « tadam! », sans raison.

– Incroyable! s'étonna Shane. Tu viens de le décrire parfaitement.

– Et il avait aussi un drôle d'accent. On aurait dit de l'allemand, conclut-elle, impressionnée elle-même par l'image très nette qu'elle avait gardée de l'excentrique personnage.

– Il n'est pas allemand, mais il a l'accent. Et là, toutes ces précisions alors que vous ne vous êtes pas rencontrés… Je dois dire que tu m'impressionnes, vraiment. Encore un point important pour nous.

– Que veux-tu dire? fit-elle en s'ébrouant.

– Il semblerait que ta grand-mère t'ait légué son don de voyance, et ce n'est pas inintéressant pour les Messagers.

Même si Loreleï avait du mal à l'admettre, elle avait ce don en elle. L'existence du vieil Élu, ce lutin aussi bizarre que sympathique, en était la preuve.

En revanche, le garçon venait d'avouer qu'il détenait des éléments sur grand-mère alors que celle-ci avait affirmé ne pas le connaître. Pas un instant Loreleï ne songea que sa grand-mère lui avait menti. Il avait dû espionner Hao pour finalement apprendre qu'elle était une vraie voyante. Était-elle aussi un maillon de cette chaîne qui entraînait inexorablement sa petite-fille vers un monde parallèle où elle ne souhaitait pas se rendre ?

Pouvoir capter des éléments du futur conférerait à Loreleï un avantage sur ceux qui tentaient de diriger son destin. Peut-être devrait-elle en informer son aïeule, lui demander qu'elle l'aide à développer ce don naissant. Pour l'heure, ce qui la chagrinait, c'est qu'elle s'était vue dans cette vision, perchée au sommet d'un arbre gigantesque, à observer les êtres translucides que son compagnon miniature appelait « les chouines ».

– Je n'aurai pas d'autres choix que d'aller dans le monde de Siàm, n'est-ce pas ? interrogea-t-elle, inquiète.

Shane se pencha lentement vers elle, son visage tout près du sien. Il lui répondit d'une voix douce.

– Tu es l'ultime Élue. Tu n'as pas choisi ce statut, il était gravé dans le marbre de l'histoire bien avant ta naissance. Mais il ne doit pas t'effrayer, tu ne peux en retirer que du bon. Tu n'as pas encore idée du pouvoir que tu détiens, de la force qui est en toi. Le monde de Siàm te dévoilera qui tu es vraiment, et toute la puissance dont tu disposes.

Elle ne parvenait pas à s'imaginer autrement qu'en petite fille malgré ses quinze ans qui approchaient. Car même si elle s'était découvert un corps de femme parfaite dans ce qui était, semblait-il, une prémonition, elle se verrait toujours fragile comme une brindille, avec trop peu de caractère pour affronter la rudesse de la vie, l'incertitude de l'avenir.

Arriver à visualiser le futur n'était finalement pas très rassurant, d'autant qu'elle n'avait pas oublié ses cauchemars dans le bus : le démon et sa monture à trois têtes, le démon écartant les arbres et déchirant les branches avec ses cornes. Était-il, lui aussi, un de ceux qu'elle rencontrerait dans le monde de Siàm ? Devrait-elle vraiment le craindre, fuir sa présence à tout prix ? Elle n'avait pas la moindre idée de l'apparence du Mal dans cet univers parallèle. Après tout, celui qui revêtait l'habit du démon, là-bas, n'avait peut-être pas eu le choix de son aspect.

Les pires créatures n'étaient pas forcément les plus laides, même sur la Terre.

Tout s'embrouillait. Elle n'avait aucune certitude.

– Qui es-tu ? osa-t-elle demander, tête baissée, en regardant le trottoir comme si la réponse pouvait surgir du bitume.

– Tu le sais déjà, dit-il en se redressant, son souffle chaud caressant le visage de Loreleï. Je suis l'un des quatorze Messagers. Mon nom est Shane Baal. Mon devoir est de te protéger. Je suis né pour accomplir cette première mission, je l'ai attendue toute ma vie. Des millénaires à patienter, à croiser des Élus mineurs, qui ne m'ont apporté qu'un flot de déceptions. Aujourd'hui tu es là, enfin, bientôt prête pour le grand voyage.

– Tu… Tu as dit « première mission ». Quelle est la deuxième ?

– Te convaincre d'embrasser ma cause, expliqua-t-il, son merveilleux regard doré l'enveloppant dans un voile de tendresse.

– Mais… tu es du bon côté, ton camp est celui du Bien, n'est-ce pas ?

Un concert de klaxons couvrit sa réponse. Deux voitures pilèrent près de Shane et Loreleï. Deux décapotables noires, d'une longueur impressionnante. Leurs chromes brillaient si fort qu'ils éblouirent la jeune fille. Quatre garçons sautèrent par-dessus les portières du premier véhicule. L'un d'eux prit la tête de la bande. Loreleï reconnut James Callwood, avec sa brûlure au milieu du front comme une marque d'infamie. Quatre autres, sortis de la seconde voiture, lui emboîtèrent le pas.

Les huit gaillards, dont cinq très costauds, avaient pour la plupart des tas de piercings sur le visage. Ils encerclèrent le couple.

Shane soupira, l'air décontracté et tout juste agacé, tandis qu'elle se pressait contre lui, la panique au ventre. Il extirpa une cigarette de la veste de son treillis.

– Y en a-t-il une parmi vous qui aurait du feu, les filles ? lança-t-il, provocateur.

Les poings se serrèrent.

Le soleil se refléta sur une lame.

20

Celui qui tenait le couteau était le plus petit de la bande. L'un des seuls à ne pas avoir de bouts de ferraille plantés sur l'arcade, la lèvre, ou tombant en cascade sur le contour des oreilles. Mais il était aussi le seul dont la nervosité était perceptible. Il dansait sur place, par petits bonds, d'un pied sur l'autre. Une boule de nerfs. Un vrai danger.

– Range ça, lui ordonna James Callwood.

– Écoute ton chef, ma poulette, ajouta Shane, son visage ne trahissant aucune expression malgré ses yeux rétrécis en deux fentes, d'où jaillissaient des éclats d'or.

– Laisse-le-moi, James! exigea le petit. J'vais m'le faire! Lui taillader la tronche!

– Range ça, je te dis! répéta le mauvais garçon en empoignant son complice par le col.

La lame disparut dans son manche noir avec un claquement. Celui-ci disparut à son tour dans la poche du petit nerveux qui cracha sur les rangers de Shane. Loreleï sentit le corps de son compagnon vibrer. Elle l'agrippa par le poignet et le pressa doucement, plusieurs fois, comme pour apaiser la colère qu'elle sentait monter en lui. Jusqu'où irait-il pour la défendre? Serait-il prêt à tuer? Elle n'en douta pas et voulut éviter le pire en s'interposant.

– J'ai cinquante dollars, dit-elle en sortant ses billets. Ils sont à vous si vous nous laissez partir.

Elle se rendit compte trop tard de l'énormité de sa proposition. Les voyous étaient huit. Ils devaient être persuadés de venir facilement à bout d'un garçon accompagné d'une petite fille.

Elle les avait simplement tentés avec son argent.

Le mal était fait.

Les huit échangèrent des regards entendus.

Avant qu'elle n'ait eu le temps d'ajouter un mot pour se rattraper, Shane se pencha sur elle et lui chuchota à l'oreille :

– Tu vois, petite fille, quand je te disais que tu les attirais.

Elle tourna la tête vers lui et, la prenant par surprise, il déposa un baiser sur son front. Une surprise fort agréable pour Loreleï, mais une occasion en or pour James d'ironiser en ne voyant là qu'un jeune homme amoureux d'une fillette.

– Tu les prends au berceau, dis-moi. Tu ne serais pas de la famille de Teddy Balmore ?

Pendant que Shane se redressait pour affronter James Callwood du regard, Loreleï songea qu'elle avait déjà entendu ce nom. Elle ne savait plus où ni quand, mais c'était pourtant une certitude. Pourquoi le chef de bande pensait que Shane était apparenté à ce M. Balmore ?

– Hé les gars, reprit James à la cantonade, vous ne trouvez pas qu'il ressemble au vieux Teddy ?

Les autres éclatèrent de rire. Des rires grinçants, mauvais, hargneux sur la fin. Celui du petit nerveux ressemblait au bruit d'une soupape de cocotte-minute en surpression.

James Callwood leva les bras pour obtenir le silence. Les rires s'éclipsèrent.

– La proposition de la gamine me paraît honnête. Cinquante dollars pour avoir le droit de traverser notre territoire, c'est correct.

Le petit intervint en glapissant :

– Ça va pas être possible ! Cinquante divisé par huit, ça fait pas un compte rond !

Les rires reprirent, sourds mais toujours aussi emplis de malveillance. Loreleï crut bon d'intervenir à nouveau. Si elle parvenait à convaincre James de prendre son argent, il les laisserait passer.

— En fait, j'ai laissé dix dollars au *Dingus Lounge* tout à l'heure. Mais il m'en reste quand même quarante, ce n'est pas rien. Et puis, on peut les diviser par huit pour faire un compte rond, conclut-elle sourcils levés, un timide sourire aux lèvres dans une ultime tentative de séduction.

— Elle est mignonne, se moqua James. Allez gamine, aboule le fric et trace la route !

Loreleï n'en revenait pas. Il avait accepté. Shane n'aurait pas à intervenir. Personne ne serait blessé. James lui arracha les billets des mains quand elle les lui tendit.

— Dégage, maintenant !

Le menton dans le cou, les yeux rivés au sol, elle se glissa entre James et le petit. Une fois sortie du cercle, elle jeta un œil en arrière et vit qu'ils resserraient les rangs, Shane bloqué au milieu.

— Attendez ! osa-t-elle crier. J'ai payé pour que vous nous laissiez passer !

— Non, lâcha James, tu as payé ton droit de passage, pas le sien.

Elle se mordit la joue. Comment avait-elle pu croire qu'il abandonnerait si vite la partie ?

— J'ai encore de l'argent ! Pas sur moi mais je peux aller le chercher !

Ils ne lui prêtaient déjà plus attention. Le petit avait ressorti son couteau. Le cercle se rétrécissait autour de Shane. Comme elle ne doutait pas que huit, ou même vingt voyous, ne pourraient jamais terrasser un ange aux pouvoirs aussi exceptionnels que ceux de son ami, elle joua sa dernière carte pour qu'il leur laisse la vie sauve.

— Il me reste presque deux cents dollars ! hurla-t-elle. Ils sont à vous ! Je ne les ai pas sur moi, mais je peux aller les chercher ! Je vous les donne !

Elle discerna les mots lâchés à voix basse par le petit nerveux.

– T'as entendu, James ? Deux cents sacs, c'est pas mal. C'est vachement mieux que ses quarante misérables dollars. On s'occupera du descendant de Teddy après, qu'est-ce que t'en penses ?

Tous guettaient la réaction de Callwood. Tous, sauf Shane, qui se hissa sur la pointe des pieds, tête penchée pour que Loreleï voie le sourire qu'il lui offrait, serein.

– On vous emmène, déclara soudain James. La petite monte avec Sam, et Dugland monte avec moi.

Elle comprit que Sam et le petit nerveux ne faisaient qu'un lorsqu'il se retourna et l'empoigna par le biceps, la tirant de force vers une voiture. Shane repoussa les mauvais garçons qui voulurent l'attraper et sauta par-dessus la portière du passager de la décapotable, avant de se glisser entre les sièges pour s'affaler sur la banquette arrière.

Les voyous se regardèrent, surpris qu'il obtempère aussi facilement. Leur chef avait dû le décrire comme un dur à cuire alors qu'il n'était qu'une mauviette, un sale trouillard qui laissait une gamine banquer pour lui éviter de se prendre une raclée. James Callwood, lui, afficha un rictus vainqueur, sa lèvre supérieure retroussée sur des dents mal ordonnées.

Sam, telle une pile en surcharge, trépignait sur place. Son couteau à la main, il se plaça derrière Loreleï, la souleva en ahanant puis la propulsa par-dessus la portière. Les genoux de la jeune fille heurtèrent le métal. Elle bascula tête la première sur le siège passager. Le petit n'avait pas eu la force de la soulever assez haut. Une fois encore, elle mobilisa tout son courage pour rétorquer :

– Avec les deux cents dollars que je vais vous donner, vous pourriez au moins être un peu galant.

Les trois garçons qui s'installaient à l'arrière rirent sous cape. Sam la foudroya du regard. Elle comprit qu'il valait mieux éviter d'en rajouter, même si la tentation était grande.

Il contourna sa voiture par l'avant, caressant au passage la paire de cornes chromées qui ornaient la calandre. Malgré sa petite taille, il réussit à sauter d'un bond dans son véhicule, mais il atterrit trop loin. Son pied droit s'enfila à travers le volant, puis sa jambe tout entière. Il poussa un hurlement suraigu quand son entrejambe servit d'amortisseur à son corps. Derrière, ses copains explosèrent de rire en tapant sur leurs cuisses. Loreleï eut le malheur de sourire. Sam tendit son bras, l'agrippa par les cheveux et l'attira violemment vers lui.

Tandis qu'il se contorsionnait sur son siège, il colla son visage déformé par la douleur à celui de Loreleï. La lame du couteau brilla devant les yeux de la jeune fille.

– Fous-toi encore une fois de ma gueule et j'agrandis ton sourire !

Au-delà de la grossièreté, elle avait senti toute la haine contenue dans sa voix. Comme un transmetteur d'ondes funestes, le ton qu'il avait employé véhiculait le désir ardent d'engendrer la souffrance. Il tira plus fort sur ses cheveux. Elle ne put contenir ses larmes.

– Je ne recommencerai pas, pardon.

L'étreinte se relâcha.

– T'as intérêt, sale morveuse !

À l'arrière, ses copains riaient encore. Ils se turent lorsqu'il leur hurla de la boucler. À l'évidence, le petit nerveux les impressionnait. Sans doute savaient-ils à quel point il pouvait devenir dangereux. Peut-être le craignaient-ils plus encore que leur chef.

L'instant d'après, des cheveux d'ébène coincés entre les doigts, il démarrait.

– Où t'habites ? demanda-t-il, toujours hargneux.

– Je ne connais pas l'adresse, hoqueta Loreleï.

– Tu sais même pas où tu vis ?

– Je viens d'emménager. Je vais vous guider.

La décapotable s'élança. Le rétroviseur du côté passager indiqua à Loreleï que James Callwood la suivait de près.

Elle guida Sam jusqu'au *Dingus Lounge*. La voiture de police était garée sur le parking. Devant la porte, une ambulance patientait. Lorsque le voyou bifurqua sur la droite, Loreleï se tordit le cou pour continuer de contempler le bar. Elle eut le temps de voir sortir deux hommes portant un brancard. Un corps, recouvert d'un drap jusqu'au visage, reposait dessus.

Quand elle reprit sa position initiale, Loreleï se demanda qui avait pu passer de vie à trépas en si peu de temps. Sans même s'en apercevoir, elle ferma les yeux et son esprit visualisa un écran rouge parsemé de taches noires qui bondissaient comme des insectes à la surface de l'eau. Ensuite le voile se déchira et elle entendit clairement une pensée, celle d'Edward Triplehorn : *Je ne reverrai jamais ma femme*. Enfin elle le vit, lui qui avait tenu d'ignobles propos racistes. Il gisait sur le sol du *Dingus Lounge*, les yeux ouverts, braqués sur le néant, la langue pendante, la gorge enserrée fermement par ses propres doigts. Un policier était agenouillé à ses côtés pour prendre son pouls. Loreleï le vit se relever, face à la silhouette d'une jeune femme qu'elle avait du mal à identifier, probablement la jolie serveuse. La tête de l'officier oscilla de gauche à droite. Edward Triplehorn était mort, comprit Loreleï avec horreur.

Venait-elle d'avoir une vision ? Se pouvait-il vraiment que sa grand-mère lui ait transmis son don de voyance, comme l'avait suggéré Shane ? Edward avait-il réellement péri subitement, sans raison apparente ? Si tel était le cas, elle pouvait donc voir des événements du futur dans le monde de Siàm, mais aussi le passé sur la Terre.

Loreleï ne savait que penser et se mit à douter : parce qu'elle avait vu l'ambulance, son esprit avait peut-être imaginé tout le reste.

— Alors ? Par où je vais ? beugla Sam, la tirant ainsi de ses réflexions.

Encore sous le choc, elle ne reconnut pas la rue, ni ses maisons ni ses commerces épars. Une gifle l'atteignit en pleine face.

– Tu sais ce que ça coûte, un litre d'essence, sale morveuse? Secoue-toi où tes deux cents dollars ne suffiront pas à t'épargner!

Une maison de plain-pied, entourée d'un jardin mal entretenu, à l'angle de la quatre voies et d'une artère sur la droite, lui rappela vaguement quelque chose.

– Par là, dit-elle, les lèvres en feu.

– Et après?

– Toujours tout droit.

– C'est loin?

– À quelques centaines de mètres de cette rue, près d'une grande étendue d'eau.

Sam marmonna. Ses copains, à l'arrière, n'arrêtaient pas de rigoler. Ils se délectaient du spectacle du petit survolté incapable de maîtriser son impatience.

Trois minutes plus tard, la décapotable se rangeait au bord de la route.

– C'est où? demanda Sam, décochant des regards en tous sens.

– Là, devant vous.

Il écarquilla les yeux.

– Mais où ça, bon sang? Je ne vois qu'une saleté de champ! Si tu m'as baladé, je vais te le faire regretter! menaça-t-il, son couteau surgissant dans sa main.

Loreleï sentit la panique l'envahir. Elle se souvint des gens qu'elle avait croisés devant la petite maison. Le couple d'amoureux, le chihuahua et son maître sur lequel elle réussit à mettre un nom – « monsieur Balmore », l'avait interpellé Shane. Elle comprit l'insulte des voyous qui avaient dit de son ami qu'il était le descendant de Teddy Balmore, ce vieux vicieux qui aimait les petites filles.

Et aux yeux de tous ces gens, la maison était invisible.

La lame jaillit du manche. La seconde d'après, son métal glaçait la gorge de Loreleï.

– J'ai... j'ai caché l'argent dans le champ, fit-elle en déglutissant péniblement.

Elle venait de mentir. Pour la toute première fois de sa vie, elle avait sciemment proféré un mensonge. Le Mal entraîne le Mal, toujours.

Les cinq passagers de la décapotable, qui les avaient suivis, déboulèrent sur le côté. Shane marchait entre James et un malabar qui transpirait la force à l'état brut. Il avait remis son bonnet, et sa cigarette se consumait, coincée dans l'éternel sourire confiant qu'il affichait.

– Petite fille, lança-t-il à Loreleï, vas-y, on t'attend ici.

Elle descendit de la voiture et croisa son magnifique regard. Elle détecta le rapide clin d'œil qu'il lui adressa, mais n'en comprit pas la signification.

Elle hésita. Il insista :

– Vas-y, tout va bien se passer.

– Mais oui, surenchérit James Callwood, un brin moqueur, tout ira bien.

Sans se retourner, sans même se demander si elle disparaissait de la vue des garçons, elle traversa l'allée et entra dans la maison. Il lui fallait faire vite, avant que Shane ne s'en prenne aux huit voyous. Certes, ils ne méritaient pas sa clémence, mais elle se sentirait coupable s'il leur arrivait malheur.

Le seuil de sa chambre franchi, elle s'activa pour récupérer le reste de son argent. La gifle de Sam brûlait encore ses lèvres lorsque, fébrile, Loreleï laissa échapper les billets, qui se répandirent sur le parquet. Pendant qu'elle les ramassait, les roulant en boule au creux de sa main, elle se demanda ce qui se passait dehors. Les voyous commettaient-ils l'erreur de provoquer Shane ? Et si oui, celui-ci saurait-il garder son calme, ne pas les massacrer ? Elle dévala les marches d'escalier à toute vitesse, ouvrit la porte à la volée et se figea.

Il ne restait que la décapotable de Sam, l'autre avait disparu, tout comme les huit garçons. Dans l'herbe, étendu sur le dos, gisait le corps de Shane. Une angoisse folle s'empara de Loreleï. Que lui était-il arrivé? Comment la bande de loubards avait-elle réussi à le terrasser? Elle n'avait pas arrêté de songer aux souffrances qu'il pouvait infliger aux voyous, mais jamais au contraire.

Il restait, immobile. Elle craignit le pire pour lui. Une peur qui tenailla violemment son estomac.

Et elle oublia tout : les voyous et leur fuite, la décapotable inexplicablement abandonnée au bord du trottoir, son rendez-vous avec Jenny Callwood à dix heures, son amie Kate et son espoir de la sauver; tout, jusqu'au monde qui l'entourait. Elle retint péniblement ses larmes et s'élança en hurlant le prénom de l'ange avant de se jeter dans l'herbe, agenouillée près de son corps, inerte.

– Shane! Shane, s'il te plaît! Parle-moi! Dis-moi que tu vas bien!

Une ancienne question remonta à la surface de son esprit. La première des questions qu'elle aurait dû poser à Shane, à Gabriel, ou à grand-mère. Et ne pas en démordre, jusqu'à obtenir une réponse. À cet instant précis, elle regrettait son manque de volonté, d'acharnement. Si elle avait eu sa réponse, et si cette dernière avait été affirmative, alors jamais elle n'aurait accepté que Shane la protège comme il l'avait fait jusqu'à présent. Jamais elle n'aurait accepté qu'il prenne autant de risques pour elle.

Une question, sans réponse…

Un ange peut-il mourir?

21

Le ciel se voila d'un immense nuage couleur de ténèbres. Quelques gouttes se mêlèrent aux larmes de Loreleï sur le visage angélique qu'elle tenait entre les mains.

Shane...

Que pouvait-elle faire pour lui ?

Elle se releva et ses yeux cherchèrent du secours. La rue était déserte. Pas un piéton à l'horizon, ni même un véhicule qu'elle aurait pu héler.

Brutalement, la solitude s'abattit de tout son poids sur ses épaules. Elle s'était attachée à Shane au-delà de la raison et son absence lui pesait déjà. Pour la première fois de sa vie, elle se sentait vraiment seule et coupée du petit monde qu'elle connaissait. Coupée des siens. Coupée de tout.

Un bref instant, elle songea à grand-mère Hao.

Puis, tel un pantin, elle traversa la route, regard dans le vide. Ses pas, d'abord hésitants, se firent plus rapides. Et enfin, elle courut.

Elle courait comme jamais elle n'aurait espéré le faire un jour. Moins d'une semaine auparavant, trotter gentiment aurait risqué de la conduire aux urgences de l'hôpital le plus proche. Et là, elle courait, sans se soucier des dangers auxquels elle s'exposait, de son cœur qui pouvait la trahir, ses jambes moulinant à toute allure, l'entraînant le long d'une route fouettée par des lanières de pluie.

Elle courait... les yeux fermés.

Une image s'imprima dans son cerveau tandis que la tristesse tombée du ciel giflait son visage. Un panneau. Le nom d'une rue. Brobst Street.

Elle accéléra sous un déferlement d'éclairs qu'elle ne voyait pas. De l'eau coulait entre son ciré et le chemisier blanc qu'elle portait. Sa paire de Converse ne faisait plus barrage à la pluie, ses chaussettes étaient trempées. Son jean poissait ses jambes, fines comme les petites branches d'un cerisier, presque aussi cassantes alors qu'elles l'emmenaient pourtant à une vitesse grandissante, vers une destination inconnue, dans la pénombre de ses paupières closes.

Des bruits lui parvenaient au travers d'un chant dont le volume augmentait à chaque foulée. Un chant oriental. L'un de ceux que Shane sifflait parfois. Le même que dans le bar. Les grondements du tonnerre s'estompaient derrière cette mélodie, le choc de ses pieds dans les flaques devenait flou, les véhicules qui projetaient des gerbes d'eau lorsqu'ils rasaient le bas-côté s'éloignaient, le vent dans ses oreilles se faisait moins présent.

Un grand vide s'était installé dans son cœur. Là où Shane avait sa place. Et maintenant qu'il avait laissé ce gouffre béant, plus rien n'avait d'importance. Pas même la nouvelle image qu'elle visualisa, les yeux toujours fermés : une maison entourée de rosiers aux fleurs aussi blanches que sa façade.

Elle ralentit lentement et finit par s'arrêter. Une odeur doucereuse évinça celle de l'orage. Et enfin ses paupières se soulevèrent. La maison aux murs blancs se dressait devant elle, entourée de grappes de roses à la blancheur virginale. Les éléments se déchaînaient pour en arracher les pétales, qui couvraient le sol en un tapis de pureté.

La porte s'ouvrit sur grand-mère Hao.

Loreleï se précipita dans ses bras.

– Je t'attendais, ma puce. Je t'ai vue, en pensée, courir vers moi.

Pleurer fait mal. Pleurer engendre une douleur que l'on croit éternelle. Une souffrance qui enfonce profondément ses crocs dans chaque parcelle de notre peau, transcende notre volonté, la transperce, s'insinue dans notre âme pour la réduire en charpie. La souffrance agit à sa guise, rien ne peut la retenir.

Loreleï ne pouvait résister à la déferlante d'une douleur qu'elle n'avait connue qu'une seule fois, lorsqu'elle avait appris que ses parents ne vivraient plus ensemble, avec elle.

Et elle pleura. Longtemps. Jusqu'à en perdre connaissance, terrassée par la déferlante d'un chagrin sans pitié.

* * *

Une aube rouge s'étirait sur l'océan.

Des points noirs apparurent au loin, disséminés au-dessus de la ligne d'horizon.

Assise au bord d'une falaise, Loreleï contemplait le lever du soleil. À l'extrémité de son champ de vision, un astre plus petit décréta que lui aussi avait sa place dans le ciel pourpre.

– Deux zoleils pour le prix d'un, commenta une petite voix nasillarde à sa droite.

Allongé sur le côté, sa tête jaune appuyée au creux de la main, son minuscule compagnon cherchait désespérément à se gratter un pied avec l'autre, tous deux emprisonnés dans des chaussures rouges, montantes et trop grandes pour lui.

– Vous y arriverez mieux si vous retirez vos chaussures, conseilla-t-elle.

– Je penze que ze zerait préférable, en effet. À condizion que tu zois forte, très forte même, car je ne les zai pas enlevées depuis un ziècle ou deux. J'ai peur que l'odeur de la marée baze te zoit pluz agréable que zelle de mes pieds.

– Seigneur ! Un ou deux siècles ?

– Minimum, rectifia-t-il.

Elle réprima une grimace naissante et sourit aux grands yeux rouges qui clignèrent derrière les verres à double foyer.

– J'adore quand tu me zieutes comme za, dit-il. Je me zens rajeunir d'une petite zentaine de milliers d'années.

Puis, sans prévenir, il lâcha un vibrant « tadam ! » qui la fit sursauter, se jeta à plat ventre et exécuta une série de pompes à toute allure.

– Rien de mieux qu'un peu de zport de bon matin.

– Si vous le dites.

– Je t'azure qu'il n'exzizte rien de meilleur pour ze maintenir en forme. J'en zuis la preuve vivante !

La preuve, fléchissant de plus en plus vite ses bras, se mit à compter jusqu'à deux et à répétition, dans une langue que Loreleï ignorait.

– *Eins, zwei, eins, zwei, eins, zwei…*

– Vous parlez russe ? risqua-t-elle.

– *Da*, mais là, ze n'est pas du ruze, z'est de l'allemand. *Eins, zwei, eins, zwei,…*

– Vous êtes allemand ?

Il se figea brusquement, sa tête tournant de droite à gauche, puis de haut en bas, avant de se stabiliser sur un air perplexe.

– Z'est une exzellente queztion. Et je te remerzie de l'avoir pozée. Tadam ! conclut-il en poussant sur ses jambes pour adopter la position du poirier.

En le voyant ainsi à l'envers, sa houppette bleu écrasée sur la roche et ses lunettes sur le front, Loreleï étouffa un rire.

– Eh bien ? Vous êtes allemand, oui ou non ? insista-t-elle, un grand sourire illuminant son visage.

Au lieu de répondre, il retomba à plat ventre et reprit sa série de pompes avec fougue.

– *Uno, doz, uno, doz, uno, doz,…*

– Ah ! Ça, c'est de l'espagnol, mais avec l'accent allemand.

– Exzact ! Je me demande d'ailleurs zi je n'ai pas appris à le parler avec autant d'aizance grâze à une magnifique Andalouze qui en voulait à mon corps muzculeux. *Uno, doz, uno, doz.* Elle avait une groze poitrine, dizproporzionnée. *Uno, doz, uno, doz.*

Quoique non, je ne penze pas, je m'en zouviendrais. Z'est juzte un fantazme.

Quoi qu'il eut affirmé, Loreleï aurait eu le plus grand mal à l'imaginer séduire une femme. Pour ne pas le vexer en riant franchement, elle se détourna et fixa les amas de points noirs qui se détachaient au loin. Ils avaient grossi. Les plus proches ressemblaient à des bulles de chewing-gum avec un chamallow suspendu en dessous.

– Qu'est-ce que c'est? demanda-t-elle en se levant, la main en visière afin d'abriter ses yeux des deux astres solaires.

Avant qu'il ne réponde, elle comprit que les points n'avaient pas grossi, ils s'étaient approchés de la falaise.

– Z'est une partie de ton armée! asséna-t-il.

Elle se pencha et le saisit entre ses mains, le bracelet en lapis-lazuli autour de son poignet gauche. Le minuscule personnage gigotait sans cesse. Elle ignora ses mouvements désordonnés et replia simplement ses doigts pour éviter qu'il ne tombe.

– Je ne comprends pas! Mon armée? Mais quelle armée?

– Veux-tu bien me repozer, je te prie. Tu as les mains moites et je détezte ça!

Elle fronça les sourcils.

– Et vous, vous puez des pieds! ne put-elle s'empêcher de lui dire.

– Zi peu.

Il commençait à l'agacer.

– Alors? C'est quoi cette histoire d'armée?

Il tira sur sa veste bleue et entama un pas de danse indienne. Ne manquait qu'une flamme dans la main de Loreleï pour que la scène soit définitivement surréaliste.

– Tu ne connais pas les Zioux? Tu as demandé une armée pour conquérir le monde de Ziàm. Et voilà le rézultat. Les Zioux arrivent à la rezcouze.

Elle le lâcha, et il fit une chute qui devait lui sembler vertigineuse tant Loreleï était grande et lui petit. Il se roula en boule et rebondit sur le sol comme une balle de ping-pong. Au sixième rebond, il se déplia d'un coup.

– Tadam! Même pas mal!

Elle poussa un long soupir. Il n'était pas près de répondre à ses questions. Elle devait s'y prendre autrement pour le faire parler.

– Vous êtes gourmand? fit-elle, le vent se mettant soudain à souffler.

– La gourmandize est un vilain défaut, me dizait ma maman, quand nous vivions au fond d'une grotte et que je rongeais la viande de bizon juzqu'à l'oz.

– Donc, vous aimez les friandises!

– Il n'y a pas de bizon dans les parages. D'ailleurs, il n'y en a nulle part dans le monde de Ziàm. Mais je me laizerais bien tenter par une chouine à la liqueur de twizky.

Loreleï ignorait ce qu'était un twizky. Seules les réponses sur sa prétendue armée l'intéressaient. Elle était sur la bonne voie pour qu'il daigne lui répondre.

– Je vous en offrirai une par jour, pendant toute votre vie, si vous me dites pourquoi ces drôles de boules font partie de mon armée.

– Za va te coûter cher. Le twizky n'est pas donné en cette période de prohibizion.

Elle contempla l'horizon quelques secondes. Les boules étaient devenues des ballons ressemblant à des montgolfières mais en plus grand, avec, lui sembla-t-il, une hélice à l'arrière de leur nacelle.

– Peu importe le prix. Répondez!

Le vent souffla plus fort. Il s'additionna à la puissance des hélices pour pousser les milliers de ballons dans leur direction. Ils n'étaient plus très éloignés lorsque Loreleï ressentit une présence dans son dos. Une présence oppressante.

Elle se retourna et découvrit, horrifiée, des milliers de colonnes d'ombres menaçantes. À leur tête, le démon à la peau de braise chevauchait sa monture à trois têtes.

– La réponze à ta queztion est devant toi, ma chère Élue. Les Zioux arrivent pour t'aider à combattre les armées du zeigneur de la guerre. Le plus puizant de tous les démons. À ze propos, et comme tu peux le voir, il est entouré d'une partie de zon armée à lui. Je dirais, à vue d'un jet de crotte de nez, quelque zent mille démons inférieurs.

Malgré le vent contraire, une odeur pestilentielle agressa les narines de Loreleï. Elle frissonna et ne sut jamais si son excentrique compagnon avait lu dans ses pensées lorsqu'il déclara :

– Je t'azure que je n'y zuis pour rien. Mes pieds ne puent pas autant.

Cette fois-ci, elle n'eut pas envie de rire. Elle décocha un regard sur les ballons, tout proches désormais, puis un autre vers la marée grouillante de créatures démoniaques qui s'ébranla lentement. Des corps bondissaient au-dessus de ceux de leurs congénères. Des flammèches, jaillissant des crânes couleur de sang, illuminaient l'armada par intermittence. Sur des armes métalliques, des reflets renvoyaient, en une multitude de flashs lumineux, les rayons des soleils de Siàm.

– Tu m'ezcuzeras mais je viens de me zouvenir d'un appel urgent à pazer. Un problème à régler avec des zuiziers de juztize. On ze téléphone et on ze fait une bouffe ? lança-t-il en se jetant du haut de la falaise.

Elle entendit ses derniers mots tandis qu'il se roulait en boule dans sa chute :

– Zi tu zurvis, bien zûr !

Il disparut au pied du promontoire rocheux, entre deux vagues, après une vertigineuse descente en piqué.

Derrière Loreleï, la horde gigantesque hurla en chargeant. Une bande si large qu'elle couvrait tout l'espace d'est en ouest. Les ballons, s'ils étaient vraiment là pour lui venir en aide, n'auraient pas le temps d'atterrir et de la sortir de ce guêpier.

Pour échapper à une mort certaine, elle devait suivre le même chemin que Tadam.

Elle inspira profondément, fit un pas en avant, s'arc-bouta et plongea dans le vide.

La descente parut interminable.

Quand Loreleï entra au contact de l'eau, le choc fut si terrible qu'il l'étourdit. Le temps qu'elle remonte à la surface, l'eau s'engouffrait déjà dans ses poumons.

Très vite, elle étouffa.

* * *

Loreleï cracha un geyser d'eau savonneuse.

Allongée dans une baignoire, elle jeta des regards apeurés alentour, s'attendant à voir surgir un démon de l'armoire de toilettes.

On toqua à la porte. La voix douce de grand-mère Hao filtra.

– Tout va bien, ma puce ?

Loreleï se leva et s'emmitoufla dans une grande serviette que l'on avait posée sur le rebord de la baignoire. Trouvant son corps terriblement disgracieux, elle craignait, plus encore que les hordes de démons déchaînées, que sa grand-mère la voie nue. Pourtant, Loreleï était presque certaine que la vieille dame l'avait déshabillée et plongée dans la baignoire, car elle n'aurait jamais pris le temps de prendre un bain alors que sa priorité était de retrouver grand-mère pour aider Shane.

– Vous pouvez entrer, accorda-t-elle enfin.

La porte s'ouvrit doucement. Grand-mère déposa sur Loreleï un regard inquiet.

– J'ai entendu tes rires et, juste après, le bruit de l'eau, très fort, comme si tu te débattais.

– Ce n'est rien, je me suis assoupie et… j'ai fait un mauvais rêve.

– Je suis rassurée, dit la vieille dame en esquissant un sourire de soulagement. Tu veux que je t'aide à te sécher ?

– Non ! cria Loreleï, bien plus fort qu'elle ne l'aurait voulu. Non, je vous remercie, je vais mieux, c'est fini.

Hao sembla comprendre ses réticences, même s'il était probable qu'elle les ait mal interprétées. En fin de compte, toutes deux ne se connaissaient que depuis peu, et partager son intimité, qui plus est avec une quasi-inconnue, n'avait rien d'évident pour une jeune fille.

Elle invita Loreleï à la rejoindre dans le salon dès sa toilette terminée, puis s'éclipsa discrètement. Le délicat parfum des roses l'emporta sur celui des produits d'hygiène corporelle. Grand-mère sentait tellement bon…

Après s'être rapidement séchée, elle enfila des vêtements propres que grand-mère avait déposés sur un panier en osier. Elle la remercierait plus tard pour cette charmante attention. Ses dons de voyance l'avaient peut-être alertée de l'arrivée prochaine de sa petite-fille, aussi avait-elle prévu le nécessaire pour qu'elle se sente bien le plus vite possible.

Elle quitta la salle de bains pour pénétrer dans un couloir étroit qu'elle ne se souvint pas d'avoir emprunté à l'aller. Il débouchait sur une vaste pièce remplie de meubles qui trahissaient leur provenance : celle de pays asiatiques. Loreleï découvrit, suspendu en plein centre d'un long mur, un écran plat grand modèle. Enfin un élément tangible qu'elle connaissait bien. Dans le prolongement du téléviseur, un autre écran, plus petit, reposait sur un bureau, avec sa console d'ordinateur en dessous. Elle qui avait cru, en entrant dans la petite maison près de l'étendue d'eau, que grand-mère était rebutée par les nouvelles technologies, parvint à esquisser un sourire en voyant, non pas un mais deux téléphones portables dernière génération. Les cellulaires trônaient sur une table basse, au centre de la pièce.

Assise sur un fauteuil en velours noir, Hao la regardait tendrement. Elle lui fit signe de prendre place sur le canapé, juste à côté.

– Souhaites-tu me parler de ce gros chagrin que tu avais avant de t'évanouir devant ma porte?

Loreleï songea à Shane, gisant sur le dos, seul, là-bas, au bord de l'allée, dans le petit jardin.

– Un ange peut-il mourir?

22

Hao ne savait pas quoi répondre à sa petite-fille. Un ange, selon son expérience du monde de Siàm, ne pouvait pas mourir, mais elle n'en avait pas la certitude. Et c'était la deuxième fois que Loreleï abordait le sujet de l'immortalité des Messagers. Aussi sentit-elle que sa réponse aurait un impact sur le moral de la petite. Moral qui, s'il était loin d'être au beau fixe, s'était toutefois amélioré depuis son arrivée dans la maison, deux heures auparavant.

Malgré son jeune âge, ses quinze ans qu'elle fêterait au début de l'été, la jeune fille savait reprendre le dessus avec courage. Sa capacité à surmonter les drames, à combattre l'adversité, à avancer quoi qu'il arrive ne cessait de surprendre Hao. Quelque part, la vieille dame se retrouvait en elle. N'avait-elle pas, elle aussi, affronté vaillamment mille épreuves durant sa longue vie ?

Mais pour l'heure, c'était l'avenir de Loreleï qui était en jeu. Les choix de sa petite-fille dépendraient de son entourage. Ils la conduiraient inexorablement vers le monde de Siàm, dans le camp du Bien ou dans celui du Mal. La réponse à sa question « Un ange peut-il mourir ? » pouvait fort bien influencer ses décisions. Si Hao répondait « Oui », il ne faisait aucun doute que le moral de Loreleï serait à nouveau au plus bas. Si sa réponse était négative, elle lui mentirait. Et elle se refusait à lui mentir. Elle devait soupeser chacune de ses paroles. La prudence s'imposait.

Comme elle l'avait déjà fait sur la balancelle, Hao lui expliqua que les anges, qu'ils servent un camp ou l'autre, prenaient une tout autre apparence dans le monde de Siàm. Là-bas, les règles n'étaient pas les mêmes qu'ici. Les anges n'y étaient peut-être pas immortels. Peut-être existait-il un moyen, une arme, une force qu'elle n'entrevoyait pas capable de mettre fin à leur vie. Pour peu que cette arme, s'il s'agissait bien de cela, soit importée sur Terre, alors les anges pourraient y perdre la vie, comme n'importe quel être humain.

– Mais si quelqu'un s'en prenait à un Messager, ici, demanda Loreleï, avec un couteau par exemple, est-ce qu'il pourrait mourir ?

Hao décela ce qui avait poussé sa petite-fille à lui poser cette surprenante question.

– Est-il arrivé malheur à ce garçon, Shane, ce Messager que tu as rencontré ?

– Je pense qu'il est… mort, commença-t-elle, ses doigts enchevêtrés les uns aux autres. Il ne bougeait plus la dernière fois que je l'ai vu. Et je crois qu'il ne respirait plus.

– Et qu'as-tu fait ? s'inquiéta Hao en se levant de son fauteuil.

– J'ai pensé qu'il était mort et… (Elle retint péniblement les larmes qui tentaient de revenir.) je l'ai abandonné. Si vous saviez comme j'ai honte, conclut-elle, en pleurs à présent.

– Où ça, ma puce ? Où l'as-tu laissé ?

Entre des hoquets provoqués par les sanglots, Loreleï conta sa récente mésaventure, son périple forcé en compagnie de Shane, avec les huit voyous.

– Allons le chercher ! décida la vieille dame. Prends les deux téléphones portables avec toi !

Loreleï obéit et la suivit, impressionnée par la vivacité de sa grand-mère. Malgré son âge, elle tenait une forme incroyable. Son séjour dans le monde de Siàm, au cours de sa jeunesse, n'y était probablement pas étranger. Shane ne lui avait-il pas expliqué que la longévité faisait partie des avantages d'un Élu ? Et même si grand-mère n'en était pas, il semblait qu'elle en ait profité, au moins en partie. Cela conforta la jeune fille dans son désir de rejoindre Kate, de lui remettre le soleil de Siàm, dès qu'elle aurait récupéré celui que Jenny Callwood détenait, et de tenter l'expérience qu'elle s'était fixée depuis le matin : lui donner le joyau et voir s'il lui permettrait de retrouver l'usage de ses jambes. Elle l'espérait de tout son cœur…

Être utile, dépasser l'impossible pour aider quelqu'un à qui l'on tient, il n'y avait rien de plus merveilleux.

Dans l'entrée, une paire de Converse neuve l'attendait. Grand-mère avait pensé à tout.

— Vous saviez que j'allais venir, n'est-ce pas ?

Hao ouvrit la porte et jeta un regard vers le ciel, devenu beaucoup plus clément.

— J'ai eu une vision hier après-midi. Tu arrivais trempée de la tête aux pieds. J'étais certaine que tu viendrais. Alors j'ai pris les devants et je me suis rendue chez les commerçants de Knoxville. J'avais un doute sur ta pointure. Je vois que je ne me suis pas trompée.

Après s'être chaussée, Loreleï s'empara de la petite main à la peau douce que grand-mère lui tendait. Elle avait besoin de réconfort et accueillit avec gratitude ce geste de tendresse, cette preuve de solidarité. Puis elle se laissa entraîner au dehors.

Les pétales de roses formaient un tapis blanc, plaqué au sol par l'orage. Le gazon apparaissait en de rares trouées au milieu de ce drap laiteux. Les rosiers dénudés prouvaient la puissance avec laquelle les éléments s'étaient déchaînés. La route, sous une dizaine de centimètres d'eau qui se déplaçait tel le cours d'un ruisseau, accentuait l'impression désagréable qu'éprouvait Loreleï. Le sentiment persistant que rien ne se passait comme elle l'aurait voulu, que tout avait une signification, mais que des forces s'activaient pour qu'elle ne puisse pas comprendre, pour que tout lui échappe. À l'instar de cette eau qui dévalait la rue entre les trottoirs, cette explication filait à grande vitesse, sans atteindre sa compréhension.

— Moi aussi j'ai des visions, grand-mère, dit-elle soudain.

Le visage de Hao ne trahit aucune surprise. L'avait-elle entendue ?

Elle lâcha la main de sa petite-fille et s'approcha d'une très ancienne voiture italienne, rouge, toute petite et ronde. Heureusement, le véhicule était garé sur le trottoir, en surplomb du flot qui dévalait la rue, ce qui leur évita de prendre un bain de pieds forcé.

Elles s'engouffrèrent à l'intérieur. À peine la voiture eut-elle démarré qu'elle se mit à vibrer, comme si elle allait se désintégrer.

– Grand-mère, j'arrive à voir des choses que je ne peux pas expliquer, reprit Loreleï en criant, afin de couvrir le vrombissement du moteur.

– Des visions nettes? Ou plutôt floues, comme si tu regardais à travers un protège-cahier coloré?

– Des actions très précises, des sons parfaitement audibles, et même des odeurs, précisa-t-elle en songeant à la puanteur des hordes démoniaques.

Hao, concentrée sur la route inondée, la questionna sur ses perceptions. Loreleï lui décrivit ce qu'elle avait tout d'abord pris pour des cauchemars : le démon à la peau de braise et sa monture tricéphale, au milieu d'une immense prairie entourée de montagnes; puis le démon, encore, mais sans son destrier cette fois-ci, au bord d'un étang plongé dans la brume. Ensuite elle enchaîna avec ce qu'elle avait cru n'être qu'un rêve : les chouines, les chapoderms, le petit bonhomme multicolore qui avait parlé de centaures et de « golerms », ou un nom s'en approchant. Elle termina par l'armée démoniaque colossale, les ballons qui ressemblaient à des montgolfières, et elle, coincée entre les deux clans, en haut d'une falaise.

Hao remontait prudemment Brobst Street quand elle répondit :

– Je ne peux pas en jurer, ma puce, mais je pense qu'il s'agit bien de visions. Ce qui est surprenant, c'est que tu vois juste des portions du monde de Siàm, mais pas notre futur, ici, sur Terre.

– J'en ai aussi, mais pas du futur. J'ai trouvé le chemin pour venir jusqu'à vous alors que je ne connaissais pas votre adresse.

Et ce matin, j'ai rencontré un de vos clients, Edward quelque chose – j'ai oublié son nom. Il m'a dit qu'il venait de sortir de chez vous. Un peu plus tard, j'ai eu la vision d'un policier. Je l'ai vu à travers un mur, c'était purement incroyable. Il était accroupi près d'Edward, dans le bar où je l'avais croisé, et il constatait son décès.

Hao frémit. Son client était mort. Et la petite avait visualisé cette atrocité.

– Edward Triplehorn. Pauvre homme.

Loreleï songea aux propos racistes odieux qu'il avait proférés. Il ne méritait certes pas de mourir à cause de cela, mais elle ne parvint pourtant pas à s'apitoyer sur son sort et en éprouva quelques remords.

– Je l'ai reçu ce matin, reprit Hao, pour une séance de voyance. Sa femme l'a quitté l'hiver dernier. Il voulait savoir si son couple allait se reformer. Je savais qu'il n'en serait rien. Mais j'ignorais que c'est la mort qui les empêcherait de se retrouver. Es-tu certaine de l'avoir vu mourir ?

– Presque, oui. Quand je suis passée devant le bar, c'était comme si j'étais à l'intérieur, près du policier. Je sentais l'odeur qui régnait à l'intérieur. Je suis certaine que j'aurais pu sentir le souffle d'Edward sur ma peau s'il avait été encore vivant. Et je ne l'ai pas senti.

– C'était de la divination, pas de la prémonition. Je crois que tu as un véritable don, qu'il est très présent en toi et ne demande qu'à se développer. Alors que moi, je ne peux voir que l'avenir dans notre monde. Je savais par exemple qu'Edward te rencontrerait. Je pense que mes visions ne sont pas aussi claires que les tiennes. Sauf quand elles te concernent directement. Et encore, je ne pourrais l'affirmer.

– Voilà pourquoi vous saviez où me retrouver la semaine dernière, à l'hôpital.

– Oui, je connaissais le lieu, mais aussi l'année, le mois, le jour et même l'heure précise à laquelle j'allais te retrouver. J'ai vu maintes et maintes fois l'instant T de notre première rencontre. Idem pour ton épopée sur les routes, en bus depuis New York. J'ai visualisé avec exactitude l'endroit et l'heure où tu serais en grand danger.

– Quand avez-vous su que tout ça allait m'arriver ?

– Pour l'hôpital et ta grave attaque cardiaque, j'étais toute jeune. Bien plus jeune que toi. Longtemps, je me suis demandée qui tu étais. Et Gabriel est venu à ma rencontre, il m'a expliqué. Plus tard, j'ai compris qu'il me fallait t'aider, trouver le moyen de te sauver la vie. Le monde de Siàm renfermait des trésors dont Gabriel m'avait parlé. J'y suis donc allée, j'ai récupéré le joyau pour en faire un pendentif.

Loreleï aurait souhaité lui demander ce qu'elle avait vécu dans le monde parallèle, mais grand-mère parlait sans discontinuer, comme si le temps lui manquait.

– Pour le bus près de Chicago, j'ai, là aussi, visualisé la scène de nombreuses fois. La première, j'avais à peine vingt-cinq ans. Je savais déjà que la jolie jeune fille que je voyais serait la fille du bébé qui grandissait dans mon ventre, celui qui deviendrait ton père.

Gabriel avait eu beau préparer Loreleï à ces révélations lors du trajet vers Knoxville à bord de son pick-up, il lui fallut néanmoins une bonne minute pour s'en remettre. Prédire l'avenir avec une telle exactitude était tout bonnement stupéfiant.

La petite voiture s'engagea sur une route plus large. Avec, désormais, seulement cinq centimètres d'eau sur la chaussée, elle prit un peu de vitesse. Les commerces disparurent et les habitations se firent plus rares. Les jardins avaient souffert des pluies diluviennes. Les arbustes étaient mis à nu, leurs fleurs à terre. La terre fraîche était devenue boue. Loreleï dénombra cinq arbres au tronc déchiré. La foudre avait fait des ravages.

Elle se détourna de ce triste spectacle pour retourner à ce qui la préoccupait.

– Et vous ne voyez rien d'autre concernant mon avenir ?

– Il y aurait bien deux ou trois choses, mais elles sont sans importance, éluda Hao. Ce qui me surprend, c'est surtout que tu puisses voir le futur du monde de Siàm. Je n'ai jamais réussi. Pourtant, je ne te cacherai pas que j'ai essayé. Mais comme je le sous-entendais tout à l'heure avec les protège-cahiers, à chaque fois cette espèce de filtre coloré apparaît, souvent rouge, qui m'empêche de voir de l'autre côté. Maintenant, de tout ce que tu m'as raconté sur tes visions du monde de Siàm, la seule chose que j'ai vue aussi, après m'y être rendue, c'est ce petit personnage loufoque et peureux.

– Shane m'a dit, intervint Loreleï avec un pincement au cœur en prononçant son prénom, que cet amusant petit bonhomme était le premier Élu. Il a cent cinquante mille ans et le temps a transformé son corps.

– Je ne sais pas si le temps est vraiment responsable de sa transformation physique. Lorsque quelqu'un franchit la frontière qui mène au monde de Siàm, son apparence est modifiée. Tu ne devineras jamais à quoi je ressemblais le jour où j'ai décidé de m'y rendre.

– À une femme, grande et solidement bâtie, avec des allures de guerrière ? avança Loreleï, l'aspect qu'elle-même avait là-bas lui revenant en mémoire.

– Pas tout à fait, non, répondit Hao avec un petit sourire nostalgique. Je ressemblais à une sirène, magnifique il est vrai. Mais dès que j'approchais d'une rive, ma partie marine se résorbait puis se transformait en…

– En quoi ? insista Loreleï, qui avait senti la réticence de sa grand-mère.

– En de grosses pattes d'araignée velue.

L'image arracha une grimace de dégoût à la jeune fille. Un corps mi-humain, mi-araignée. Si quelqu'un d'autre lui avait affirmé cela, elle aurait sauté de la voiture sans attendre pour ne pas rester plus longtemps en sa compagnie.

– Ça devait être atroce à voir.

— Pas très joli, en effet. Sur le coup, je me suis fait peur toute seule. Déjà que je n'étais pas très à l'aise avec ma queue de poisson.

En plaisantant ainsi, la vieille dame souhaitait éloigner les peurs que le monde de Siàm provoquait chez sa petite-fille, et rendre amusant ce qui inspirait l'horreur. Elle l'éloignait aussi de la tristesse éprouvée après la découverte de son ami dans un état critique.

À l'approche de sa maison, la tension redevint perceptible. La jeune fille sentait peser un poids sur son estomac. Shane était-il en vie ?

Quand la petite voiture rouge ralentit pour finalement se garer, Loreleï remarqua immédiatement la disparition de la décapotable. Puis, avant même de descendre, celle de la dépouille du Messager.

La voyant incrédule, tendre le cou et remuer la tête de droite à gauche, Hao s'inquiéta :

— Qu'y a-t-il, ma puce ?

— Je ne comprends pas, lâcha la jeune fille en descendant. La voiture était là et Shane reposait ici, dans l'herbe.

Loreleï rejoignit rapidement l'endroit où son ami aurait dû se trouver.

— Regardez, grand-mère, il était allongé très exactement à la place la marque laissée par… par quelque chose que je ne m'explique pas !

Hao regarda à son tour. La forme d'un corps apparaissait sur le gazon noirci, entièrement brûlé, comme passé à la flamme d'un chalumeau.

La vieille dame leva les yeux au-delà de l'allée, vers la maison. Loreleï suivit son regard et une question lui vint à l'esprit. Elle se demanda pour quelle raison elle ne se l'était pas posée plus tôt, au moment où elle avait croisé le couple d'amoureux et Teddy Balmore sur le trottoir d'en face.

— Vous la voyez ? Vous arrivez à voir la maison ?

Hao se voulut rassurante :

– Oui, mais ne sois pas surprise ni effrayée, je pense être une des rares personnes en mesure de la discerner. Certainement parce que je suis allée dans le monde de Siàm quand j'étais jeune.

L'explication semblait plausible. D'ailleurs, les triplés aussi l'avaient vue. Probablement pour la même raison.

Ses pensées retournèrent vers la disparition de Shane. Elle signala à sa grand-mère celle de la décapotable, restée près de la maison après que les voyous se furent volatilisés. Hao sur ses talons, elle longea le mur exposé à l'est. Arrivée près de la balancelle, elle afficha un air déçu.

– Je ne sais pas pourquoi, mais je pensais le trouver ici, à se balancer doucement, fit-elle, pleine de regrets.

Grand-mère la regarda, un léger sourire dessiné sur son visage. Elle avait perçu bien plus que l'amitié dans le ton de Loreleï à chaque fois qu'elle lui avait parlé de Shane. Un sentiment fort, qu'elle aussi avait éprouvé, autrefois, pour son mari, avant qu'il ne disparaisse sans plus jamais donner signe de vie.

– C'est plutôt bon signe, je trouve, que ton ami ne soit plus là. Car, mis à part ceux qui ont franchi la frontière de notre monde, personne n'a pu le voir puisqu'il était dans la zone protégée. Donc, personne n'a pu emporter son corps. Je pense qu'il s'est tout simplement levé tout seul, qu'il a pris la voiture et a cherché à te retrouver.

Ces paroles rassurèrent un peu Loreleï. Un peu seulement, parce qu'il y avait trois personnes qui auraient pu faire disparaître la dépouille de Shane : les triplés ! Et les traces noires sur le gazon étaient inquiétantes. Elle s'en épancha à sa grand-mère, qui ne sut quoi lui répondre et biaisa en la questionnant :

– Veux-tu que nous allions le chercher en ville ? Peut-être l'y croiserons-nous ?

La jeune fille se laissa tomber sur le matelas de la balancelle. Ses jambes donnèrent l'impulsion nécessaire pour entamer un lent mouvement apaisant.

– Non, c'est inutile. Merci.

Elle avait beau se dire que grand-mère avait raison, que Shane avait certainement survécu comme à chaque fois, le doute subsistait. L'herbe brûlée, la disparition du corps, de la voiture, des voyous, et même de Gabriel dont elle se prit à espérer des nouvelles, tout cela s'ajoutait à l'étrangeté de ses visions, pour la réduire, une fois encore, à l'état de simple marionnette. Un pantin placé sur le devant de la scène, qui ignorerait tout du rôle qui serait le sien. « Une armée », lui avait dit l'hurluberlu multicolore. Son armée. Comment était-ce possible puisque non seulement elle refusait de se rendre dans le monde de Siàm, mais qu'en plus elle n'y connaissait personne, à part le lutin lui-même et le démon gigantesque qui la poursuivait ?

Perdue dans cet écheveau aux ramifications aussi nombreuses qu'inexplicables, elle ne savait plus quoi penser. Et malgré la présence de son aïeule, elle se sentit à nouveau seule.

– Je voulais seulement vous rencontrer, dit-elle, la voix emplie de lassitude. Savoir qui vous étiez, quels étaient les secrets du soleil de Siàm, et faire la connaissance de Kate. Je ne souhaite pas participer à toutes ces choses qui me dépassent, parce qu'elles sont au-dessus de ma capacité à les interpréter. Je ne veux pas aller me battre contre des démons, ni boire du twisky ou manger de la soupe de vermicelles à base de chouines. Tout ça me fait peur. Vraiment très peur.

Hao bloqua la balancelle et s'installa tout contre sa petite-fille. Elle prit son visage entre ses mains et lui déposa un baiser sur le front avant de la serrer contre elle.

– Je te comprends, ma puce. Je sais ce que tu ressens. La vie n'est déjà pas facile, l'avenir est tellement incertain. Et toi, en plus, tu portes le fardeau de l'équilibre de deux mondes sur les épaules. Mais je sais que tu en es capable, que tu peux y arriver.

Tu as en toi une force que tu n'imagines pas, une volonté que rien ne peut arrêter. La preuve : tu n'as pas hésité à te lancer sur les routes pour me rejoindre et tenter de retrouver ton amie à Des Moines. Tu as affronté l'inconnu sans faiblir. Je suis fière du chemin que tu as déjà parcouru. Te rends-tu compte ? Toi qui n'étais quasiment jamais sortie de l'appartement de tes parents, tu as été assez courageuse pour échapper à la police, affronter les triplés, la bande de voyous, et tenir tête à deux Messagers.

– Je n'avais pas vraiment le choix.

– Si ! Tu l'avais ! Tu aurais pu faire demi-tour n'importe quand, te rendre à la police et retourner à New York. Pourtant tu ne l'as pas fait. Et maintenant encore, au lieu de me demander de te reconduire chez tes parents, tu restes ici. Je sais que tu as un objectif en tête : faire la connaissance de ton amie Kate. Je sais aussi que tant que tu ne l'auras pas atteint, tu ne renonceras pas ! Ta force est là, en toi. Et cette force, c'est ta volonté de fer !

Se pouvait-il que grand-mère ai raison ? Qu'elle ait détecté ce qu'elle-même ignorait : son inébranlable détermination ? Loreleï se remémora les événements qui avaient succédé à sa découverte de Shane étendu dans l'herbe. Du regard, elle avait cherché du secours, sans en trouver. Ensuite, elle s'était demandée qui pourrait l'aider. Et elle avait visualisé l'image de l'unique personne, à proximité, capable de la lui apporter : grand-mère Hao. Alors elle avait couru, comme elle n'aurait jamais imaginé pouvoir le faire. Mais surtout, elle avait couru les yeux fermés pour arriver jusqu'à la maison aux roses blanches. Et sans connaître son adresse.

Se pouvait-il que, par la seule force de sa volonté, elle soit parvenue à trouver le bon chemin ?

Son aïeule mit fin à ses suppositions.

– Tu n'aimerais pas téléphoner à ta maman ? Je suis sûre qu'elle apprécierait.

Cinq jours qu'elle n'avait ni vu, ni entendu Martha, sa mère. Cinq jours qui en paraissaient cinq cents.

– Tu as les portables avec toi, lui rappela Hao. Sers-toi du blanc. Comme je n'ai pas l'habitude de ces engins, j'ai un peu bataillé pour enregistrer le numéro de tes parents. Mais j'y suis quand même arrivée. Question de volonté, conclut-elle en lui adressant un clin d'œil.

Loreleï extirpa les deux téléphones des poches de son ciré. Le blanc était dans sa main droite.

– Je ne sais pas m'en servir. Papa et maman pensaient que je n'en avais pas besoin, et moi aussi d'ailleurs. Qui aurais-je appelé ?

– Ton amie : Kate.

– Papa me l'avait proposé, mais j'ai toujours refusé. Avec Kate, notre amitié s'est renforcée au fil du temps grâce à des mots. Je crois que nous préférions les écrire plutôt que les prononcer. Je ne saurais pas dire pourquoi. Et puis prendre un abonnement pour n'appeler qu'une seule personne aurait ressemblé à un caprice, et si je sais bien que j'ai plein de défauts, je ne crois pas être capricieuse.

La vieille dame lui servit un sourire qui plissa son visage en une multitude de vallées de bonheur.

– Tu es une belle personne, ma Loreleï.

C'était la première fois qu'elle l'appelait par son prénom. Et c'était aussi terriblement agréable. Au moins autant que ce fabuleux sourire dont elle aurait voulu qu'il dure pour toujours.

L'amour que grand-mère lui portait irradiait. Loreleï ressentit le besoin d'offrir le sien à ses parents.

Elle ne connaissait pas le numéro de sa maison – pourquoi l'aurait-elle su ? Elle n'avait personne à qui le donner –, aussi tendit-elle son portable vers Hao qui s'en empara en lui caressant la main du bout des doigts.

Une volée de secondes plus tard, la jeune fille récupérait le téléphone.

– Maman, c'est moi.

Lorsqu'elle entendit la voix de Martha, quand elle perçut tout l'amour qu'elle contenait, aussi puissant que le sien, elle ne put retenir ses larmes.

Pleurer, parfois, n'est pas une douleur, mais une bénédiction. Pleurer, c'est aussi offrir son trop-plein de sentiments à ceux que l'on aime.

Et Loreleï avait tant à offrir…

23

Installée dans la cuisine de la zone protégée, grand-mère avait dévoré le plat de lasagnes que Loreleï avait préparé pour le déjeuner. Depuis l'âge de douze ans, la jeune fille se félicitait d'avoir récupéré des dizaines de recettes gastronomiques sur Internet. Recettes mises en application deux ou trois fois par semaine, souvent le jour même de leur découverte. Non pas qu'elle aimait particulièrement passer des heures derrière les fourneaux, mais cuisiner lui permettait de voyager à travers le monde grâce à des saveurs nouvelles. Une sorte de croisière par le goût.

Au fil du temps, Loreleï était devenue un véritable cordon-bleu.

– C'était délicieux, ma puce.

– Pourtant, c'était du réchauffé. Je m'étais cuisiné cette spécialité italienne hier soir. Vous avez vraiment aimé ?

– Oh ! oui, vraiment. Et je suis aussi très heureuse que tu m'aies fait visiter ton petit *chez-toi*.

Loreleï déposa les assiettes et les couverts dans l'évier.

– Au début, quand vous m'avez dit que vous n'étiez jamais entrée ici, j'ai eu un peu de mal à vous croire. Après, j'ai surpris vos regards étonnés, je ne pouvais plus douter. Vous n'avez rien trouvé d'étrange dans cette maison ?

Hao termina de débarrasser la petite table de la cuisine en se remémorant les quatre pièces de la zone protégée. Leur mobilier se réduisait au minimum ; il n'y avait aucun moyen de se connecter avec l'extérieur.

– J'avoue que je n'ai rien vu de surprenant.

– Il y a deux chambres, expliqua Loreleï. Deux chambres accolées et, surtout, parfaitement identiques.

– Je ne vois pas ce que tu trouves d'étrange à ces deux chambres.

– Ce ne sont pas les chambres que je trouve étranges, c'est leur nombre. Pourquoi y en a-t-il deux puisqu'il n'y a qu'une seule Élue ?

– Tu penses qu'il pourrait s'agir d'une chambre réservée à un invité ?

– Ce n'est pas impossible. Mais il y a une autre possibilité.

Hao ne voyait pas laquelle. Elle attendit que sa petite-fille précise sa pensée. Au lieu de cela, Loreleï lui demanda de la suivre dans le salon.

– Vous ne voyez rien de particulier, grand-mère ?

La vieille dame contempla tour à tour la pièce rectangulaire, chichement meublée d'un buffet asiatique et d'une table basse. Celle-ci était entourée de nattes dont les bords avaient été finement brodés.

– Le mobilier ressemble beaucoup à celui qu'on peut trouver en Asie.

– C'est exact. À tel point que j'ai cru, dans un premier temps, que j'étais arrivée chez vous. Mais ce n'est pas ça qui me surprend. Hier soir, pour la première fois depuis mon arrivée, j'ai passé du temps à contempler chaque pièce et ses objets. Et des choses m'ont intriguée.

– Quoi donc ? demanda Hao, pressée de savoir ce qui la chagrinait.

– Dans ce salon, il n'y a rien pour s'asseoir. Comme si la personne qui avait aménagé l'intérieur s'était dit que c'était inutile. Autre chose, dans la cuisine, nous avons mangé assises sur deux chaises.

– Oui, chacune la nôtre. Je ne vois pas où tu veux en venir.

– Au départ, il n'y en avait qu'une. L'autre, si vous vous en souvenez, je l'ai descendue de ma chambre juste avant que nous passions à table.

– Rien d'anormal à ce qu'il n'y en ait qu'une : cette maison est faite pour abriter un Élu, pas deux.

– Justement! Et ça nous ramène à ma première question : pourquoi y a-t-il deux chambres?

Loreleï se tenait, poings sur les hanches, près de la table basse. Grand-mère, elle, était toujours à l'entrée du salon. Un rayon de soleil fendit en deux un nuage, reliquat du récent orage. Il entra par la fenêtre du salon et enroba la jeune fille. Son corps se mit à briller de mille feux et son poignet à luire d'un éclat encore plus puissant : une lumière bleue, d'une intensité prodigieuse, si forte qu'elle aveugla la vieille dame, qui fut prise de vertiges et se retint au chambranle.

– Tout va bien, grand-mère? s'inquiéta Loreleï en sortant du champ lumineux.

– Je viens d'avoir une vision. Je t'ai vue...

Loreleï l'attrapa par le bras et la soutint jusqu'à la cuisine. Elle tira la chaise la plus proche et l'aida à s'asseoir.

– Vous allez mieux?

Hao était d'une pâleur effrayante. Elle réclama un verre d'eau que sa petite-fille s'empressa de lui servir.

– Maintenant ça va, ma puce. Je vais bien. Merci.

– Racontez-moi.

Hao inspira profondément et se lança :

– Tout s'est passé très vite; en à peine une seconde. Tu étais dans la maison, ici. Très exactement à la place que tu occupais dans le salon et presque dans la même position, mais tu n'étais pas seule.

– Qui était là, grand-mère? Qui?

– Une jeune femme. Elle était d'une beauté incroyable. Ses cheveux avaient la couleur des flammes. Et ses yeux...

– Qu'avaient-ils de si particulier? s'enquit-elle quand sa grand-mère hésita à poursuivre.

– Je n'en suis pas certaine, mais je pense qu'elle avait les yeux de la même couleur que les tiens.

Loreleï sourit. La tension qu'elle avait sentie monter en elle retomba aussitôt. Grand-mère s'était inquiétée pour une simple similitude de couleur. Un vert si clair qu'il était relativement rare. Mais il n'y avait là rien qui justifie une telle panique.

– Ce n'est pas grave, tenta-t-elle de l'apaiser. Si j'étais debout, c'est que j'étais en bonne santé.

– Je ne t'ai pas tout dit. Les murs du salon ont disparu. Tu étais toujours dans la même position, mais dans une autre pièce. Un endroit très grand, avec des gens dont je ne voyais que la silhouette. Et cette jeune femme, avec ses yeux qui ressemblaient tellement aux tiens, était face à toi.

– Eh bien ? Quel mal y a-t-il à sympathiser avec l'Élue ? plaisanta Loreleï, espérant réussir enfin à calmer l'angoisse qu'elle ressentait chez son aïeule.

– Elle ne sympathisait pas. Elle…

– Quoi, grand-mère ? Allez, dis-moi ! dit-elle, l'inquiétude commençant à l'envahir à son tour.

– Elle tenait un fusil et le braquait sur toi.

Loreleï eut l'impression que l'arme venait de cracher ses projectiles mortels. Elle s'effondra sur la chaise. Qui était cette magnifique jeune femme et pourquoi lui en voulait-elle ? Avait-elle un rapport avec le monde de Siàm ? Elle essaya de se remémorer tout ce qu'elle avait vécu au cours des cinq derniers jours et qui pourrait l'aider à comprendre pourquoi une inconnue en voudrait à sa vie. Mais sa fébrilité était trop grande. Elle ne parvint pas à se concentrer.

– Est-ce que vous l'avez vue tirer sur moi ? demanda-t-elle, sans parvenir à stopper les tremblements qui agitaient ses jambes sous la table.

Hao secoua la tête.

– Je n'en suis pas sûre. La scène a duré trop peu de temps. Tout est allé vraiment très vite. Tu étais là et, juste après, elle apparaissait, avec son fusil pointé sur ta poitrine.

— Vous avez dû remarquer un détail, quelque chose qui pourrait nous aider à savoir où et quand je vais la rencontrer, non ?

— Une grande pièce… commença la voyante, les paupières closes. Il y a de grandes vitres sur un côté… Des voitures garées à l'extérieur que je vois à travers ces vitres… Tu es dans cette grande pièce… Tu regardes droit devant… La jeune femme apparaît et fait un pas vers toi… en face de toi… à trois mètres à peine… Il y a des gens assis que je distingue mal, alors qu'ils sont tout près de vous… Des meubles, peut-être des tables, je n'en suis pas certaine… Une grande horloge à affichage digital, mais je ne vois pas l'heure… C'est tout, je suis désolée.

Loreleï imagina la scène. Elle s'y vit avec une netteté surprenante. Mais elle ne discerna les autres intervenants qu'à travers une sorte de brouillard. Elle aurait souhaité mieux distinguer les traits de la jeune femme. Malheureusement, la description qu'en avait faite grand-mère était trop imprécise. Elle lui demanda de se concentrer sur cette inconnue.

— Des yeux identiques aux tiens, je te l'ai dit, en amandes et qui lui donnent un regard de velours… Des cheveux roux parsemés de mèches blondes… Des lèvres pleines et des traits fins qui font de son visage une gravure de mode… Elle est belle à l'excès. Je ne me rappelle pas avoir vu femme aussi belle, finit Hao en ouvrant les yeux.

— Elle était grande ?

— Oui, très. Pas loin d'un mètre quatre-vingt. Peut-être même un peu plus.

— Comment était-elle habillée ?

— Elle portait un tailleur rouge vif. Je crois qu'elle avait un chemisier blanc en dessous, ou gris clair, je ne sais pas.

Loreleï ne saisissait pas pourquoi cette femme était apparue à sa grand-mère, précisément quand elle avait essayé de s'expliquer l'absence de chaises dans le salon et une chambre en trop dans la maison. Y avait-il un lien ou n'était-ce que pure coïncidence ?

– Tu devrais essayer, lui suggéra Hao. Tu devrais prendre ma place dans le salon et essayer de visualiser ce que j'ai vu.

Loreleï fut désarçonnée par la proposition.

– Je ne saurais pas comment m'y prendre. Les rares fois où je pense avoir entrevu l'avenir, je dormais ou j'avais perdu connaissance. Et les actions se déroulaient dans un autre monde, pas ici.

– La dernière fois que tu as eu une vision, es-tu certaine que tu dormais ?

Loreleï se souvint de l'armée démoniaque, des ballons et du personnage multicolore. Quand elle les avait vus, elle était immergée dans la baignoire. Mais s'y était-elle endormie ? Elle n'aurait pu l'affirmer.

La voyant hésiter, Hao reprit :

– C'est sans importance. Essaye quand même.

Loreleï se leva et alla se poster à l'endroit précis qu'occupait sa grand-mère peu avant. Celle-ci se plaça derrière elle.

– Vas-y, ma puce. Il te suffit de te revoir dans la même position que tout à l'heure.

Elle scruta la pièce, se forçant à se voir debout, près de la table basse, les poings sur les hanches. Le rayon de soleil s'était déplacé. Il glissa lentement vers ses pieds. Elle en fut perturbée.

– Je n'y arrive pas.

Sans un mot, la voyante posa ses mains sur les épaules de sa disciple. Le rayon de soleil grimpa à l'assaut des jambes de cette dernière. Il frappa de ses feux le bracelet en lapis-lazuli qu'elle portait au poignet gauche. Une puissante lumière bleutée inonda le salon.

Et elle se vit.

Elle se voyait, debout sur l'une des nattes brodées, ses poings fermement campés sur sa taille. Sa maigreur la frappa de plein fouet. Elle détesta voir ses lèvres, grosses et étirées en un léger sourire à moitié idiot, ses yeux qu'elle trouvait trop grands, au milieu d'un visage anguleux. Même ses cheveux d'ébène, sa seule fierté, étaient trop longs et emmêlés, comme la crinière d'une petite jument laissée à l'abandon, sans soins. Et elle avait l'air mal nourrie.

Elle grimaça, mais son image resta de marbre.

Le mur se mit à onduler. Il se désagrégea pour laisser apparaître la rue. Une autre rue que celle de la maison, plus large, avec une file de véhicules garés au bord d'un haut trottoir. Des formes qu'elle devina humaines allaient et venaient, se croisaient en s'ignorant. Peu à peu, ces silhouettes gagnèrent en netteté. Des hommes et des femmes, tous pressés, passaient en coup de vent derrière les immenses vitres qui avaient remplacé le mur du salon.

Son image était immobile. Le monde au-dehors s'agitait mais cela ne semblait pas la concerner, comme si elle était en dehors du temps ou aveugle à ce qui l'entourait. Les deux autres murs s'éloignèrent. Ils paraissaient montés sur des rails, comme pour agrandir la pièce qui, maintenant, accueillait du mobilier : des bureaux disséminés sur le pourtour de ce qui ressemblait à un immense hall d'accueil.

Des gens apparurent, assis derrière ces bureaux. Les hommes portaient des costumes, les femmes rivalisaient d'élégance. Face à eux, vêtue plus modestement pour la plupart, d'autres personnes occupaient des fauteuils en cuir noir. D'autres encore, debout et en retrait, patientaient. Des caméras observaient la vingtaine d'occupants de la pièce. Une horloge à affichage digital indiquait 16 h 30. Une odeur de cire d'abeilles imprégnait l'atmosphère. Un éclairage doré tombait du plafond, se reflétait sur un parquet briqué récemment, baignait ceux qui devaient être des clients et leurs conseillers.

Une banque !

Elle était dans une banque.

De longues mèches couleur de flamme masquèrent son image. L'angle de vision se modifia et elle la vit, l'inconnue, magnifique apparition, telle que grand-mère l'avait décrite, et telle que la jeune fille fragile aurait souhaité être : infiniment belle, grande et l'air sûre d'elle.

Plaqué le long de son tailleur rouge, un fusil prolongeait son bras. Elle le redressa et le pointa vers la poitrine de sa représentation future, qui ne semblait pas avoir peur.

Quelques mots échangés, inaudibles, puis une détonation, violente.

Loreleï sursauta, ses paupières fermées durant une microseconde. Lorsqu'elle les souleva, le salon de la petite maison était désert, le rayon de soleil avait terminé sa course près de l'angle du mur, et deux mains pesaient sur ses épaules.

– Elle a tiré sur moi, dit-elle dans un souffle. J'ai vu le recul du canon après qu'elle a tiré sur moi… Je suis peut-être morte.

– Non ! hurla sa grand-mère en la faisant pivoter pour la regarder bien en face. C'est impossible, Loreleï ! Tu ne peux pas mourir !

– Je vous assure que…

– Non ! Je n'avance pas ça par hasard, je suis certaine que tu ne peux pas mourir ! Tu comprends ? Certaine !

La réaction de Hao était naturelle. Elle désirait par-dessus tout que sa petite-fille survive, mais la vision avait été claire : le coup de feu était parti alors qu'elle se trouvait dans la ligne de mire de l'inconnue.

Malgré ses mains tremblantes, Loreleï se voulut rassurante.

– Je ne me suis pas vue tomber. J'ai seulement entendu quand elle a tiré. Elle ne m'a pas forcément touchée.

– Écoute, ma puce, tu ne peux pas mourir ce jour-là. Dans la vision que j'ai eue tout à l'heure, tu étais habillée exactement comme maintenant. Or, comme je te l'ai dit quand nous étions en voiture, j'ai déjà eu deux ou trois autres prémonitions, et tes vêtements étaient différents. Ton ciré, par exemple, que tu portais face à cette jeune femme, eh bien, tu ne l'avais pas, ni ce sweat-shirt bleu que j'ai clairement distingué.

Par réflexe, Loreleï baissa les yeux. Elle avait ce sweat sur elle. La scène qu'elle avait visualisée risquait donc de se produire d'ici peu.

– Croyez-vous qu'on peut modifier l'avenir ? demanda-t-elle.

Grand-mère la fixa intensément.

– Il le faudra. Pour que tu préserves ta vie et que mes autres visions se réalisent, pour que tu sauves notre monde et celui de Siàm, il n'y aura pas d'autres choix. S'il le faut, nous modifierons l'avenir.

24

Deux chambres mais un seul Élu.

Rien pour s'asseoir dans le salon.

Une seule chaise dans la cuisine.

Ces trois constats étaient un véritable casse-tête pour Loreleï. Mais au moins, en tentant de le résoudre, lui permettait-il de ne plus penser à la jeune femme aux cheveux couleur de flamme.

Presque une heure qu'elle cherchait la solution. Une heure. Le temps qui s'était écoulé depuis que grand-mère était retournée chez elle. Avant de partir, son aïeule lui avait fait promettre de ne pas sortir de la journée ; il ne fallait pas tenter le diable. Loreleï avait hoché la tête, puis elle avait enlacé celle qu'elle découvrait et ne cessait d'aimer, minute après minute. La jeune fille avait eu un pincement au cœur en la voyant s'en aller. Pourtant il le fallait bien, la petite maison était une zone protégée, réservée exclusivement à l'Élue.

Alors dans ce cas, pourquoi y avait-il deux chambres ?

Loreleï avait la sensation qu'un élément manquait dans l'opération mathématique. Un détail, infime à coup sûr mais d'une importance vitale.

Bien décidée à le trouver, elle avait exploré chaque recoin de son domaine, analysé chaque objet. Les deux chambres, le cagibi, les yeux levés au plafond ou rivés au sol. L'escalier, tous les angles du salon, scrutant entre les lattes du plancher, au cas où l'une d'elles aurait une apparence douteuse. La cuisine et la salle d'eau attenante, courbée en deux pour soulever une à une les serviettes-éponges, afin d'y découvrir ce précieux indice qui lui faisait défaut.

Elle n'avait rien trouvé. Le résultat de l'opération se soldait, tout simplement, par une heure de perdue.

Dépitée, elle s'installa derrière le bureau, sur la chaise qu'elle avait remontée à l'étage. Deux chambres, toutes deux similaires, mais à un élément près, comprit-elle enfin.

Elle avait trouvé ! Il n'y avait pas de chaise dans la chambre attenante ! La décoration, l'ameublement, tout y était identique, mis à part cette satanée chaise !

Deux chambres.

Une avait sa chaise, l'autre non.

Une seule chaise dans la cuisine.

Rien pour s'asseoir dans le salon.

Elle était près de la solution. Très près et elle en frémissait d'impatience. Il fallait qu'elle se calme pour aboutir. Et tandis qu'elle contemplait l'apaisante étendue d'eau depuis la fenêtre, une mélodie à peine audible retentit au rez-de-chaussée. Loreleï perdit le fil de ses pensées, tendit l'oreille.

Elle n'avait pas rêvé : des notes de guitare basse rythmaient un air dont elle gardait un vague souvenir, qu'elle était sûre d'avoir entendu dernièrement.

Les marches grincèrent sous son poids quand elle s'engagea dans l'escalier. La mélodie s'arrêta, comme alertée par les craquements du bois.

Une main posée sur la rambarde, Loreleï patienta, aux aguets. Il n'y avait pas de téléviseur, ni de chaîne hi-fi dans la maison, alors d'où avait pu s'échapper la suite de notes ? Son imagination lui jouait-elle des tours ? À moins que la musique ne provienne de l'extérieur…

Loreleï en fut convaincue. Pivotant sur elle-même, elle remonta dans la chambre où manquait une chaise. Devant la fenêtre, elle se hissa sur la pointe des pieds pour que son angle de vision soit le plus large possible. Pas de voiture à l'horizon, dont les enceintes surpuissantes auraient porté les notes jusqu'à elle, ni de guitariste au pied de la maison pour lui jouer la sérénade.

Elle haussa les épaules et sourit. Dommage, elle n'aurait pas été contre un récital privé pour égayer sa journée.

Elle retourna dans sa chambre. La chaise l'y attendait, la narguant par sa seule présence. La solution n'était pas loin, elle le sentait. Encore un effort de concentration et tout s'éclaircirait. Deux chambres et des chaises manquantes… Pourquoi ?

Loreleï cogitait sur la résolution de son problème quand les notes jouées par la basse résonnèrent à nouveau, en bas, cette fois, elle en était certaine.

Elle n'eut aucune hésitation et se précipita. Elle dévala les marches, stoppa devant la porte d'entrée. Un coup d'œil au salon. Rien.

Dans la cuisine !

Elle fonça dans la pièce étroite. Le téléphone portable noir reposait sur la petite table où elle avait déjeuné avec grand-mère. Celle-ci l'avait oublié et devait l'appeler, probablement pour le récupérer. Loreleï s'empara du cellulaire et, le temps qu'elle comprenne comment se connecter, le nom de l'interprète de la mélodie lui revint en mémoire : Bob Marley.

– Bonjour, belle demoiselle, dit aussitôt Gabriel à l'autre bout de la ligne.

Elle le salua, étonnée de l'entendre. Pourquoi l'appelait-il ? Et comment savait-il qu'elle avait l'appareil de grand-mère ?

Comme s'il avait lu dans ses pensées, il répondit :

– J'ai croisé Hao devant chez elle. Elle me fait confiance et m'a communiqué le numéro de ton portable.

Heureuse d'apprendre que c'était *son* portable, elle attendit la suite des explications, gardant néanmoins à l'esprit que Gabriel Granache pouvait fort bien mentir malgré la confiance que la vieille dame lui accordait. Et même si Loreleï trouvait le Messager sympathique, elle ne savait toujours pas dans quel camp il se situait. Bien qu'il soit intervenu à deux reprises pour lui sauver la vie, mieux valait rester prudente.

– Pourquoi m'appelez-vous ?

— Je voulais te faire une proposition.

Loreleï se hérissa. Gabriel désirait être le premier à l'entraîner vers le monde de Siàm. Ainsi, il augmenterait ses chances de la rallier à son camp. Mais cette décision n'appartenait qu'à elle et à elle seule. Et il était hors de question que quiconque choisisse à sa place. C'en était terminé du pantin qu'on trimballait de droite à gauche. Fini ce temps-là. Personne ne lui dicterait la conduite à tenir, ni la voie à suivre.

— Ma réponse est non ! Je n'irai pas !

Un court silence puis il reprit :

— Tu ne veux pas le récupérer ?

— De quoi parlez-vous ?

— Du pendentif que tu as égaré.

Le soleil de Siàm. Le Messager noir l'avait donc ramassé ? Elle l'interrogea, fébrile. Ce pendentif devait lui permettre d'atteindre son deuxième objectif : retrouver son amie Kate et lui remettre le bijou, avec l'espoir qu'il la sortirait de son fauteuil roulant.

— Vous l'avez ?

— Pas encore, avoua Gabriel, mais je sais où le trouver. J'ai appris que Jenny Callwood devait te le rendre, ce matin.

— Qui vous l'a dit ? demanda-t-elle, sur la défensive.

— Suzy Bee, la serveuse du *Dingus Lounge*.

Gabriel n'avait pas l'air de mentir. Loreleï préféra tout de même pousser plus avant son petit interrogatoire.

— Comment lui avez-vous extorqué cette information ?

— Ce matin, les forces du Mal étaient très présentes à Knoxville. J'ai senti leur odeur putride et je me suis inquiété pour toi. Il m'a suffi de suivre leur piste, cette puanteur qu'elles exhalent, pour comprendre que tu avais eu des soucis. C'est lors de mon passage au *Dingus* que Suzy Bee m'a parlé de ton rendez-vous avec Jenny Callwood. Tu devais la voir à l'interclasse de dix heures.

– Et elle vous en a parlé comme ça ? fit-elle en se demandant si, lui aussi, détenait cette sorte de pouvoir hypnotique que possédait Shane.

– Je... j'avais un moyen efficace de la faire parler. Elle n'a pas eu le choix.

Ses propos allaient bien dans le sens de ce qu'imaginait Loreleï : l'hypnose.

Elle voulait tout savoir. Qu'on cesse de la mener en bateau passait forcément par la vérité. Une vérité qu'elle exigeait complète et sans ambiguïté. Gabriel devait avouer.

– Ah oui ? Et lequel ? Quel est ce moyen mystérieux qui force les gens à vous répondre ?

– Ma plaque de membre du F.B.I.

Malgré l'image menaçante de la femme aux cheveux de flamme et de son fusil, Loreleï faillit éclater de rire. Comment Gabriel, tout Messager qu'il soit, pouvait-il espérer lui faire avaler une telle couleuvre alors que sa voix enfantine et ses airs de simplet lui ôtaient toute crédibilité ?

– Vous ne l'avez même pas menacée ? Vous avez bien une arme, non ? ironisa-t-elle.

– Je ne l'avais pas sur moi : je suis en congé.

Elle pouffa au creux de sa main. Décidément, cet ange-là ne loupait aucune occasion de raconter n'importe quoi.

– Allez, Gabriel, dites-moi la vérité. Après tout ce que j'ai vécu ces derniers jours, je suis prête à l'entendre.

– Mais c'est la vérité ! Et je t'appelais pour te proposer de récupérer ta pierre dans exactement... (Il y eut un blanc.) neuf minutes.

Gabriel paraissait très sérieux. Loreleï n'eut plus envie de rire.

– Comment comptez-vous vous y prendre ?

– Je me suis rendu directement chez les Callwood. J'y ai trouvé la maman de Jenny que j'ai dû rassurer. Tu penses, le F.B.I. qui déboule dans sa maison et souhaite rencontrer sa fille, elle n'en menait pas large. J'ai simplement dit que je devais la voir une minute, que l'affaire était sans gravité. Mme Callwood m'a donné le numéro de portable de sa fille. Je lui ai envoyé un SMS pour lui fixer un rendez-vous devant le collège, dans… (Un autre blanc.) à peine plus de huit minutes.

– Qui vous a dit que je n'avais pas récupéré le soleil de Siàm ?

– Jenny elle-même. Pour ne pas l'effrayer, j'avais précisé sur mon message qu'il me fallait la pierre, qu'elle était très importante pour moi. Elle m'a répondu que le pendentif t'appartenait. Ensuite, elle m'a confirmé l'heure de votre rendez-vous manqué.

Ses explications tenaient la route. Elles lui firent oublier le mystère des chaises manquantes. Récupérer le soleil de Siàm et l'offrir à Kate, voilà ce qui avait de l'importance. Aider son amie, coûte que coûte.

Mais comment rejoindrait-elle le collège en un délai aussi court ?

– Trop loin pour moi. Même si je m'y rendais en courant, il me faudrait au moins le double de temps pour…

Des coups frappés à la porte d'entrée l'interrompirent.

– Je suis devant chez toi. Tu m'ouvres ?

Elle se dirigea jusqu'au salon et, par la fenêtre, aperçut le pick-up garé au bord du jardin. Gabriel retournait à son véhicule. Il venait bien de frapper à la porte.

– Plus que sept minutes, ma belle demoiselle, prévint-il en se retournant pour la saluer.

Sans raccrocher, elle glissa son portable dans sa poche, enfila son ciré, ses Converse et sortit précipitamment.

Gabriel était au volant. Elle entendit sa voix sourde sortir de la poche de son jean.

– Moins de cinq minutes.

La porte claqua derrière elle. Le soir où elle était arrivée, elle l'avait laissée entrouverte, cela avait suffi pour que Shane puisse entrer. Elle ne commettrait pas deux fois la même erreur.

– Plus que quatre minutes, affirma Gabriel quand elle prit place sur le siège passager. Accroche ta ceinture, c'est parti pour le show!

Le moteur hurla son désir de les emporter au plus vite. Les roues patinèrent sur le sol détrempé et la voiture bondit.

Tandis qu'ils prenaient de la vitesse, Loreleï se souvint de la promesse faite à grand-mère : rester dans la zone protégée ce jour là, pour ne pas croiser la femme aux cheveux couleur de flammes.

Elle baissa les yeux sur son sweat. Il était bleu, comme dans sa vision.

25

15 h 14.

Si l'horloge de bord n'était pas déréglée et si Gabriel n'avait pas menti, dans deux minutes, Loreleï récupérerait son bien.

Ils n'avaient pas dit le moindre mot et la route avait défilé à une allure folle, même lorsqu'ils étaient arrivés aux abords du centre-ville.

Le pick-up prit un virage à la corde. Loreleï dut s'agripper à la poignée de la portière pour ne pas basculer sur son chauffeur. La voiture pila et la jeune fille partit tête en avant.

Gabriel fut le plus prompt à réagir. Il était déjà devant le portail du collège qu'elle claquait seulement sa portière. Elle parcourut en courant la dizaine de mètres qui les séparait.

– Attends-moi là, belle demoiselle, je vais voir à l'intérieur.

– Certainement pas ! Je viens aussi !

Et elle passa devant un Gabriel aux yeux écarquillés par la surprise. Sitôt après, il souriait en voyant la démarche volontaire de sa protégée.

Près d'un carré de verdure, une jeune fille fumait une cigarette. Elle se penchait en lançant des regards vers l'entrée de l'établissement, prenant garde à ne pas cracher la fumée du côté où l'on risquait de la voir. Loreleï fonça droit sur elle, Gabriel lancé à ses trousses.

– Jenny Callwood ? demanda-t-elle tandis qu'il la rattrapait.

Celle qui fumait en cachette hocha la tête. Ses cheveux filasse et son excès de maquillage lui donnaient un genre un peu vulgaire. De plus, son eye-liner avait dégouliné sur ses joues. Elle avait pleuré dernièrement.

– C'est vous l'agent du F.B.I.? demanda-t-elle à Gabriel en ignorant Loreleï.

Il écarta les pans de sa veste. Une plaque dorée, frappée aux initiales du bureau d'investigation, pendait à son ceinturon.

– Agent Granache et voici Loreleï Than, la propriétaire du pendentif que vous avez trouvé dans les toilettes du *Dingus Lounge.*

Cigarette aux lèvres, la jeune fille se pencha et ouvrit le sac posé entre ses pieds. Après avoir fouillé dans un fourbi de livres et de trieurs, elle retira un mouchoir blanc qu'elle tendit à Loreleï avec empressement.

– Je l'avais pris avec moi ce matin. Je voulais le montrer à mon professeur de chimie.

– Pourquoi? l'interrogea Loreleï.

– Parce que la pierre bleue est brûlante. J'avais déjà remarqué, hier, qu'elle dégageait de la chaleur. J'ai tenté l'expérience de la serrer le plus longtemps possible dans ma main : je n'ai pas tenu dix secondes, et voilà le résultat, conclut-elle en montrant sa paume gauche, rouge vif.

« Seule une âme pure peut toucher le soleil de Siàm », avait dit grand-mère à sa petite-fille lors de leur première rencontre. Celle de Jenny Callwood devait être entachée d'une multitude de méfaits pour qu'elle se soit brûlée ainsi. La jeune fille écrasa rageusement son mégot.

– Elle est à toi, tu peux la reprendre. Depuis que je l'ai, il ne m'arrive que des ennuis.

– De quel genre? voulut savoir la petite Eurasienne.

– Je n'ai pas fermé l'œil de la nuit. Des cauchemars, sans arrêt. Des trucs de gosses, du grand n'importe quoi, fit-elle en chassant ses souvenirs d'un geste brusque du bras.

– Précisez, insista Loreleï, avide d'en apprendre plus.

Jenny haussa les épaules et poursuivit :

– Je voyais des monstres qui se fritaient avec des tas de créatures. Ils arrachaient des têtes à des nains, déchiquetaient des hommes avec des jambes de chevaux qui essayaient, de leur côté, de les asperger avec des petites bestioles qui ressemblaient à des gouttes d'eau.

Les chouines!

Jenny avait rêvé du peuple des chapoderms et, apparemment, des démons et des centaures. Quant aux nains, Loreleï supposa qu'il devait y en avoir dans le monde de Siàm.

Jenny alluma une autre cigarette, les yeux posés sur la pierre que Loreleï venait de dévoiler au cœur des plis du mouchoir.

– Au milieu des monstres, y avait-il un démon, immense, avec une grande paire de cornes?

La fille trop maquillée s'étouffa avec la fumée.

– Co… comment tu le sais?

– Je suis voyante, comme ma grand-mère, répliqua-t-elle non sans une certaine fierté. Et je serais prête à parier avec vous les quarante dollars que j'ai dû laisser à votre frère, en guise de péage, que ce démon chevauchait une sorte de chien géant qui avait trois têtes, plus horribles les unes que les autres.

– Tu… oui… Tu as raison.

– Pour les quarante dollars ou pour le démon et sa monture? se moqua Loreleï.

– Pour mon frère, je ne comprends rien à ce que tu me racontes, mais pour le reste, tu as vu juste.

– Oubliez votre frère. Par contre, comme je ne suis pas assez douée pour savoir qui gagnait la bataille, j'aimerais que vous me le disiez.

– Attends, c'est quoi le rapport avec le F.B.I.? demanda soudain Jenny, le regard plissé vers Gabriel.

– Répondez à sa question, mademoiselle.

Elle renifla avant de s'exécuter.

– Le démon et ses monstres gagnaient largement. Il mettait une sacrée pâtée aux autres affreux.

Les épaules de Loreleï s'affaissèrent. S'agissait-il d'un rêve prémonitoire ou d'une action passée? Peut-être que Gabriel saurait lui répondre. Elle l'interrogerait plus tard. Pour l'instant, c'était Jenny qui devait répondre à ses questions.

– Et à part vos cauchemars, en quoi cette pierre vous a-t-elle attiré des ennuis ?

– Ce matin, je me suis réveillée avec de la fièvre. Ma mère n'a rien voulu savoir et m'a obligée à aller au collège. J'étais à peine arrivée qu'Anna Tosca me tombait dessus.

– Qui est Anna Tosca ?

– Une ordure de surveillante. Elle m'a collée, ce soir, pour une histoire de stylos volés. Quelle naze, comme si j'allais risquer de me faire choper pour ça !

Jenny venait de sous-entendre qu'elle volait des choses ayant plus de valeur que de simples stylos. Loreleï s'amusa de tant de bêtises réunies en une seule phrase.

– Et ensuite ?

– J'ai reçu le message de ma mère, me disant que tu allais venir me débarrasser de cette saloperie de pierre, mais tu n'es pas venue. Je t'ai attendue presque une heure, et j'ai loupé mon cours de chimie. Deux heures de colle en plus, par la Tosca !

– Désolée, j'ai eu un empêchement, s'excusa Loreleï en songeant à James Callwood et son équipe de dangereux demeurés. La série de malheurs est terminée, tu n'entendras plus parler de ce pendentif.

– Je l'espère, parce que j'ai séché tous mes cours, cet après-midi, pour qu'aucun prof ne m'accuse de quelque chose que je n'ai pas commis. Je vais me prendre encore des heures de colle à cause de ça, mais je m'en moque.

– Et c'est pour ça que vous avez pleuré ? la questionna Loreleï, sincèrement peinée pour Jenny.

– Non, c'est à cause de mon frère. Il est passé tout à l'heure et m'a flanqué une sérieuse correction, sans m'expliquer pourquoi. Juste pour frimer, je pense. Pour montrer à ses copains qui est le chef à la maison. C'était le final de cette série noire !

La raison de ses longues traînées de maquillage… James l'avait battue et elle avait pleuré. Mais pour quel motif avait-il fait cela ? La frime n'expliquait pas tout.

– Il était avec sa bande. Ces imbéciles ont déboulé ici comme des fous, ils voulaient casser la figure à tout le monde. Je me suis interposée et il m'a giflée. Ensuite ils sont repartis, tous les neuf.

Loreleï eut un sursaut de surprise.

– Neuf ? Vous êtes certaine qu'ils étaient neuf ?

– Il y avait un nouveau avec eux. Un beau blond. Avec sa tête d'ange, je me suis demandé comment il pouvait s'entendre avec une telle bande de pouilleux. À mon avis, ils vont se servir de lui pour le mettre dans des situations pas possibles. Faire tourner les gens en bourrique est leur passe-temps favori. Je me demande si, aujourd'hui, ils n'avaient pas picolé, parce qu'ils étaient pires que d'habitude. Violents. Très violents, finit-elle par dire en se massant la joue avec la main qui n'avait pas été brûlée.

Loreleï se réjouit d'apprendre que Shane était vivant. Elle se demandait toutefois s'il était captif de James et ses acolytes ou s'il avait conclu un pacte avec eux. La deuxième possibilité étant la plus probable, Loreleï frissonna.

– Quand les avez-vous vus ?

Jenny jeta un œil à sa montre. À côté du bracelet, des marques rouges montraient qu'on l'avait enserrée avec fermeté.

– Il y a une heure, vers 14 h 30.

Loreleï se tourna vers Gabriel et lui lança un regard entendu. Elle en avait fini avec la jeune Callwood et lui rendit son mouchoir. Celle-ci écarquilla les yeux lorsqu'elle vit la petite Eurasienne empoigner le joyau à pleine main, la chaînette brisée pendant entre ses doigts. Sans un mot, ils la saluèrent et reprirent le chemin du pick-up.

La voiture ne tarda pas à démarrer.

– Une affaire rondement menée, ma belle demoiselle. Tu ferais un excellent agent au Bureau. Je te dépose chez toi ou tu préfères passer saluer Hao ?

– Ni l'un ni l'autre. Puisque vous semblez vouloir me rendre service, vous allez m'aider, Gabriel. Une occasion en or de vous rendre utile.

– Laquelle ? fit-il, à l'écoute.

– Je sais que vous êtes en vacances, mais vous allez l'oublier cinq minutes, le temps d'appeler vos collègues pour qu'ils trouvent une adresse.

La voiture s'apprêtait à remonter vers la maison de Loreleï lorsque cette dernière aperçut un panneau.

– Non, par là ! ordonna-t-elle.

– Mais c'est la route de Des Moines.

– Je sais. C'est là que nous nous rendons. Et vous allez me trouver l'adresse de la personne que je souhaite rencontrer là-bas.

Gabriel parut décontenancé. Il fit néanmoins bonne figure quand il extirpa un cellulaire en tout point identique à celui de sa passagère.

– Quel est le nom de cette personne ?

– Katelyn Hoffman-Baker.

La ville s'ouvrit devant eux, les accueillant à bras ouverts dans ses larges artères, comme si elle les attendait depuis toujours.

Des Moines, enfin, où la vie pulsait à chaque coin de rue.

Kate était là, quelque part, dans sa maison.

L'heure de pointe n'avait pas encore sonné le rappel pour ceux, commerçants, employés ou écoliers, dont la journée trépidante avait commencé tôt le matin. D'après l'horloge du tableau de bord, qui indiquait 16 h 26, cela ne devrait plus tarder.

Loreleï brisa le silence qui les avait accompagnés durant tout le trajet.

– J'ai l'impression que Jenny Callwood n'est pas une mauvaise fille. Je pense qu'elle se cherche. Malheureusement, ce n'est pas son frère qui pourra la guider vers le bon chemin. J'espère qu'elle le trouvera par elle-même.

– Je l'espère aussi, rien n'est jamais joué d'avance.

Pourquoi Gabriel affirmait-il cela ? Suggérait-il que l'avenir pouvait être modifié, qu'il était façonnable en fonction des choix présents ? Si tel était le cas, Loreleï songea qu'à 16 h 30 elle pourrait échapper à la folie meurtrière de la jeune femme aux cheveux de flamme. Il suffisait qu'elle évite de croiser sa route.

– Jenny a rêvé du monde de Siàm. Cette bataille où les démons affrontaient d'autres créatures a-t-elle déjà eu lieu ?

– C'est difficile à dire. Les affrontements entre les deux forces durent depuis des millénaires. Chaque année a apporté son lot de fureur. En ce moment même, les conflits font rage, toujours plus nombreux, sans cesse plus meurtriers. L'Élue donnera la victoire à l'un des deux camps.

– Une victoire finale ? Qui mettra fin à toutes les autres batailles ?

– Peut-être pas. Mais elle permettra de ramener la paix dans la plupart des territoires des deux mondes. À condition que le Bien l'emporte, évidemment.

Il lui jeta une œillade de détresse. Gabriel caressait l'espoir qu'elle choisisse la bonne voie. Celle qui empêcherait le chaos. Soit il était du côté du Bien, soit il aurait fait un excellent acteur en simulant ce souhait. Elle n'avait encore aucune certitude, même si son cœur penchait pour la première possibilité.

– Merci de m'avoir sauvé la vie deux fois, lui dit-t-elle néanmoins. Sans vous, je ne serais pas là. Merci aussi de m'aider à retrouver Kate.

Il se tourna franchement vers elle, et ses dents du bonheur renforcèrent la jovialité de son sourire.

– J'aime te faire plaisir, ma belle demoiselle. D'ailleurs, avant que nous nous rendions à l'adresse que mes collègues m'ont communiquée, nous devrions nous assurer de la présence de Kate, tu ne crois pas ?

Il les avait appelés dès leur départ de Knoxville. L'efficacité légendaire du Bureau n'était plus à démontrer. La réponse était tombée en moins de trente secondes.

— Nous sommes encore loin ? demanda-t-elle, pressée et en même temps un peu angoissée de rencontrer son amie.

Loreleï n'avait-elle pas idéalisé une amitié qui, somme toute, n'était que virtuelle ? Non, les mots écrits sont souvent des transmetteurs de sentiments profonds, bien plus sincères que ceux prononcés, même s'ils perdent un peu de leur spontanéité car ils sont souvent mûrement réfléchis. Kate si gentille et si sincère, était une amie chère. Plus de quatre années d'échanges ininterrompus en avaient apporté la preuve à Loreleï.

Le pick-up s'engagea dans une quatre voies commerçante avant de se garer le long du trottoir. Gabriel réalisa un créneau parfait.

— Je vais programmer mon g.p.s., ça nous évitera de tourner en rond pendant des heures.

— Les anges n'ont-ils pas un système de guidage ultra-perfectionné dans leur tête ? railla-t-elle gentiment, plus pour calmer son impatience que pour vraiment se moquer.

Gabriel entra les coordonnées et patienta, le temps que l'appareil se connecte au réseau. Loreleï en profita pour contempler la rue, ses voitures alignées sagement le long des trottoirs, ses commerces peu fréquentés à cette heure de la journée, ses passants, beaucoup moins pressés que ceux de New York.

À une cinquantaine de mètres du pick-up, un groupe de jeunes garçons attira son attention. Eux marchaient vite.

En un éclair, elle reconnut James Callwood. Suivi de près par Sam, le petit nerveux, et les six autres membres de la bande. Il enfila une cagoule noire. Les autres l'imitèrent, caméléons malfaisants.

Ces imbéciles s'apprêtaient à commettre un forfait, comprit-elle immédiatement. Elle devait les en empêcher !

— C'est bon, se réjouit Gabriel, nous ne sommes qu'à dix minu…

Sans un mot, Loreleï ouvrit sa portière et abandonna son siège.

– Qu'est-ce que tu fais ? demanda-t-il, les yeux écarquillés.

– Quelle heure est-il ? fit-elle en pointant du doigt l'horloge de bord.

– Quatre heures et demie.

Elle songea à sa prémonition. Sa présence dans une banque. La pendule digitale qui affichait 16 h 30.

– L'heure précise, exigea-t-elle.

– 16 h 31, mais je ne…

Au lieu de le remercier, Loreleï claqua la portière et afficha un air rassuré, l'heure de sa mort programmée étant passée. Elle se retourna ; les loubards de Knoxville avaient disparu. Son regard parcourut les enseignes, sur le trottoir opposé, là où ils se tenaient cinq secondes plus tôt. Celle d'une banque reflétait les rayons du soleil sur ses lettres dorées.

Ces huit idiots allaient s'offrir un braquage. Elle pouvait encore les stopper. Leur éviter de vivre les trente années à venir dans une cellule de six mètres carrés. Trente ans, pour une minute de folie, c'était cher payé, même si mérité.

Elle se précipita vers la banque.

Dans le pick-up, Gabriel avait terminé sa phrase pour lui seul, désappointé : « … suis pas sûr qu'elle soit bien réglée ».

26

Le hall d'accueil était très exactement comme dans la vision de Loreleï : immense, parqueté, rempli de caméras, de bureaux et de conseillers concentrés sur leurs écrans plus que sur leurs clients. L'odeur de cire d'abeille sauta aux narines de la jeune fille avant qu'elle ne comprenne sa première erreur.

Les voyous n'étaient pas là.

Elle leva les yeux sur l'horloge à affichage digital. Ses chiffres rouges lui révélèrent sa deuxième erreur.

16 h 27.

Gabriel lui avait menti. Celui qu'elle croyait être son ami l'avait précipitée vers un destin qu'elle se refusait à affronter. Sa propre mort...

Trois minutes. C'était le temps qui lui restait pour fuir cet endroit maudit.

Elle fit volte-face, et la porte s'ouvrit. James Callwood apparut. Il avait retiré sa cagoule. Ses cheveux en bataille et son sourire torve, retroussé sur des babines tendues, donnaient l'impression qu'il sortait d'un ouragan de plaisirs démoniaques.

– Tu me dois deux cents dollars, la naine !

Elle se pencha légèrement. De l'autre côté de la vitre, Sam et les six autres voyous aux visages rongés par les piercings ricanaient. Elle recula d'un pas.

– Je ne vous dois rien ! Laissez-moi sortir !

– Tu n'as pas de parole, alors ?

– Plus que vous, en tout cas ! osa-t-elle le contrer.

– J'ai permis à ton ami de s'en aller contre deux cents dollars, et je les veux !

– Faux ! Vous l'avez battu et laissé pour mort !

Le mauvais garçon partit d'un grand fou rire. Les membres de sa bande, dehors, comme s'ils comprenaient pourquoi leur chef s'esclaffait, se plièrent de rire à leur tour, se bousculant telles les bêtes sauvages d'une meute excitée.

– Tu me dois deux cents dollars, répéta James entre deux hoquets.

– Je ne les ai pas sur moi. L'orage a trempé mes vêtements et tout ce qu'ils contenaient. Dites-moi où est Shane.

Il éluda la demande en se frappant la tempe de l'index. Loreleï recula encore. Il avança vers elle, prenant soin de la maintenir à portée de ses mains ; réussir à la bloquer, si elle cherchait à s'enfuir.

– T'es complètement barrée, la mioche. Je ne sais même pas de quoi tu parles. Ton petit chéri nous a refilé cinq fois ce que tu voulais nous donner pour qu'on lui prête une de nos bagnoles pendant une heure. Mille dollars, ma cocotte. Et mille de plus pour qu'on se pointe ici avec des cagoules sur la tête, avant d'entrer dans la boutique d'à côté et de les retirer.

Un piège ! songea Loreleï tandis qu'une boule hérissée de pointes se fichait dans sa gorge. Shane l'avait trahie, lui aussi. L'ange aux ailes blanches ne valait pas mieux que l'autre, aux ailes noires. Il avait payé cet imbécile de Callwood et ses lieutenants, fait semblant d'être blessé, ou mort, puis les avait conduits sur sa piste. Pourquoi avait-il fait cela ? Pourquoi l'abandonner après l'avoir aidée si souvent ? Pourquoi la livrait-il à ses malfrats après tous les gestes tendres qu'il lui avait offerts ?

– Shane Baal... commença une voix de femme dans son dos. Baal, ma chère Élue. Ne sais-tu donc pas qui porte ce nom depuis la nuit des temps ?

Avant même de se retourner, Loreleï savait à quoi ressemblait la femme à la voix chaude et ténébreuse. Elle avait d'abord vu sa silhouette dans un écrin de fumée, le jour où Shane était entré dans la zone protégée, et qu'il lui avait demandé quel messager s'était occupé de la transporter jusqu'à Knoxville ; il alors avait soufflé treize nuages gris, et l'un d'eux représentait l'inconnue qui venait de lui parler. Elle avait vu son visage, ensuite, lors de sa fuite par la fenêtre du *Dingus Lounge*, quand elle avait perdu son pendentif et manqué en mourir : un visage qui avait supplanté celui des membres de sa famille avant qu'elle ne perde connaissance ; les traits d'une jeune femme à la peau parsemée de taches de son et qui lui souriait, comme elle le faisait certainement maintenant, à quelques centimètres derrière elle. Enfin elle l'avait vue en entier, en présence de grand-mère Hao, quelques heures auparavant, dans une vision qui était en passe de se réaliser : son corps parfait semblait sculpté par les outils d'un dieu, ou d'un démon.

Lorsque Loreleï pivota pour lui faire face, elle vit les chiffres rouge sang de l'horloge.

16 h 29.

Des cheveux couleur de flamme encadraient la perfection incarnée. Loreleï avait beau s'attendre à cette apparition majestueuse, elle en eut le souffle coupé. Pour masquer son trouble, elle se campa bien droite sur ses jambes écartées, poings serrés sur les hanches, inconsciente d'adopter la même position que dans sa récente vision. Un détail différait de ce que Loreleï et grand-mère Hao avaient visualisé : la couleur de ses yeux n'était pas du tout vert clair.

Loreleï affronta le regard doré de l'inconnue. Le même regard que celui de Shane.

– Je ne sais pas qui est Baal, avoua-t-elle en tentant de maîtriser les tremblements de sa voix. Ma seule certitude est qu'il m'a menti, qu'il s'est moqué de moi, depuis le début.

La femme lissa machinalement son tailleur rouge de la main droite. Dans le prolongement de la gauche, un fusil à canon scié attendait son heure.

Un rapide coup d'œil vers les conseillers et les clients apprit à Loreleï que personne ne semblait troublé par la scène qui se déroulait en plein centre du hall.

– Baal, commença la jeune femme d'un ton emprunt de respect, le plus valeureux des sept démons supérieurs des enfers, le plus puissant, le plus craint ; commandant en chef de quatre-vingts légions de tourmenteurs obnubilés par la destruction. Le Mal à l'état pur.

L'image du géant à la peau de braise s'implanta dans l'esprit de Loreleï.

Shane…

Un séisme d'émotions pulvérisa ses certitudes. Elle retint ses larmes et, avec toute la force de sa volonté, durcit le ton de sa voix.

– Si ce que vous me dites est vrai, pourquoi a-t-il été bon avec moi ?

– Parce que tu es l'un des deux Élus.

Loreleï reçut la déclaration comme une gifle. Les annonces cinglantes, la compréhension trop brutale, la façon dont elle s'était méprise sur ceux qu'elle pensait être ses amis, tout concourait à la mettre à genoux, à lui faire rendre les armes pour abandonner la partie. À accepter le tragique avenir qui était le sien, qui se précisait, seconde après seconde.

L'équation qu'elle s'était évertuée à résoudre trouvait une partie de sa solution : deux chambres, une pour chaque Élu. Restait à savoir qui était le second.

Avant qu'elle ait pu ouvrir la bouche, la pointe du canon se dirigea vers sa poitrine.

La magnifique rouquine plissa les yeux.

– Les risques de te voir basculer dans le mauvais camp sont trop élevés. Et deux Élus, ça en fait toujours un de trop, pour moi.

L'horloge afficha 16 h 30.

La déflagration explosa dans le hall.

Loreleï s'effondra.

La rose blanche se balançait au-dessus de son visage.

Une goutte de rosée dévala la tige, esquivant quelques épines avant de se laisser choir sur son épaule.

L'herbe piquait son dos et ses hanches.

Loreleï s'installa plus confortablement, sur le côté, la tête en appui sur son bras replié, celui qui portait le bracelet en lapis-lazuli.

Deux immenses billes rouges la contemplèrent au travers de lunettes à double foyer.

– Est-ze que tu zouffres ?

Elle accorda à Tadam son plus joli sourire.

– Non, pas vraiment, ça pique, c'est tout. J'ai déjà eu bien plus mal que ça. Merci de vous en inquiéter.

– Je ne m'inquiète pas. Mais comme tu n'arrêtes pas de te trémouzer, za m'agaze !

Elle reprit son sourire et se retourna, offrant son dos à l'affreux personnage. Il bondit par-dessus l'épaule de Loreleï avant d'atterrir sur son séant, face à elle, bras en croix, en poussant un vibrant « Tadam! ». Aussitôt, il hérissa sa houppette bleue d'une main et frotta son crâne lisse de l'autre.

Elle frotta le tapis de verdure d'un geste las.

– Comment s'appelle la Messagère des Ténèbres, cette jeune femme qui est si belle sur Terre ?

– La rouquine ? Zelle qui a des taches de zon zur la figure ?

– Oui, et qui a aussi de très jolis yeux dorés.

– Elle z'appelle Anna Tozca, mais je n'arrive pas à prononzer correctement la lettre ezze.

Loreleï avait déjà entendu ce nom-là, autrefois, dans un lointain passé.

Anna Tosca...

– A-t-elle toujours servi le Mal ?

– Pour zûr! Za beauté n'a d'égal que za perfidie! Z'est la pire des diablezes, izi ou zur Terre. Je ne t'ai jamais raconté comment elle avait zigouillé toute une famille de molicornes?

– Non, pas plus que vous ne m'avez expliqué ce qu'était un molicorne.

– Rectificazion, on dit UNE Molicorne, pas UN. Zes beztioles zont toutes des meufs!

Le terme amusa Loreleï. Face à ce nouveau sourire qu'elle affichait, il inclina la tête, cherchant à comprendre son origine. Elle l'invita à continuer.

– Commenzons par le commenzement. La molicorne est une zorte d'ezcargot géant. Elle ne bave pas autant, mais elle est tout auzzi dégueulaze.

– Pourquoi donc?

– Parce qu'elle pize partout. Des torrents de pize. Et comme elle est prezque auzi grande qu'un ballozphère, il est préférable de ne pas ze trouver en dezous quand...

– Attendez! Qu'est-ce qu'un ballosphère?

– Pas un balloZphère, voyons, un balloZphère! Ze n'est quand même pas la même choze! Zeigneur du Bien, ayez pitié de za méconnaizanze du monde de Ziàm, pria-t-il en s'arc-boutant pour saisir la pointe de ses chaussures. Ze n'est qu'une pauvre chouine égarée.

– Je ne demande qu'à apprendre, vous savez.

– La route est longue et tortueuze pour zelle qui chemine dans le mauvais zenz.

– C'est de quel philosophe? Nietzsche? avança-t-elle, ignorante des autres.

– Qui z'est zelui-là? Non, zette maxzime est une vérité abzolue, édictée par un être zupérieurement intelligent: moi-même!

Sa prétention amusa Loreleï. Elle recentra néanmoins la conversation sur le sujet qui l'intéressait:

– La molicorne, la ballozphère, vous voulez bien m'exzpliquer, pardon, m'expliquer ce que c'est?

– Pas LA ballozphère, mais LE! Z'est du mazculin! Inculture, quand tu nous tiens…

– Allez, soyez gentil.

Les yeux du trublion s'agrandirent, empreints de tendresse.

– Je te dis tout! Contre un petit bizou? Dans le cou?

– Sur la joue, dit-elle en s'exécutant.

Sans prévenir, il s'écroula sur le dos et ses jambes moulinèrent dans le vide à toute allure.

– Z'était trop hot! Je zavais bien que mon charme ne te laizait pas indifférente!

– Alors? Ce ballozphère, c'est quoi? fit-elle, de la lassitude plein la voix.

Il se figea, les jambes raides, tendues vers les deux soleils qui brillaient haut dans le ciel.

– Le ballozphère est un gros ballon, comme une montgolfière, avec une hélize sur la nazelle. Et la molicorne est une créature qui fait prezque la même taille. Entendons-nous bien, elle fait la même taille mais elle ne vole pas, elle ze tortille à grande viteze quand on lui pique les fezes. On l'utilize pour le tranzport de marchandizes lourdes. Je ne te dirai pas les noms de zes marchandizes, tu ne zaurais pas de quoi je parle.

– Et donc, un jour, Anna Tosca a massacré une famille entière de ces pauvres bêtes.

– Non, non, fit-il en secouant la tête à une allure stupéfiante.

– Comment ça « non, non »? Vous venez de me le dire!

– Je disais : « non, non », ze ne sont pas des pauvres bêtes. Elles adorent qu'on leur pique les fezes, les coquines.

Loreleï expira profondément. L'excentrique petit bonhomme à la peau jaune était franchement difficile à suivre. À la limite du supportable.

– Pourquoi les a-t-elle tuées?

– Anna Tozca est une tueuze! Dès qu'elle voit quelqu'un ou quelque choze zur za route, elle le tue. Tadam!

Il était à quatre pattes et patinait sur place, ses genoux raclant l'herbe.

Elle détourna le regard. L'une des quatorze Messagères servait le Mal en tuant systématiquement ceux qui s'interposaient entre ses objectifs et elle. Anna Tosca ne tuait-elle pas aussi par plaisir ?

Loreleï sentit des fourmillements sous sa hanche. Ils se propagèrent à l'ensemble de son corps.

– Que se passe-t-il ? demanda-t-elle, inquiète.

– Rien de grave, le zol tremble.

– D'accord, je le sens bien, mais pourquoi tremble-t-il ?

– Parze que nous zommes zur la tête d'un Gratta-Ziàm.

Elle lança un regard intrigué alentour. Dans un rayon de dix mètres, il n'y avait que rosiers blancs sur herbe sauvage. Au-delà, des arbres majestueux à la cime droite et fière les encerclaient. Une simple clairière… qui s'éleva brusquement vers le ciel tandis qu'une odeur de champignons moisis emplit l'atmosphère.

– Pas de bol, je penze que le Gratta-Ziàm est réveillé. Pourtant, za n'arrive qu'une ou deux fois par ziècle. Et je penze auzi qu'il est en colère, alors que je lui ai bien gratté la tête avec mes genoux, tout à l'heure, et que d'habitude il adore za. Je ne comprends pas zette rage zoudaine. Et je ne vais zurtout pas chercher à la comprendre. Tu m'ezcuzeras, mais il me revient en mémoire une zublime bouillie de chouines à la grecque que j'ai laizée zur le feu. Adioz !

Et il détala à toute vitesse en direction des arbres.

Des cheveux ! Les arbres sont des cheveux ! songea Loreleï tandis que le sol continuait de s'élever vers les deux astres solaires. Quand il se stabilisa, son ascension terminée, elle se dit que le Gratta-Siàm devait mesurer trois cents mètres de haut, sinon plus.

Elle courut dans la direction qu'avait empruntée son compagnon. Ses jambes musculeuses la portèrent aussi vite que le vent des tempêtes. Elle rattrapa le fuyard au milieu des bois tandis qu'il agitait ses bras dans tous les sens, paniqué.

– Je t'en zupplie, prends-moi avec toi, je ne zerai jamais azez rapide pour atteindre l'eztrémité de zon crâne. Et je zuis trop jeune pour mourir.

Sans ralentir sa course, elle se baissa et le saisit par la tête, aplatissant ainsi sa houppette.

– Douzement ! Je zors de chez le coiffeur !

Le ciel s'assombrit. Une énorme masse grise évoquant un menhir couvert de terre tomba du ciel et s'abattit devant eux.

– C'est quoi ? s'écria Loreleï en l'évitant de justesse.

– Z'est zon doigt ! Za lui gratte la tête ! Il a des poux !

– Des poux ? Mais je n'ai rien vu !

Le bloc remonta vers les cieux, comme s'il était aspiré. Loreleï stoppa net au bord d'un immense précipice. Le Gratta-Siàm mesurait bien plus que ce qu'elle avait pensé. Au moins le double de sa première idée, soit plus de six cents mètres.

– Les poux, z'est nous ! lâcha-t-il en gigotant dans la main de sa protectrice.

Puis il se détendit comme un ressort, se roula en boule et tomba dans le vide en hurlant :

– Je te garde une part de mes chouines à la grecque…

La masse sombre redescendit vers Loreleï, accompagnée de son jumeau, à peine plus petit. Les blocs de pierre, presque aussi grands que la jeune fille, raclèrent le sol. Elle comprit qu'elle n'avait plus le choix. Même si elle avait réussi à l'esquiver cette fois-ci, tôt ou tard, le Gratta-Siàm se servirait de tous ses doigts pour calmer ses démangeaisons. L'un deux finirait par la broyer.

Elle ferma les yeux et se jeta à la suite de son ami miniature.

Sa chute dura une éternité.

L'atterrissage fut douloureux.

Horriblement douloureux.

27

Le brouillard de larmes s'ouvrit sur un plafond blanc.

Un bip régulier pulsait au rythme des battements lents du cœur de Loreleï.

L'armature métallique d'un pied de lit se dessina devant ses yeux enfiévrés. L'odeur de désinfectant assaillit ses narines. Des draps bleus épousaient le contour de son corps si maigre, si fragile.

Elle tourna péniblement la tête. Des perfusions. Un mur blafard. Et une grande fenêtre, qui laissait entrer les rayons du soleil.

Un lieu aseptisé, dans lequel ses pensées tentaient de s'organiser.

Je suis à New York... Crise cardiaque... Le reste n'était qu'un cauchemar... Papa va venir me chercher...

– Le docteur a dit de ne pas bouger, conseilla une voix chevrotante.

Grand-mère... C'est impossible... Elle est venue... Tout va recommencer... Je ne veux pas...

Au prix d'un effort incroyable, Loreleï parvint à tourner sa tête et découvrit la silhouette fine vêtue d'une tunique brillante, rouge et noir. Elle était persuadée que, d'une seconde à l'autre, la vieille dame allait lui offrir un pendentif orné d'une pierre ovale, de couleur bleue, et disparaître de la chambre.

Tout allait recommencer comme dans son interminable cauchemar. Elle survivrait à sa grave attaque cardiaque, pour finalement mourir sous les balles de la plus dangereuse des meurtrières : Anna Tosca.

– Comment te sens-tu, ma puce ? s'inquiéta Hao, sa petite main fripée s'emparant de la sienne avec délicatesse.

Si les yeux de Loreleï étaient embués de larmes de souffrance, ceux de son aïeule l'étaient de bonheur de voir sa petite-fille.

– J'ai… rêvé… de vous.

Grand-mère Hao lui déposa un baiser sur le poignet, là où la vie heurtait la chair à intervalles réguliers, un battement cardiaque lent, fatigué.

– Les médecins n'ont pas voulu t'opérer, dit-elle tandis que des larmes trouvaient leur chemin dans les profonds sillons qui parcheminaient son visage. Ils pensaient que tu étais perdue. Mais moi je savais. Je savais que ma Loreleï survivrait. Ta force de caractère, cette volonté qui peut déplacer des montagnes, tu l'as en toi.

Pourquoi n'avait-elle pas utilisé les mots dont Loreleï gardait le souvenir ? Pourquoi ne lui remettait-elle pas le pendentif et son soleil ? Lui seul arriverait à chasser cette douleur atroce qui labourait son cœur avec ses griffes.

– Siàm… Gabriel… Shane…

Hao pressa doucement sa main.

– Je n'ai pas de nouvelles de ton ami, mais Gabriel est dans le couloir. Il s'en veut horriblement. Tout comme moi.

Loreleï ferma les yeux. Ce n'était pas un horrible cauchemar. Tout avait vraiment existé. Sa fugue, sa rencontre avec Shane, les triplés, l'attaque du bus, l'ange aux ailes sombres, la zone protégée et tous ces gens dont l'âme était pervertie. Jusqu'à cette terrible déflagration qui l'avait conduite ici, à l'agonie.

– Vous… n'aviez pas… vu… mon avenir ?

– Non, ou plutôt si. Enfin, je ne sais pas trop. J'ai pensé que cette hospitalisation était le prolongement de la première, à New York. Je ne pensais pas que c'en était une autre.

– La date… différente…

– Je sais, ma puce. J'aurais dû vérifier. Mais je t'assure que mes autres visions te montraient en bonne santé.

Loreleï cligna des paupières, en signe de compréhension.

– Papa… Maman… savent?

– J'ai longuement hésité à les appeler. J'ai eu peur de les alarmer et je me suis dit que cette décision t'appartenait. Je ne suis pas certaine d'avoir bien agi, finit-elle, tête basse.

– Vous… avez… bien fait.

Une larme se cala au bord des lèvres de la vieille dame.

– Je… veux… le voir. Voir… Gabriel…

Grand-mère l'embrassa sur le front et se leva. Elle ouvrit la porte au géant.

– Bonjour, ma belle demoiselle. Comment te sens-tu? demanda-t-il, penaud.

– Mal…, dit-elle dans un souffle, les yeux entrouverts.

– Je m'en veux, tu sais. Je n'ai pas réagi assez vite. Et je t'ai perdue de vue quand tu as traversé la rue.

– Pas… grave… Parlez-moi… de… Anna… Anna Tosca.

Gabriel se mordit la lèvre.

– Il faut d'abord que tu récupères. Tu n'es pas en état de…

– Anna! lâcha-t-elle avec le peu de forces qui lui restait.

Le Messager comprit qu'elle ne changerait pas d'avis. Et puis, après tout ce qu'elle avait enduré, la jeune fille au courage sans limites avait droit à des explications. Cela faisait trop longtemps qu'elle était manipulée par les Messagers. Et il ne le supportait plus.

– Je vais commencer par te parler de moi, si tu me le permets, bien sûr.

Elle accepta d'un clignement de paupières. Grand-mère Hao recula au fond de la chambre. Gabriel s'agenouilla auprès de Loreleï.

– Mon nom, tu le sais déjà, est Granache. Mais seulement depuis quelques milliers d'années. Si tu places les lettres de mon patronyme dans un ordre différent, tu obtiendras mon vrai nom. Celui qui a fait de moi une légende sur la Terre, au travers de nombreuses religions. Granache est l'anagramme d'« archange ».

Loreleï sentit une onde de bien-être la parcourir lorsqu'il lui glissa les doigts dans ses longs cheveux ébène.

L'archange Gabriel souriait.

L'archange Gabriel était un Noir, immense, parfois un peu simplet, et il avait les dents du bonheur. Comment les croyants du monde entier auraient-ils accueilli une telle révélation ?

Loreleï lui rendit son sourire.

– Gabriel… Racon… tez-moi.

– À l'origine des deux mondes, il n'existait qu'un pouvoir : celui du Bien. La notion de mal n'existait pas. Jusqu'au jour où est apparu un être immatériel, impalpable et pourtant présent. La destruction était son mot d'ordre, le chaos sa raison de vivre. Les premières créatures des deux mondes en ont tout de suite souffert. Avec le temps, cet être a pris de l'assurance, sa puissance s'est accrue, c'est ainsi qu'il a éradiqué des espèces entières ; sur Terre, par exemple, les dinosaures, sur lesquels il s'est acharné pendant des centaines de millions d'années.

– Et… vous ? Vous ne… faisiez… rien ?

– Je l'ai observé, longtemps. Ensuite, avec celui que je considérais comme mon frère, nous l'avons souvent traqué, combattu, et terrassé. Il s'est relevé à chaque fois, très affaibli, mais toujours plus mauvais.

– Qui… est… votre frère ?

Gabriel, un masque de tristesse plaqué sur le visage, baissa la tête et serra ses mains entre elles.

– Lui aussi était un Archange. Nous avons mené d'innombrables combats ensemble, Baal et moi.

Shane…

– Il vous… a trahi ?

Le géant inspira profondément.

– L'entité du Mal nous a obligés à prendre une forme matérielle, parce qu'elle-même l'avait fait dans le monde de Siàm, où elle est connue sous le nom de Mortourmentäe. Sur Terre, beaucoup l'appellent le diable. Mais ce n'est pas un ange déchu, plutôt… un concept. Celui du Mal.

Il fit une pause, son regard de nuit plongé dans le berceau où siégeait celui, si clair, de Loreleï. Puis il reprit d'un ton qu'il s'efforça de rendre neutre, malgré sa peine :

– Shane et moi, pour contrecarrer les pulsions destructrices du Mal, avons dû ôter des vies. Nous n'avions pas le choix. Mais Shane a commis l'erreur d'y prendre du plaisir. Dès lors, il est devenu le jouet du diable. Celui-ci lui a ouvert les bras, offert le pouvoir, sous toutes ses formes. Shane Baal est devenu le premier démon supérieur, le bras armé de Mortourmentäe. D'autres Archanges sont apparus, douze créations d'une autre entité invisible, qui ne s'est jamais montrée : notre Créateur à tous, dont les enfants peuplent les deux mondes. Mais nombre de ces créatures, et même certains Messagers, comme Baal, ont succombé aux charmes de Mortourmentäe et de ses démons, souvent sans en avoir conscience. C'est là que s'exprime toute la perversité du Mal, qui peut vous rallier à sa cause à votre insu.

– Le diable et… Dieu ?

– Dieu est le nom que les hommes ont donné à l'expression du Bien. Tu peux l'appeler ainsi, si tu le souhaites. Cependant, il n'a aucune forme précise dans les deux mondes. Mais les Archanges savent qu'il investit certains hommes d'une partie de ce qui fait de lui un être de lumière : les Élus. Car, au début, les Élus sont des êtres fondamentalement bons. Or, nous autres, misérables Messagers, nous nous attelons à décider chaque Élu à rallier notre camp. Celui du Bien pour ma part et celle de six autres Messagers, et celui du mal pour Baal et ses six compagnons de l'horreur, dont Anna Tosca fait partie. Comme tu le sais aussi déjà, la plupart des Élus ont basculé dans le camp de Mortourmentäe, ou sont devenus fous, quand les Messagers du Mal ne les ont pas purement et simplement éliminés parce qu'ils avaient choisi le camp du Bien.

Un rayon de soleil s'invita dans la chambre, déposant sa chaleur sur les jambes de Loreleï.

– Anna… a dit… deux Élus.

La surprise remplaça la tristesse sur les traits de Gabriel.

– Si elle a dit vrai, je comprends mieux pourquoi elle a tenté de t'assassiner alors que tu n'avais pas encore franchi la frontière de Siàm, ni choisi ton camp. Elle a préféré t'éliminer plutôt que de prendre le risque de te voir servir le Bien, l'autre Élu leur offrant la victoire sur un plateau.

Grand-mère approcha du lit.

– Gabriel, tu penses que le Mal aurait, lui aussi, investi un Élu de son pouvoir ?

– Je ne vois pas d'autres possibilités. Les sept Messagers du Mal ont tous servi le Bien au début, ils savent donc le reconnaître, sentent son odeur et font tout pour le faire basculer dans leur camp, en le pervertissant. Mais si, pour la première fois, un Élu est apparu sur Terre avec le Mal en lui, nous autres, Messagers du Bien, étions dans l'incapacité de déceler sa présence. Et il ne manque plus qu'un Élu pour que le Mal triomphe.

– Comment comptez-vous retrouver cet Élu ? s'enquit la vieille dame.

Gabriel haussa les épaules, en un geste qui exprimait la fatalité.

– Je n'en sais rien. Je crois que la victoire finale est acquise. Elle tend les bras aux forces du Mal. Mortourmentäe, Shane, Anna et les autres peuvent d'ores et déjà se réjouir. Loreleï, même si elle ne garantissait pas l'issue du combat en ralliant le camp du Bien, aurait peut-être réussi à équilibrer les forces en jeu. Mais elle est trop faible. Les soleils de Siàm lui ont seulement évité le pire. Sa convalescence sera sans doute très longue.

La jeune fille leva son bras gauche. Le bracelet en lapis-lazuli ceignait son poignet. Elle posa son bras sur son torse et sentit le contact de bandages, et le pendentif par-dessus.

Personne n'aurait survécu à une décharge de fusil tirée en pleine poitrine et à bout portant. Les deux joyaux avaient associé leur force pour lui sauver la vie.

– Vous… ne devez pas… avoir de regrets, dit-elle en fournissant mille efforts. Je… n'aurais pas… participé… à votre conflit. Je voulais… mon amie… Kate. Donner… le soleil…

La vieille dame se pencha et posa une main sur l'épaule de sa petite-fille.

– Rien ne t'oblige à passer dans le monde de Siàm, ma puce. Bien sûr, Gabriel et moi serions enchantés de savoir que tu acceptes de conduire les forces du Bien, mais nous sommes déjà très fiers de tout ce que tu as accompli. Et nous savons aussi que tu es encore jeune, que la Terre et Siàm sont remplis de dangers. Peut-être est-ce une sage décision de te laisser grandir, jusqu'à ce que tu te sentes prête à les affronter.

Loreleï n'avait entendu ces dernières paroles qu'au travers d'un grondement qui emplissait son esprit. Épuisée, le corps meurtri, le cerveau embrumé par les puissants antalgiques gouttant des perfusions, elle glissa progressivement dans le sommeil.

Le grondement gonfla, tel le cri d'un torrent en furie.

* * *

Elle était assise au milieu d'un tronc d'arbre qui fonçait dans le courant de la rivière.

L'eau giclait en tous sens et les aspergeait, elle et son minuscule compagnon, qui se tenait debout, à l'avant.

– Zuper ton idée de gagner du temps en empruntant la voie maritime. Nous aurons de la chanze zi nous zarrivons en un zeul morzeau zur les terres de Mortourmentäe. D'ailleurs, à ze propos, fais-moi penzer à te laizer mon teztament. Au cas, miraculeux, où tu zurvivrais. Et moi pas !

Une violente secousse contraignit Loreleï à serrer les cuisses encore plus fort sur le tronc. Son guide rebondit, virevolta dans les airs et atterrit sur le dos, aplati comme une crêpe.

– Je crois que je zuis mort ! lâcha-t-il en poussant un râle d'agonie.

Loreleï, en appui sur ses bras tendus, glissa jusqu'à lui.

– Vous allez bien ?

– *Nein*, fit-il en allemand, je zuis H. eze ! Définitivement hors zervice !

Elle l'attrapa par un bras, le souleva, puis l'approcha de sa figure. Deux grands yeux rouges s'ouvrirent derrière la paire de lunettes à monture blanche.

– J'étouffe ! Je zuffoque ! brailla-t-il. Qui zera azez aimable pour me faire une zéanze de bouche-à-bouche ?

Ses lèvres jaune foncé se tendaient avec espoir vers Loreleï. Elles mimèrent une série de baisers frénétiques dans le vide.

Au-delà de son compagnon, la jeune fille découvrit l'horreur : la cassure de la rivière sur l'horizon.

– Une cascade ! s'époumona-t-elle.

Toujours suspendu par un bras, le trublion personnage se contorsionna pour pivoter et affronter de face – et donc avec courage, se dit Loreleï – la chute vertigineuse qui se précisait.

– Za zent le gaz ! lâcha-t-il en se servant de sa main libre pour desserrer l'étreinte de la jeune fille.

Il retomba sur ses pieds tandis qu'elle repérait un rocher en bordure des chutes d'eau. Elle s'allongea à plat ventre et mit toute son énergie à pagayer. Le minuscule bonhomme, mains dans les poches de son manteau bleu, marcha en sifflotant jusqu'à s'accouder sur le nez de Loreleï, la faisant loucher.

– Poussez-vous, je n'y vois plus rien, fit-elle en pagayant vers la rive.

– Za ne zert à rien de z'exziter, nous zommes condamnés à mourir. Il est temps de ze rendre à l'évidenze. Toi et moi, za ne zera pas pozible.

– Mais poussez-vous, bon sang !

– Et bon zang ne zaurait mentir, comme dizait l'autre.

Il libéra enfin la vue et se posta au bout du tronc, en position du plongeur olympique avant le départ.

– J'ai adoré nos petites converzations, très inztructives, zurtout pour toi, *meine Liebe*, conclut-il en plongeant dans les eaux tumultueuses.

Loreleï n'était plus qu'à une dizaine de mètres du rocher. Ses épaules l'élançaient, l'écorce lui raclait la peau, jamais elle n'y arriverait. Alors elle tenta l'impossible.

Elle se releva d'un bond et, les bras en croix, recula de trois pas, lentement, pour se donner de l'élan. Puis elle s'élança et se jeta sur le côté, vers le rocher. Elle chuta à plat ventre dans l'eau glacée, ses doigts glissèrent le long de la paroi pour finalement agripper une encoche.

Le bruit était infernal, il heurtait violemment ses tympans à la cadence ininterrompue du courant qui voulait la happer. Mais elle tenait bon, tête tournée vers le précipice pour éviter de boire la tasse.

Masquées à intervalles réguliers par des gerbes d'eau, elle discerna des formes gigotant sur la rive la plus proche. Peu après, elle entendit leurs cris. Hideux. Démoniaques.

Des explosions aqueuses l'encerclèrent. Les démons lui jetaient des pierres. Elle en esquiva une, énorme, au dernier moment. Puis ce fut un démon qui tomba dans l'eau, près d'elle. Il fut suivi très vite par deux autres, qui passèrent au-dessus de la tête de Loreleï en gesticulant, et disparurent dans la cascade. Un dernier s'écrasa sur le rocher, projeté depuis la berge par un cinquième, dix fois plus grand, aux cornes immenses et aux yeux couleur d'or.

Shane…

Le seigneur de la guerre se servait des démons comme projectiles. Il voulait qu'elle lâche prise et se noie.

La naufragée sentit des griffes s'enfoncer dans le dos de sa main. Son regard croisa celui de la bête agonisante, crâne fracassé, qui usait ses dernières forces pour s'approcher d'elle. Le démon inférieur retroussa ce qui devait être ses lèvres – deux bandes verdâtres purulentes –, puis il rampa sur le rocher, tous crocs en avant, prêt à trancher les chairs.

Tandis qu'il écartait les mâchoires, un filet de bave fumante coula sur la roche. Pour éviter la morsure de l'acide, Loreleï écarta les doigts, et la cascade l'emporta dans le précipice brumeux de millions de litres d'eau.

Un grondement surpuissant envahit l'air au-dessus du torrent. Baal hurlait.

Loreleï, elle, cessa de respirer.

28

Loreleï se réveilla en sursaut.

En provenance du couloir de l'hôpital, un raffut de tous les diables venait de la tirer de son sommeil agité. Des gens se battaient, ou n'allaient pas tarder à se battre.

Elle retira les draps bleus qui couvraient ses chairs meurtries et s'assit sur le bord du lit.

Des coups furent frappés contre le mur.

Elle se redressa, mit péniblement un pied devant l'autre, et se laissa tomber sur la chaise qu'avait occupée grand-mère Hao. Sur le dossier, son ciré jaune l'attendait. Elle l'enfilait quand la porte s'ouvrit brusquement. Gabriel entra à reculons.

– Tu n'as rien à faire ici ! lâcha-t-il à celui – ou celle – qui lui faisait face et qu'elle ne voyait pas, masqué par le mur. Je ne pense pas qu'elle veuille te voir ! Tu lui as déjà suffisamment fait de mal ! Contente-toi de cette misérable victoire et retourne déverser ton venin sur ceux qui te vénèrent !

Gabriel fut propulsé en arrière. Les pieds à un mètre du sol, le corps plié en deux, il traversa la pièce de part en part pour aller s'écraser sous la fenêtre.

Shane entra d'un pas nonchalant.

Loreleï, pour la première fois, sentit toute la haine, féroce, qui habitait celui qu'elle avait tant apprécié, autrefois.

Il se tourna vers le lit désormais vide. Ses traits s'adoucirent lorsqu'il lissa ses cheveux blonds après avoir ôté son bonnet. Ils devinrent plus tendres encore quand il regarda vers la chaise, son sourire illuminant son visage. Et ce sourire était pour elle.

– Salut, petite fille, ça n'a pas l'air d'être la grande forme, dit-il tandis que Gabriel se relevait.

– La faute à ta copine Anna, dit-elle sans se démonter. Quelque chose me dit que, si elle ne m'avait pas tiré dessus, j'irais beaucoup mieux.

Le sourire de Shane s'étira. Le garçon était d'une beauté renversante. La beauté du diable…

Deux mains surgirent derrière lui et l'agrippèrent par les épaules. Son sourire se volatilisa quand il pivota pour affronter son adversaire.

– Retire tes sales pattes, Ezequiel !

Les mains disparurent. Shane recula d'un pas. Un homme occulta tout l'encadrement de la porte. Il était si grand qu'il se plia en deux pour entrer. Il devait mesurer deux mètres vingt, peut-être même deux mètres trente, jaugea Loreleï.

– C'est bon, assura Gabriel au colosse. Laisse-le parler. On te tient à l'œil, Baal. Au moindre geste équivo…

– N'aie crainte, Gégé. Je suis ici pour saluer ma jeune amie. Seulement pour la saluer.

Ezequiel dépassa Shane en une enjambée, la suivante le mena devant Loreleï. Elle eut l'impression d'avoir une montagne en face d'elle. Une montagne à l'épaisse crinière noire, aux joues rebondies sous deux billes sombres qu'un strabisme prononcé plaquait en bordure de l'arête d'un nez tout rond. Un roulement de tonnerre s'échappa de sa gorge lorsqu'il tendit sa main, énorme :

– Je m'appelle Ezequiel Eron. Gabriel m'a beaucoup parlé de vous. Je suis vraiment très impressionné de vous connaître.

Impressionné ? Comment une telle masse pouvait-elle se laisser impressionner par un petit bout de femme comme Loreleï ? Il engloutit les doigts de la jeune fille entre les siens, ainsi qu'une bonne partie de son avant-bras.

– Je suppose que vous êtes un Archange ? demanda-t-elle en récupérant sa main, intacte.

Il chercha le regard de Gabriel. Ce dernier hocha brièvement la tête.

– Oui, mademoiselle l'Élue. Et je sers le Bien, contrairement à l'espèce de minable qui trépigne derrière moi.

Shane asséna une grande claque dans le dos du colosse et se jeta sur les draps. Allongé, les rangers sur le pied du lit, il entonna une douce mélodie aux accents orientaux. Cette mélodie qui plongeait les gens dans une transe inquiétante.

– Pas de ça ici ! ordonna Gabriel.

Contre toute attente, le garçon s'arrêta net. Il se tourna vers Loreleï.

– Je leur fais peur. Ils ont beau être deux – les deux plus grands guerriers du Bien qui plus est –, je les effraie quand même. Je suppose que Gégé t'a raconté tout un tas d'horreurs à mon sujet.

– Il n'a pas eu besoin de le faire. Il m'a simplement dit qui tu étais vraiment, c'était suffisant. Et ce que j'ai vu par moi-même m'aurait, de toute façon, largement suffi si j'avais eu toute ma tête !

– Pourquoi dis-tu ça, petite fille ? Tu penses que je t'ai « hypnotisée » ? dit-il en traçant des guillemets dans les airs.

Ce n'était pas impossible. Pourtant, elle n'aurait pu l'affirmer. Elle pensait même sincèrement l'avoir suivi de son plein gré, sans contrainte aucune.

– Tu m'as menti, Shane ! Dès le début tu n'avais qu'une idée en tête : me conduire à la mort !

Bras croisés derrière la nuque, il s'allongea complètement, les rangers sur les draps.

– Réfléchis, dit-il, son regard errant au plafond. Si j'avais eu l'intention de t'éliminer, pourquoi aurais-je attendu presque une semaine pour passer à l'action ? Souviens-toi… Nous deux…

Et les souvenirs affluèrent.

Il l'avait emmenée sur sa moto. Une occasion s'était-elle présentée à ce moment-là ? Peut-être pas, mais peu après oui : dans le bus, quand un des triplés conduisait et que ses deux frères étaient déjà certainement à bord, qu'est-ce qui aurait pu empêcher Shane de la tuer, en pleine nuit? Ou lors de l'attaque du bus, quand il avait ceinturé le policier? Ou encore quand les triplés avaient rejoint la zone protégée? D'ailleurs, depuis cette nuit tragique, elle ne les avait jamais revus. S'était-il débarrassé d'eux? Et ensuite, ne l'avait-il pas défendue contre Teddy Balmore, le vieux malsain, et contre James Callwood, au *Dingus Lounge*? N'était-il pas plus ou moins impliqué dans le décès d'Edward Triplehorn, dont le racisme latent était sur le point de le pousser à s'en prendre à elle?

Shane l'avait protégée, à chaque fois. Jamais il n'avait essayé de la blesser. Il aurait pu l'éliminer en lui arrachant son pendentif. Un arrêt cardiaque, et le tour était joué. Et pourtant il n'avait même pas essayé. Elle se souvint du garçon, rampant sous les sièges, à la recherche du soleil de Siàm. C'était lui qui l'avait retrouvé. C'était lui qui avait tenté de l'attraper et qui, finalement, les doigts trop gros pour le saisir, avait cédé sa place pour qu'elle le récupère. Dès cette première nuit, il avait eu d'innombrables occasions de la tuer ou de la laisser tuer.

Alors pourquoi? Pourquoi n'en avait-il pas profité? Espérait-il la convaincre de rallier les forces du Mal? Il ne devait pas ignorer l'existence de l'autre Élu, puisque Gabriel avait expliqué que seuls les Messagers du Mal pouvaient détecter la présence de cet Élu créé, justement, par le Mal en personne. Deux valant mieux qu'un, l'avait-il épargnée pour doubler ses chances de remporter la victoire finale?

– Tu m'as aidée parce que tu espérais me convaincre, affirmat-elle en se levant. Tu m'as laissée en vie pour que je serve ta cause. Un pas la séparait du lit. Et quand tu as compris que je ne mettrais pas un pied dans le monde de Siàm, et donc que tu n'avais aucune chance de faire de moi ton alliée, tu m'as livrée à Anna Tosca! (Elle se pencha au-dessus de lui, sourcils froncés, lèvres pincées.) James Callwood m'a tout expliqué avant qu'Anna ne me tire dessus. Les mille dollars, Shane. Tu as vendu ma vie pour mille dollars. Je ne valais rien de plus, pour toi.

Sans qu'il ne bouge, ses yeux dorés se tournèrent vers elle. Elle crut y lire du chagrin.

– Tu te trompes, petite fille.

– Non… Je sais que j'ai raison.

Elle tourna les talons et contempla Gabriel et Ezequiel.

– Maintenant, messieurs, commença-t-elle, j'aimerais que vous demandiez à monsieur Baal, seigneur de la guerre et maître des légions du diable, de quitter ma chambre et de retourner d'où il vient. L'Enfer a besoin de ses services, et moi je ne souhaite plus lui adresser la parole, ni rien avoir à faire avec lui.

– Les apparences sont trompeuses, Loreleï, affirma Shane en se redressant.

Elle ferma les yeux. Il était à plus d'un mètre d'elle et, pourtant, elle sentait la chaleur de son souffle qui repoussait ses mèches d'ébène pour caresser sa nuque. Il l'avait appelée Loreleï.

Loreleï et pas « petite fille ».

Un long frisson chemina de ses chevilles jusqu'à la racine de ses cheveux. Il redoubla d'intensité quand elle sentit le contact brûlant de la main du garçon sur sa taille.

Mais de garçon, Shane n'avait que l'aspect. L'image du démon, haut comme un immeuble et détruisant la forêt au bord de l'étang, supplanta celle du jeune homme souriant, de ses gestes tendres, de ses chastes baisers.

– Messieurs, s'il vous plaît, implora-t-elle, maîtrisant à peine les sanglots qui étreignaient sa gorge. Demandez-lui de partir…

Shane n'attendit pas, il l'effleura une dernière fois avant de bousculer Ezequiel et d'ouvrir la porte.

– J'ai toujours su que tu ne rallierais pas la cause du Mal. Je le savais dès que j'ai croisé ton regard, en bas de chez toi, alors que tu étais égarée dans la nuit. Tu es l'incarnation du Bien. Je l'ai tout de suite vu. Et cette pureté d'âme est impossible à corrompre. Les apparences, Loreleï. Tu t'arrêtes aux apparences…

La porte se referma doucement.

Loreleï ouvrit les yeux. Elle vit le bonnet, oublié sur le lit ; la forme de son corps, sur les draps.

Shane était parti.

Dix secondes que l'Archange du Mal était sorti de sa chambre, de sa vie.

Dix secondes qu'elle se demandait pourquoi il avait parlé d'apparences.

Comme un automate, elle passa devant Ezequiel puis Gabriel, et s'arrêta devant la fenêtre.

Elle écarta les pans de son ciré, exposant ainsi son corps à la lumière, puis tendit son bras gauche devant elle. Les rayons du soleil frappèrent son pendentif et son bracelet.

Elle se concentra.

Et une intense lumière bleue envahit la pièce.

La prairie parsemée de rosiers blancs défilait sous ses pieds à une allure folle.

Le démon chevauchait sa monture tricéphale. Il allait la rattraper. Un coup de fouet claqua derrière elle. Son corps fut bloqué net et se tendit dans les airs quand les flammes agrippèrent son poignet. Elle s'effondra lourdement sur le sol. Un nuage de poussière l'encercla. Le démon et son destrier venaient de stopper leur course.

Le seigneur de la guerre atterrit près d'elle, la terre de Sìam tremblant sous son poids. Le tonnerre s'échappa de la gorge du démon à la peau de braise :

— Mashem joür torn dahar, oüm disth Baal, Loreleï.

— Je ne comprends pas ! hurla-t-elle. Qu'est-ce que tu me veux, Shane ? Pourquoi me poursuivais-tu ? Pourquoi ?

— Ne cours pas dans cette direction, aie confiance en Baal, Loreleï, traduisit-il tandis que les flammes du fouet tombaient en cendres.

— Qu'ai-je donc à craindre plus que ta présence, si je cours vers les montagnes ?

– Affarhïm ! Regarde ! lança-t-il, son bras musculeux tendu vers la nappe de brouillard qui reposait au pied des sommets enneigés.

La brume bougeait. Elle se repliait sur elle-même, comme si elle était aspirée de l'intérieur. Et Loreleï la vit.

Elle voyait le danger. Une mante religieuse au corps couleur de la nuit, trois fois plus haute que Baal. La tête aux yeux globuleux se dressa vers les deux astres solaires, ses deux pattes avant se portèrent à ses mandibules. Loreleï détourna le regard. Elle avait vu le corps ensanglanté d'un centaure.

Mille senteurs florales se mariaient à la brume aveuglante.

Bras tendus devant elle, comme une malvoyante dans un lieu inconnu, Loreleï palpait le brouillard. Il se déchira pour dévoiler un étang. D'énormes nénuphars multicolores stagnaient sur les eaux endormies. Le silence s'entrecoupait de chants inconnus, mélange de sons tirés des cordes d'une harpe et de mots sortis d'une gorge rocailleuse. Des psalmodies ressemblant à celles entonnées par les bonzes orientaux.

Loreleï ne sentait plus ses membres engourdis par les chants qui emplissaient progressivement tout l'espace. L'eau se mit à ondoyer depuis la rive opposée. Sans le voir, elle entendit un pas lourd. La température s'éleva aux abords de l'étang. Les résidus de bruine se firent vapeur qui s'éleva vers le ciel pour rejoindre le dôme de brouillard. Face à elle, les branches frémirent à la cadence des pas qui martelaient la terre de Siàm, au rythme des chants aux sonorités surnaturelles.

Loreleï tenta de fuir. Son corps ne réagit pas.

Un arbre se brisa sous l'impact d'un choc violent.

Puis ce fut le silence.

Une voix caverneuse, comme surgie d'un puits sans fond, explosa depuis la rive d'en face.

– Suüm gar denem, isth Siàm.

Loreleï concentra toute sa force de volonté pour échapper au monstre qui approchait. Mais une poigne invisible entourait sa poitrine et la retenait prisonnière.

Deux arbres s'écartèrent pour laisser apparaître le démon à la peau couleur de braise. Bras en croix, il maintenait deux troncs écartés. Les yeux fermés, il souffla par ses naseaux, des flammèches jaillirent et tombèrent en pluie incandescente. Il s'ébroua, ses cornes pulvérisèrent les branches à plus de cinq mètres du sol.

Lorsqu'il ouvrit sa gueule sur une triple rangée de dents aux pointes menaçantes, une odeur de chairs putréfiées empuantit l'atmosphère.

– Sjor dost oüm, Baal, grogna le démon en soulevant ses paupières rouge sang.

Loreleï frissonna quand deux éclats dorés se braquèrent sur son corps.

– Nombreux sont les dangers, en siàm, traduisit la Bête. Baal est ton protecteur.

Les chants reprirent, dix fois plus puissants qu'auparavant, à en meurtrir les tympans de la jeune fille. La surface de l'étang se troubla. Des formes humanoïdes sortirent de l'eau. Des zombies, décharnés, énucléés, couverts d'algues en guise de vêtements. Les chants s'échappaient d'un gouffre rempli de canines.

– Sharkooüm Spiritousäe! Les rongeurs d'âmes!.

Le démon plia ses jambes et fit un bond prodigieux par-dessus l'étang. Il atterrit sur deux créatures, broyées sous ses pattes ardentes, tout près de Loreleï.

– Kraguern döürm! Ma nourriture préférée! ricana-t-il avant de déchiqueter sauvagement les zombies.

Peu après, les chants s'arrêtaient et Loreleï traversait la brume à l'opposé du démon, des bruits de mastication couvrant sa course effrénée.

29

Un gigantesque drap blanc masquait la vue de Loreleï. Elle avait beau tenter de le déchirer, il résistait.

– Tout va bien, belle demoiselle ?

La voix enfantine de Gabriel l'extirpa de sa vision comme le gaz expulse un bouchon d'une bouteille de champagne.

Elle ramena ses bras le long de son corps.

– Depuis combien de temps suis-je devant cette fenêtre ?

Les deux géants se regardèrent, surpris. Ce fut Ezequiel qui répondit de sa voix grondante :

– Une vingtaine de secondes, tout au plus.

Vingt secondes qui avaient semblé des heures à Loreleï. Vingt secondes qui lui avaient néanmoins apporté une certitude : Shane ne souhaitait pas lui faire de mal. Si les événements à venir ne pouvaient être modifiés, elle se rendrait dans le monde parallèle et il la protégerait.

Vingt secondes…

Elle fit demi-tour et marcha vers son lit. Ses doigts maintenaient fermés les pans de son ciré. Elle ramassa le bonnet oublié qu'elle enfonça dans sa poche. Puis, sans prévenir, elle se précipita vers la porte. Avant qu'Ezequiel ait esquissé le moindre geste, elle courut dans le couloir, ses pieds nus ripant à chaque embranchement qu'elle empruntait en suivant les panneaux de sortie.

Elle passa sans s'arrêter devant un ascenseur, s'engouffra dans l'escalier de service attenant et dévala une série de marches sur deux étages. Elle stoppa net son élan devant trois blouses blanches surmontées de trois visages presque identiques. Un chauve barbu, un glabre aux cheveux longs, et un dernier à la coupe en brosse avec une moustache fournie.

Trois sourires mauvais, parfaitement semblables, la narguaient.

Les triplés!

– Salut, toi! lança le moustachu.

– Où cours-tu ainsi…, enchaîna le chauve.

– … Petit Chaperon jaune? conclut le chevelu.

Ensemble, ils émirent des grincements de dents qui se voulaient des rires.

Loreleï agrippa la rambarde et remonta les marches deux par deux. Des claquements de mâchoires dans son dos la forcèrent à grimper toujours plus vite. Au détour du premier étage, elle se heurta à une tenue de treillis.

Shane l'accueillit dans ses bras.

Il se déplaça légèrement et sa ranger percuta le menton du chauve qui s'effondra, en arrière, sur ses frères. Les trois dégringolèrent, leurs membres emmêlés.

– Tu me fais confiance, petite fille?

– Seulement si tu m'appelles par mon prénom, fit-elle, essoufflée.

– Alors viens!

Il lui prit la main. La douce morsure de la chaleur se répandit jusqu'à l'épaule de Loreleï. Les marches défilèrent sous leurs pieds à une allure folle, les virages à angle droit se succédant, à en donner le tournis. Mais le souffle des triplés les rattrapait.

La porte de service du deuxième étage s'ouvrit à la volée. Une masse en bloqua l'accès. Un grondement de tonnerre surgit de la gorge d'Ezequiel:

– Lâche-la, Baal! Lâche-la où je te renvoie en enfer plus tôt que prévu!

Shane ignora la mise en garde et continua de monter, entraînant sa protégée dans son sillage. Ils grimpaient si vite qu'elle avait l'impression de ne plus toucher le sol.

Un feu consumait sa poitrine. Loreleï pria pour que sa blessure ne s'ouvre pas. Elle n'avait aucune idée du temps qui s'était écoulé depuis qu'Anna Tosca lui avait tiré dessus. Les deux joyaux avaient accéléré sa guérison, mais elle se sentait tout de même moins forte qu'avant. Elle puisait dans ses dernières ressources pour escalader le bâtiment. Fuir était une question de vie ou de mort.

Au terme de leur ascension, une porte métallique leur barra le passage. Une chaîne munie d'un cadenas la bloquait. Un étage plus bas, des bruits de lutte acharnée leur parvinrent. Elle n'osa pas regarder et concentra son attention sur Shane.

– On est coincés, faisons demi-tour, conseilla-t-elle. J'expliquerai tout aux Archanges.

– Leur expliquer quoi ? Ils ne t'écouteront pas. Ils ne désirent qu'une chose : que tu te rendes dans le monde de Siàm pour rallier leur camp.

– Je leur parlerai de mes visions, de ce que j'ai vu là-bas, de la façon dont tu m'as aidée.

– Je ne comprends rien à ce que tu me racontes. Recule-toi, je dois briser cette chaîne !

– Mais comment ?

Le garçon, sourire aux lèvres, lui lâcha la main. Il s'accroupit, saisit les extrémités de la chaîne, et tira d'un coup sec. Les maillons cédèrent.

– La force d'un Archange, dit-il en abaissant la poignée de la porte avant de laisser passer sa protégée.

Elle fonça droit devant et, quand elle se figea, un bras rassurant entoura ses épaules. Ils étaient au milieu du toit. Les autres bâtiments étaient trop éloignés pour espérer les atteindre d'un bond. Leur fuite s'achèverait ici. Bientôt, Shane n'aurait d'autre choix que de lutter contre les triplés, ou les Archanges, selon l'issue du combat qui faisait rage dans l'escalier. Et Loreleï se prit à espérer que son compagnon vaincrait, quels que soient ceux qui pousseraient la porte métallique.

La différence de température avec l'intérieur la saisit, elle grelotta. Sous son ciré, elle n'avait pour tout vêtement que le bandage autour de sa poitrine et une chemise de nuit si fine qu'elle en était transparente.

Shane remarqua son tremblement. Il retira sa veste.

– Enfile-ça ou tu vas choper la crève. Je te veux en bonne santé. Tu n'es pas à l'abri du froid parce que tu as la tête dure ! Et puis tu es toute jolie comme ça.

Il décocha des regards alentour puis, alors qu'elle ne s'y attendait pas, la souleva pour la caler entre ses bras, comme si elle n'était qu'un nourrisson.

– Qu'est-ce que tu fais ?

– Tu le vois bien : je t'emmène avec moi !

– Tu veux m'emmener en… en enfer ?

Il partit d'un grand fou rire.

– N'aie crainte, l'enfer n'existe pas. Du moins, pas comme tu l'imagines.

Et il s'élança.

Elle savait qu'elle ne pesait rien, mais la facilité avec laquelle il courut jusqu'au bord de l'immeuble l'impressionna.

– Tu as le vertige ? demanda-t-il au bord du précipice.

Un court instant, elle se dit que, s'il la lâchait, les soleils de Siàm ne pourraient rien pour elle.

– Je ne crois pas, répondit-elle sur un ton mal assuré. En fait, je n'en sais rien. Je n'ai jamais rien vu de plus haut que le paysage depuis la fenêtre de l'appartement, chez moi, à New York.

– Arrête ! hurla Gabriel depuis la porte métallique. Reviens, Shane ! Pense à ses blessures ! Tu vas la tuer ! C'est ça que tu veux ?

Le garçon planta son regard doré dans celui de Loreleï.

– Je déteste sa voix de crécelle. Pire qu'un violon désaccordé.

Elle étira son cou pour regarder par-dessus le biceps de Shane. Elle vit deux mains agripper la cheville du géant noir et tirer en arrière. L'instant suivant, il basculait, son menton heurtant violemment la surface du toit. Puis il disparut, entraîné vers l'escalier.

Shane, indifférent aux cris de la rixe, monta sur le rebord qui ceinturait le bâtiment.

– Nous allons vite savoir si tu as le vertige, Loreleï!

Il se tassa légèrement sur lui-même et ferma les yeux. Ses lèvres se crispèrent.

– Tu ne vas pas…

« Sauter », voulut-elle dire quand, imitant le claquement des voiles prises dans le vent, deux ailes blanches, immenses, se déployèrent dans le dos de l'Archange.

L'un des triplés, le moustachu, surgit de l'escalier. Il les repéra et se mit à courir à quatre pattes dans leur direction. À chaque foulée, il poussait un ahanement, un filet de bave s'allongeant à la commissure de ses lèvres.

Elle enroula ses bras autour du cou de son protecteur. Il déposa ses yeux dorés sur le visage blanc de fatigue et d'appréhension, lui sourit comme jamais auparavant, et se jeta dans le vide.

Ils chutèrent en piqué, Loreleï serrée contre lui. Au moment de percuter le sol, il redressa son corps, battit un grand coup d'ailes et réussit à éviter la catastrophe pour remonter vers le ciel.

Ils prirent de l'altitude, se rapprochant de l'entrefilet de nuages bercés par le vent. Un vent qui s'ajoutait à celui de la vitesse qu'ils prenaient, et soufflait dans leurs oreilles, leurs cheveux flottant par à-coups à chaque battement des milliers de plumes.

– Alors? Ce vertige? hurla-t-il.

– Inexistant! répondit-elle, aussi fort. Mais j'ai froid aux jambes et tu ne m'as pas dit où tu m'emmenais.

– Je vais redescendre un peu, la température va s'élever, tu verras. Et je t'emmène chez toi.

– À New York? s'écria-t-elle, en songeant qu'elle arriverait congelée à destination.

– Non, dans ta maison, à Knoxville.

Elle se dit qu'à l'allure à laquelle ils volaient, une pincée de minutes suffirait pour arriver dans la zone protégée.

– Tu ne crains pas qu'on nous voie, à voler ainsi, en plein jour ?

– Les simples mortels ne le peuvent pas. Il faut avoir séjourné dans le monde de Siàm pour voir un Archange lorsqu'il déploie ses ailes.

Elle comprit que les Messagers avaient là un moyen de se rendre invisibles. Anna Tosca en avait-elle profité, avait-elle ouvert ses ailes, dans la banque, pour que personne ne la voie ou ne l'entende quand elle avait déchargé son arme ? Loreleï aurait juré que non, mais elle l'avait vue de face. Peut-être la Messagère ne les avait-elle déployées que partiellement.

Nichée aux creux des bras puissants du garçon, elle oublia Anna Tosca. Une dernière pensée pour les deux Archanges qui devaient infliger une sérieuse correction aux triplés, et elle se laissa aller.

À cet instant précis, Shane aurait pu lui proposer de l'emmener au bout du monde, à la frontière d'un autre, celui dont elle ignorait presque tout, elle l'aurait suivi sans hésiter.

Elle cala sa tête contre le torse de l'Archange Baal et se prit à espérer.

Espérer qu'il la protégerait, éternellement…

30

La Terre, vue du ciel, offrait mille teintes joyeuses à qui savait observer.

Loreleï les savoura jusqu'au dernier moment, lorsque Shane la déposa délicatement dans la petite allée menant à la zone protégée.

Ses ailes se rétractèrent tandis qu'il grimaçait.

– Tu as l'air de souffrir.

Il lui sourit sans parvenir à dissmuler sa souffrance.

– Ce n'est pas très agréable. C'est pour ça que j'évite de les utiliser.

Elle le contourna et regarda son dos.

– Par où sortent-elles ? Tes vêtements sont intacts.

– Elles sont reliées à mon corps par une sorte d'aura. Un lien invisible, qui n'est pas physique mais mental. La douleur part du dos pour atteindre mon cerveau à une vitesse foudroyante. À chaque fois que je sors ou rentre mes ailes, j'ai l'expression que mon corps va se déchirer en deux et que mon crâne va exploser.

Loreleï se souvint qu'il avait déjà souffert une fois de la même manière, pour elle, la nuit de son arrivée dans la zone protégée, quand les triplés l'avaient agressée. Et aujourd'hui encore, il n'avait pas hésité à souffrir. Ces sacrifices la touchèrent.

– Tu veux entrer ? proposa-t-elle innocemment.

– C'est demandé si gentiment, je ne peux pas refuser.

Elle le précéda, heureuse qu'il ait accepté. Lui, sourcils froncés, jetait des regards vers le ciel.

– Installe-toi, le temps que j'aille me changer.

Il hocha la tête et disparut dans le salon. Elle grimpa les marches rapidement et entra dans sa chambre. Sa fébrilité était palpable ; Loreleï s'habilla en moins d'une minute. Au moment de sortir, elle regarda rapidement la chaise de son bureau. La seule différence de mobilier avec la chambre voisine, la chambre de l'autre Élu, dont elle ignorait tout. Shane, lui, devait savoir.

Elle allait poser le pied sur la première marche quand un éclat argenté attira son attention. Il longeait le mur et descendait le long de l'escalier. Elle se pencha pour découvrir ce qui ressemblait à un rail en métal. Un autre lui faisait face, sur le côté opposé des marches.

Loreleï était persuadé qu'ils n'y étaient pas auparavant.

– Shane, appela-t-elle. Tu veux bien venir voir, s'il te plaît ? J'ai l'impression qu'un mécanisme permet aux marches de se replier, ou de basculer, mais je ne sais pas comment ça fonctionne.

Le silence lui répondit.

Elle se redressa et appela à nouveau, l'oreille tendue.

Toujours pas de réponse.

Elle dévala l'escalier et entra dans le salon. Vide. Elle se précipita dans la cuisine avant de frapper à la porte de la salle de bains. Le garçon n'y était pas. Elle se rendit près de l'évier et se hissa sur la pointe des pieds, avec l'espoir qu'il était allé sur la balancelle. Celle-ci oscillait doucement, mais sous l'effet du vent.

En courant, elle revint dans l'entrée, tira la porte et sortit en trombe. Deux masses musculeuses tombèrent du ciel. Gabriel et Ezequiel. L'envergure des ailes du colosse était deux fois supérieure à celle du géant à la peau noire. Et ses plumes étaient aussi bleues qu'un ciel d'été. Tous deux grimacèrent quand elles se rétractèrent dans leur dos.

Elle chercha du regard son ami Shane, ne le trouva pas, et sentit la peine se mêler à l'incompréhension dans son cœur.

Les Archanges, au lieu de la regarder avec sévérité, affichèrent leur soulagement.

– Tu vas bien ? voulut savoir celui dont les dernières plumes noires venaient de disparaître.

– Je ne souffre plus…

– Tu me parles de ta blessure, mais moi, je pensais à Shane.

Elle aussi pensait à lui. Pourquoi l'avait-il abandonnée sans la prévenir ? Elle se laissa tomber sur le matelas de la balancelle.

– Il est parti, c'est sans importance, dit-elle en s'efforçant de masquer sa peine. Le coup de fusil d'Anna Tosca ne m'a pas tuée, c'est le principal, n'est-ce pas ?

– Tu sais bien que ta vie compte plus que tout !

Elle n'en doutait pas. Si le camp du Mal avait son Élu, le camp du Bien aurait nécessairement besoin du sien.

– Pendant que Shane m'emmenait ici, je me suis souvenue de quelque chose, Gabriel. Et j'aimerais t'en parler.

– Je t'écoute.

– Pourquoi n'avez-vous pas réagi lorsque Jenny Callwood, la collégienne, nous a dit que la surveillante qui s'acharnait sur elle et la Messagère du Mal étaient une même personne ?

– Je n'avais aucune raison de te parler d'elle à ce moment-là. Je ne connais pas l'avenir, belle demoiselle. Si cela m'était possible, je ne l'aurais pas laissée t'approcher.

– Mais vous saviez qui elle était, vous auriez pu m'en parler !

Gabriel s'accroupit auprès d'elle.

– Oui, je le savais. Mais crois-moi, si je ne l'ai pas fait, c'est pour ne pas t'effrayer. Tout comme j'ai longuement hésité à te parler d'Ezequiel.

– D'ailleurs vous ne l'avez pas fait, le contra-t-elle, un regard furtif destiné au colosse qui contemplait l'étendue d'eau, par-delà les champs. Comment voulez-vous que j'aie confiance si vous me cachez la vérité ?

– Je suis désolé, dit-il en baissant la tête comme un enfant pris en faute.

– Dites-moi ce que je dois savoir. Je pense que je l'ai mérité, après tout ce que vos silences m'ont fait endurer.

– Les quatorze Messagers sont dans les parages, asséna-t-il. Tous veulent que tu rejoignes leurs rangs.

– Tous, sauf Anna Tosca.

– En effet, approuva-t-il en redressant la tête, même si je ne comprends pas exactement pourquoi. Peut-être parce qu'elle pense que le deuxième Élu, engendré par le Mal, suffira à leur offrir la victoire.

– Et vous le pensez aussi ?

– Malheureusement.

– Et c'est pour ça que vous êtes toujours à me surveiller, pour que je survive, coûte que coûte, parce que je suis votre dernier espoir.

– Pas seulement. Je te l'ai dit : ta vie compte énormément, à mes yeux. Même si ton choix est de ne pas traverser la frontière, je t'aiderai et te protégerai.

Elle posa sa main sur l'épaule de Gabriel et se leva de la balancelle.

– Le pick-up vous a roulé dessus et ça vous a fait rire. Vous ignorez ce qu'est la mort. Moi je l'ai vue de près, son regard cruel m'a dévoré le cœur avant même que les balles sortent du fusil. Et son regard était celui d'Anna Tosca. Elle sait ce qu'est la mort, parce qu'elle est la mort !

La balancelle oscillait encore lorsque Loreleï avança dans le champ, les deux Archanges sur ses talons. Près d'eux, elle paraissait minuscule. Pourtant, sa démarche avait plus d'assurance que la leur.

– Où vas-tu ? se risqua à lui demander Gabriel.

Elle accéléra le pas, se mit bientôt à courir. Les herbes folles défilèrent de plus en plus vite, mais pas assez pour qu'elle ressente l'ivresse qui l'envahissait quand elle avait traversé en rêve les champs du monde de Siàm, le démon et sa monture lancés à ses trousses.

Les géants la suivaient en se regardant régulièrement, sans comprendre.

L'étendue d'eau stoppa leur course. Loreleï ôta ses vêtements. Contrairement à Shane sur le toit de l'hôpital, les Archanges ne se retournèrent pas.

Vêtue de sa culotte et des bandages qui masquaient sa poitrine, elle pivota pour les affronter. Le pendentif reposait sur les bandes blanches, le bracelet ornait son poignet si fin qu'une bourrasque aurait pu le briser.

– Regardez! Voyez ce que vos silences, vos manigances, et tous les espoirs que vous fondez sur moi m'ont coûté!

Elle déroula la première bandelette, lentement. Puis la deuxième. Sur sa peau blanche saillaient ses côtes. Elle inspira profondément pour se donner du courage. Malgré l'action combinée des deux soleils de Siàm, une dizaine de boursouflures dévoraient son sein gauche.

Les Archanges baissèrent la tête.

– La douleur, reprit-elle, savez-vous seulement ce que c'est? La douleur de l'âme, la douleur du cœur, la douleur du corps, pas la vôtre, celle des autres, la ressentez-vous? Si c'était le cas, vous feriez demi-tour et repartiriez d'où vous venez! Mais vous ne le ferez pas, non, parce que vous ne valez pas mieux que les Messagers du Mal, parce que vous n'êtes pas là pour protéger Loreleï, la petite fille qui souffre d'une malformation cardiaque, mais juste pour vous assurer que l'Élue ne va pas rejoindre un autre camp que celui choisi pour elle, par vous!

– Écoute, belle demoi…

– Fini, la belle demoiselle! Terminé, la petite fille! Je m'appelle Loreleï! Loreleï Than! Et personne ne m'imposera ses désirs! Votre guerre a déjà commencé? Eh bien, soit! Mais je n'y participerai pas! Vous avez besoin d'un Élu? Eh bien, faites comme vos ennemis : allez le chercher dans le camp adverse et convertissez-le à vos idées! Parce que moi, je ne vous suivrai pas!

Elle ramassa ses vêtements et tourna le dos aux Archanges, qui restèrent muets. Puis elle se rhabilla, tremblante de colère.

– Laissez-moi, maintenant! Je ne veux plus entendre parler de vous, conclut-elle, son regard courant sur l'onde agitée du lac.

Gabriel, de sa voix enfantine, formula ce qui ressemblait à une ultime tentative pour la convaincre d'être des leurs :

– Tu as raison, sur tout. Mais songe à cet avenir qui attend la Terre et le monde de Siàm. Pense au chaos qui va embraser les deux mondes, à ces milliards d'êtres vivants dont le destin est lié au tien, par les choix que tu feras. C'est vrai, la guerre a commencé, et depuis très longtemps. Et dans peu de temps, le Mal vaincra. Il est déjà tellement puissant… Tellement.

Elle entendit le froissement des herbes lorsqu'ils s'éloignèrent.

Qu'ils partent; elle avait mieux à faire que d'écouter leur rengaine.

Les deux Archanges avaient brisé ses visions lorsqu'elle s'était concentrée, à l'hôpital. Et la dernière, où Shane apparaissait sous la forme d'un démon supérieur, devrait apporter à Loreleï des éclaircissements sur le comportement ambigu du garçon, au bord de la rivière tumultueuse. Elle releva la manche de son sweat-shirt et se décala légèrement pour se placer face au lac, en direction du soleil.

Ses rayons frappèrent le pendentif et le bracelet.

Elle s'immergea dans le monde de Siàm.

* * *

L'eau était glacée. Le bruit du courant, infernal, assourdissait l'Élue, dont la main agrippait désespérément le rocher.

Sur la rive ouest, des formes, par dizaines, gigotaient, bondissaient, se frappaient entre elles et se mordaient. Loreleï entendit leurs cris, à mi-chemin entre le ricanement de la hyène et les hurlements d'un chat martyrisé.

Des pierres tombèrent autour d'elle, jetées depuis la berge par les démons survoltés. Elle en esquiva une, énorme, de justesse.

Un géant à la peau de braise surgit de la forêt qui bordait la rive. Ses yeux dorés se posèrent sur les créatures qui tentaient de fracasser le crâne de Loreleï. Il empoigna par le cou la plus proche de ces bêtes et la propulsa dans les airs. Elle retomba dans l'eau, près de la jeune fille dont la survie ne tenait qu'à sa volonté ses cinq doigts crispés sur un rocher, envahis par une douleur atroce qu'elle s'efforçait d'oublier.

Le seigneur du Mal frappait la horde démoniaque. Les corps étaient propulsés dans les airs pour redescendre en pluie de mutilés ou de cadavres sur les arbres, la roche, dans la chute d'eau ou près de Loreleï. Deux d'entre eux, blessés, passèrent au-dessus de sa tête en gesticulant, pour disparaître dans les flots de la cascade. Un autre s'écrasa sur le rocher, et elle sentit la morsure des griffes s'enfonçant sur le dos de sa main. La bête agonisante jetait ses dernières forces pour la faire lâcher prise. Puis sa gueule s'ouvrit démesurément, à la recherche de chairs à mordre, d'un cou à déchirer.

Tandis que les mâchoires du démon s'écartaient, un filet de bave acide dégoulinant sur le rocher, le seigneur Baal enserra d'une main la cuisse du dernier survivant. Il le souleva et s'accorda une seconde pour viser la créature près de Loreleï. Il voulait aider l'Élue, qu'elle échappe aux démons. Quand il eut ajusté sa cible, la jeune fille écarta les doigts. La cascade l'emporta dans le précipice où régnait une brume à l'opacité lourde, monstre liquide qui la dévora.

Un grondement envahit l'air au-dessus du torrent. Baal hurlait.

Fou de douleur, il écartela la bête et la déchiqueta de sa triple rangée de dents affûtées comme des rasoirs.

Il n'avait pas réussi à sauver la magnifique jeune femme d'une mort certaine…

31

Le souffle du vent balaya sa chevelure.

Loreleï contempla les reflets des nuages à la surface de l'eau. Dans le ciel, ils masquaient le soleil.

« Les apparences sont trompeuses », avait dit Shane.

Elle se retourna vivement. Gabriel et Ezequiel n'avaient pas parcouru vingt mètres.

Elle s'élança à leur rencontre.

– Tu as changé d'avis ? se prit à espérer Gabriel.

Loreleï les dépassa. Elle franchit le tas de gravats et parvint sur la terrasse de sa maison. Qui ne le serait plus pour long-temps : bientôt, elle retournerait à New York.

– Pourquoi Shane tuerait-il les siens pour m'aider ? hurla-t-elle à l'attention des Archanges.

Ezequiel garda le silence en approchant. Il lançait régulière-ment des regards vers le ciel.

Gabriel la rejoignit et s'installa, en même temps qu'elle, sur la balancelle.

– Je ne vois qu'une possibilité : il a besoin de toi. Il lui faut l'Élue. Et quoi que ça lui coûte, il te défendra pour t'avoir, quitte à massacrer les siens. Baal n'éprouve plus de compas-sion depuis la nuit des temps. Il s'est livré corps et âme au diable ; Mortourmentäe, dans le monde de Siàm. Il le servira jusqu'à la victoire finale, qu'il espère proche. Son souhait le plus cher est de voir ses hordes déferler sur la Terre, pas de finir ses jours cloîtré entre les murs de la Forteresse parce que le Bien l'y aura contraint.

– Quel est cet endroit dont vous parlez ?

Jambes repliées, il entama un mouvement de balancier. Ses pieds touchaient terre, pas ceux de la jeune fille.

– La Forteresse, c'est le lieu d'où émergent toutes les formes du Mal. Elles naissent là-bas, y grandissent, prennent des forces pour mieux détruire, que ce soit dans le monde de Siàm ou ici, lorsqu'elles franchissent la frontière.

– Et vous ne pensez pas que Shane pourrait changer de camp, à l'avenir ?

– Impossible, belle dem…, Loreleï, corrigea-t-il. Son âme est si corrompue qu'il en a oublié toute notion du Bien. De cette notion, il a conservé l'odorat, qui fait de lui un redoutable traqueur. Plus un être vivant est doté de bonté, plus il encourt le risque de se faire repérer par Baal. Son flair infaillible l'a rapidement mis sur tes traces. Maintenant, il a besoin de toi dans l'autre monde.

– Mais pourquoi aurait-il encore besoin de moi puisqu'un autre Élu, créé par le Mal, est certainement déjà de son côté ?

– Encore une fois, il n'y a qu'une possibilité.

– Laquelle ?

– Le deuxième Élu est mort, ou sur le point de mourir.

Loreleï réfléchit. La théorie de Gabriel ne tenait pas. Anna Tosca était confiante, sa main n'avait pas tremblé avant de tirer. La Messagère savait qu'elle pouvait éliminer Loreleï parce qu'elle représentait un danger pour les forces du Mal, et que l'autre Élu était acquis à leur cause. Elle fit part de ses réflexions à Gabriel.

– Alors, il doit vouloir mettre toutes les chances de son côté. Deux Élus, Loreleï. Deux pour servir le Mal, et l'issue de la guerre ne fera plus aucun doute.

Gabriel avait raison. Mais ce qu'il oubliait, ou faisait mine d'oublier, c'est qu'elle n'avait pas l'intention de participer à ce conflit. Il était hors de question que sa conscience ait à supporter le poids douloureux de millions, voire de milliards de victimes.

– Il sait que je ne veux pas me joindre à son camp. Ni au vôtre. Vous vous êtes passés de moi depuis une éternité, vous n'avez qu'à faire comme avant, comme si je n'avais jamais existé.

– Tu sais bien que c'est impossible. Je respecte ta décision, mais je ne peux t'abandonner. Baal, lui, n'abandonnera pas.

Elle comprit que Gabriel n'essaierait plus de la convaincre, il s'attellerait à ce qu'elle ne bascule pas dans le camp adverse. Elle serait sous surveillance, tout le temps, quoi qu'elle fasse et où qu'elle se rende.

– Et les autres ? demanda-t-elle subitement.

– De qui parles-tu ?

– Les dix Messagers que je ne connais pas, que font-ils ? Sont-ils à ma recherche, les avez-vous prévenus de mon existence, préparent-ils le combat qui s'annonce ?

– Ils savent que tu existes. La plupart ont attendu que tu arrives ici, dans la zone protégée. Les manquants ont réuni leurs armées pour améliorer leur entraînement au combat. Je ne te cache pas que le Mal a plusieurs longueurs d'avance sur nous dans ce domaine.

– Le déséquilibre entre les forces est si important que ça ?

Gabriel chercha du secours auprès de son compagnon en lui lançant un regard de détresse. Ezequiel reçut le message. Sa voix fit vibrer la poitrine de Loreleï :

– Tu l'auras compris : toutes les guerres commencent dans le monde de Siàm pour se répandre ensuite sur la Terre. Depuis le début du siècle dernier, les forces du Mal procèdent différemment. Dans le monde de Siàm, elles se sont regroupées vers le début de l'année 1914. Les nôtres ont résisté à leurs assauts, les pertes ont été terribles, mais nous avons pu les repousser en 1918 et jusqu'en 1939. Là encore, nous avons vaincu et, là encore, les pertes ont été catastrophiques. Depuis notre victoire en 1945, les Messagers adverses ont décidé d'améliorer leur tactique, avec l'objectif ultime de nous écraser : ils accumulent leurs guerriers dans la Forteresse et pratiquent des attaques furtives et rapides, par petits groupes, afin de nous affaiblir et de disperser nos troupes. Les conséquences sont les guerres qui sévissent dans différentes parties du globe. Leurs combattants sont aujourd'hui tellement nombreux qu'il n'y a plus assez de place pour tous les abriter dans l'enceinte de Mortourmentäe. Et pour répondre à ta question, leur nombre est mille fois supérieur au nôtre.

Ces révélations troublèrent Loreleï. Des guerres, partout dans le monde, engendrées depuis un monde parallèle par des créatures dont l'humanité ignorait l'existence. Des créatures prêtes à pervertir l'esprit humain, à s'investir elles-mêmes dans les conflits, à interagir pour semer la discorde entre les peuples. L'expression du Mal portée à son paroxysme. Meurtres, pillages, mensonges… et manipulations. Car elle ne doutait pas que la manipulation était le fer de lance de Mortourmentäe et de ses sbires. Elle en avait fait les frais depuis son départ de New York. Le problème, c'était que les forces du Bien agissaient de la même manière. Ne l'avaient-elles pas manipulée depuis le début ? Aux yeux de tous, elle n'était qu'un pantin, ballotté entre deux camps pour servir l'un des deux.

– Répondez-moi franchement, Ezequiel. Vous espérez vraiment que je puisse vous apporter la victoire ?

Il répondit sans hésiter :

– Oui ! Nous savons que tu es l'aboutissement, la finalité, l'Élue dont les pouvoirs sont si grands qu'à ce jour, nous ignorons encore leur forme précise et leur nombre. Tu les as en toi. Ils vont se révéler peu à peu, se développer. Le Bien a tout misé sur l'Élu suprême, il lui a offert tout ce qu'il a de meilleur. Il t'a tout donné, Loreleï.

La tête lui tourna. Elle songea à ses visions. Elle entrevoyait des fragments de l'avenir du monde de Siàm. Un monde où son aspect physique reflétait une puissance qu'elle ignorait. Des visions qu'elle avait tout d'abord mal interprétées, car elle n'en percevait que des fragments : Shane ne voulait pas la tuer, bien au contraire.

Sa dernière prémonition l'avait mise en garde contre l'agression perpétrée, à son encontre, par Anna Tosca. Elle avait foncé tête baissée vers cet avenir assassin. Aurait-elle pu l'éviter, le contourner pour le modifier ? Voir l'avenir, sur Terre, lui était désormais possible, mais pouvait-elle créer l'avenir ? Quant à son pouvoir de divination, il lui avait déjà permis de se rendre chez grand-mère Hao, alors qu'elle ignorait son adresse. Arriverait-elle à s'en servir à des fins utiles ?

Des pouvoirs qui se développaient, vite, trop vite, et dont elle ignorait l'étendue exacte, tout comme les Messagers prétendaient l'ignorer. Combien de ces dons germaient en elle, et quand leur croissance commencerait-elle ? Tout cela la dépassait.

— Mes pouvoirs, commença-t-elle, disparaîtront-ils rapidement si je ne vais pas dans le monde de Siàm ?

Ezequiel consulta Gabriel du regard. Loreleï soupçonna qu'ils étaient en mesure d'échanger par la pensée. La télépathie faisait-elle partie de ces dons qui l'attendaient ? L'Archange à la peau noire hocha la tête, Ezequiel reprit la parole :

— Ils ne te seront d'aucune utilité, puisque le Mal aura gagné la guerre.

Elle reçut le sous-entendu comme une évidence.

— Et surtout, vous pensez que, comme je serai un danger à leurs yeux, ils m'auront éliminée bien avant la fin du conflit, c'est bien ça ?

Gabriel bloqua le mouvement de balancier et fixa la pointe de ses chaussures. Ezequiel regarda les nuages sombres qui s'accumulaient. Aucun ne répondit ; leur silence était une réponse.

Loreleï se leva et contempla les champs, l'étendue d'eau et les arbres qui l'entouraient. Elle goûta le souffle du vent, l'odeur douce qu'exhalaient ses compagnons. Elle s'imprégna des percées du soleil dans les nuages, et du lent mouvement de ces derniers.

— Alors je mourrai en choisissant ce que je ferai de mes dernières heures à vivre.

Puis elle les abandonna à leurs interrogations.

Sur le lit de sa chambre, Loreleï remplissait son petit sac à dos des quelques affaires qu'elle souhaitait emporter : un lot de vêtements de rechange et sa peluche en forme de singe.

Elle enfila son ciré jaune et franchit la porte. Sur le palier, elle fit une pause devant la chambre voisine. Une chaise manquait devant le bureau. Loreleï ne saurait sans doute jamais pourquoi.

Les marches craquèrent à peine sous son poids. Par un prodige qu'elle ne s'expliquait pas, les rails métalliques qui longeaient l'escalier s'étaient élargis. Leurs durs reflets d'acier la narguèrent un court instant. Elle descendit plus vite.

Elle se rendit dans la cuisine. Derrière la vitre, les deux Archanges l'observaient, dépités. Elle eut un pincement au cœur face à leur désarroi, mais pas la moindre hésitation sur la conduite à tenir : partir, tourner le dos au monde de Siàm, aux Messagers, au conflit qui les opposait, et retrouver Kate pour lui remettre le pendentif. Elle recula d'un pas et tira sur le rideau bleu pâle. Gabriel et Ezequiel disparurent de sa vue.

La porte de la zone protégée se referma derrière Loreleï. Sans se retourner, la jeune fille s'engagea dans l'allée, traversa la route et prit la direction du centre-ville. Elle sentit la présence des Archanges dans son dos. Pourtant elle garda le cap, droit devant, droit vers son avenir.

Quand la maison aux rosiers blancs fut à portée d'un jet de pierre, grand-mère avança sur la terrasse, vêtue d'une tunique bleutée, brillante comme le soleil rasant la surface de l'eau.

— Je t'attendais, ma puce, dit-elle avec un sourire où se mêlaient l'amour et la tristesse.

Loreleï lui rendit son sourire.

— Ma venue est une des « deux ou trois choses sans importance » que vous m'aviez dit avoir gardées pour vous, non ?

Le sourire de la vieille dame s'agrandit. Il était sa réponse, évidente. Elle hocha la tête.

— Tu vas retrouver ton amie, n'est-ce pas ? Et je pense que tu ne souhaites pas ma présence à tes côtés ?

— Ce serait vous mettre en danger inutilement. Je voulais vous connaître, j'y suis arrivée et je ne le regrette pas. Maintenant, je dois poursuivre ma route, aider Kate avant de repartir chez moi.

— Je suis heureuse de t'avoir rencontrée. Tu es le plus beau cadeau que la vie m'ait offert, avec la naissance de ton père. Un cadeau que j'attendais depuis si longtemps…

Les mots se bloquèrent dans sa gorge. Son visage se plissa. Un ruisseau de larmes dévala ses joues.

Loreleï se précipita dans ses bras. Le parfum des roses blanches scella leur union.

— Nous nous reverrons, hoqueta grand-mère Hao. Promets-moi de prendre soin de toi, d'être prudente, toujours sur tes gardes. Je t'en supplie…

Elle pressa sa petite-fille avec toute la force de son amour. Loreleï la serra aussi, puis se dégagea lentement, avant d'essuyer les larmes sur le visage marqué par le poids des ans, de la solitude, et de trop nombreux combats menés contre l'adversité.

— Je ferai attention, je te le promets.

Puis elle déposa un baiser sur la joue encore humide et s'éloigna, sa petite main répondant au salut triste de la vieille dame.

Dans son fort intérieur, Loreleï se dit qu'elle ne reverrait jamais plus sa grand-mère.

32

Arriver avant la nuit.

Éviter la pénombre.

Ne restait qu'une poignée d'heures pour rejoindre Des Moines et trouver la maison de Kate.

Debout sur le trottoir, pouce tendu, Loreleï patientait. En cette fin de journée, la circulation se densifiait. Les rares véhicules à circuler dans la direction qui intéressait Loreleï passaient sans se soucier de sa présence. Allaient-ils seulement jusqu'à Des Moines ?

Au bout d'une demi-heure, une vieille Cadillac blanche ralentit pour finalement s'arrêter au bord du trottoir. La vitre se baissa pour dévoiler une couronne de cheveux blancs sur un visage à la peau grasse. Un visage connu, celui de Teddy Balmore. Un aboiement s'échappa de la voiture. Un chihuahua au crâne surmonté d'une touffe de poils sauta sur les jambes de son maître, tête dehors, babines retroussées.

– Je peux t'aider, petite ? Tu vas où ? Si tu as besoin d'un chauffeur, je suis prêt à te rendre service, ça me fera plaisir.

Loreleï n'avait pas oublié les propos de Shane. Le vieux Ted était un vicieux de la pire espèce. La vue d'un gibier potentiel le poussait à se montrer affable, beaucoup trop affable.

– Merci, mais j'attends quelqu'un.

– Avec le pouce dressé ? Ce quelqu'un ne t'aurait pas un peu oubliée, par hasard ?

– Non, espèce de vieux salopard ! gronda une voix derrière Loreleï, à proximité de l'arrière du véhicule.

L'Archange Baal. Il grimaçait, ses ailes finissant de se rétracter.

Une lumière rouge s'alluma au cœur de ses yeux d'or. La mâchoire de Ted sembla se décrocher, son regard se perdit sur un point invisible, au-delà de la jeune fille qu'il convoitait.

Les rivets rougeoyants rétrécirent, puis disparurent du regard de Shane.

– Tu les attires, railla-t-il. Un vrai aimant !

– Pourquoi es-tu parti ? lança-t-elle, bille en tête.

– Tu es fâchée, Loreleï ? Faut pas, tu sais bien que je ne t'abandonne jamais sans une bonne raison.

– Ah, oui ? Et laquelle ?

Ses sourcils froncés donnaient à la jeune fille un air courroucé qu'elle n'aurait pas aimé contempler dans un miroir. Il obscurcissait la clarté de ses yeux verts, les rendait mauvais.

Étrangement, Shane afficha un sourire satisfait.

Une pensée submergea l'esprit de Loreleï : *La colère, moteur de la haine, ressource inestimable pour celui qui vénère le Mal.*

Cette pensée s'était imposée, de l'extérieur, issue d'un autre esprit que le sien.

Loreleï chercha à découvrir celui qui la lui avait transmise. Tout d'abord en scrutant les traits du garçon aux cheveux blonds ; il contemplait le minuscule chien avec un air énigmatique. Puis ceux de Ted, qui bavait sur son chien ; le vieux Balmore était perdu dans un univers que lui seul voyait. Ensuite, elle regarda autour d'elle le défilé des voitures, et la rue, vide de piétons. Enfin elle contempla le ciel et ses nuages, annonciateurs d'une pluie prochaine.

Qui avait eu cette pensée ? Shane ? Ted ? Le conducteur d'une voiture de passage ? L'un de ses éventuels passagers ? Loreleï commença à douter de sa raison. Avoir soupçonné des échanges télépathiques entre Gabriel et Ezequiel l'avait perturbée à coup sûr.

– Où comptais-tu aller ? demanda Shane, brisant ainsi le fil de ses réflexions.

Elle lui montra le panneau.

– Tu veux que je t'y emmène ? proposa-t-il, un doigt pointé vers la coupole nuageuse.

– Je préférerais m'y rendre en voiture. Et sans toi, si possible.

– Tu es toujours en colère parce que je t'ai laissée seule dans ta maison ?

La colère, encore.

– Non, ça m'est égal. Bientôt je serai de retour chez mes parents. Et si tes copains et toi me fichez la paix, le reste ne sera que souvenirs.

– Pour quelle raison ne te laisserions-nous pas tranquille ?

Elle prit du plaisir à ne pas répondre et passa devant Shane, menton relevé. Elle parcourut une vingtaine de mètres derrière la Cadillac, reprit sa position initiale, pouce dressé.

Shane n'avait pas bougé. Il souriait toujours.

– J'ai un autre moyen pour t'aider à te rendre à Des Moines, cria-t-il en direction de Loreleï.

Elle tourna la tête. Ne plus le voir, ne plus écouter ses propositions, l'oublier.

Shane se planta au milieu de la quatre voies. Un break pila et deux autres véhicules, en suivant, manquèrent de peu se percuter. Loreleï avait assisté à la scène les yeux écarquillés. Rien n'arrêtait jamais le Messager dès lors qu'il avait une idée en tête.

Il revint sur le trottoir. Son regard parcourut l'intérieur des voitures. La conductrice du break ouvrit sa portière et marcha d'un pas mécanique vers la Cadillac. L'instant suivant, elle montait à l'arrière tandis que le chihuahua sautait par la vitre pour uriner sur la roue arrière.

– La voiture de mademoiselle est servie, s'enorgueillit Shane. Tu viens ?

La file de véhicules s'allongea. Loreleï contempla le désastre. Des conducteurs, des passagers quand il y en avait, abandonnaient leur bien pour se diriger vers la voiture de Ted. Les uns derrière les autres, ils s'empilaient à l'intérieur. Très vite, la

Cadillac se transforma en boîte de conserve géante, remplie de gens déshumanisés.

– Laquelle tu choisis ? lança Shane, en désignant d'un geste large l'enfilade des véhicules abandonnés.

– Arrête ! hurla-t-elle. Ton petit jeu ne m'amuse pas !

Elle enfonça les mains dans ses poches et marcha à l'opposé de sa destination, vers le centre de Knoxville, décidée à faire du stop là-bas ou à trouver un bus. Shane remonta jusqu'à elle en courant.

– Je pensais te faire plaisir, dit-il, l'air sincèrement désolé.

– Il y a d'autres moyens que de faire du mal pour me faire plaisir. Mais je parle dans le vide, tu ignores ce qu'est le Bien, seigneur Baal.

Il lui attrapa l'avant-bras et l'obligea à s'arrêter.

– C'est comme ça que tu me vois ? Comme un monstre qui ne pense qu'à semer la discorde ? À étendre le désordre ? À se nourrir de la souffrance des gens ?

Elle soutint son regard furieux. Le premier qu'il lui adressait depuis qu'elle le connaissait.

– Montre-moi que tu n'es pas comme ça ! Prouve-le moi ! Alors je pourrai croire qu'il y a du bon, en toi !

Un grognement aigu monta du sol. Le minuscule chien de Ted, babines retroussées, grognait, ses petits yeux globuleux rivés sur Loreleï. Un coup de ranger l'envoya valdinguer au milieu de la rue. Il disparut entre les roues d'une décapotable ; James Callwood au volant, Sam assis à côté.

– Mais tu es fou ! lâcha-t-elle à l'intention de l'Archange.

La voiture des deux voyous pila à son tour derrière la file de véhicules, ses feux stop visiblement en panne. Le chihuahua, pattes écartées et dos courbé, tremblait de tous ses membres. Loreleï vola à son secours.

Elle entendit le crissement des pneus et leva la tête.

Une camionnette fonçait sur elle en dérapant. Son conducteur n'avait pu anticiper l'arrêt brutal de la décapotable ni la traversée de la jeune fille.

Elle ferma les yeux et se recroquevilla sur le chien pour le protéger.

Une pensée frappa son esprit : *La peur, le jeu favori de celui qui vénère le Mal. La peur, l'un des derniers maillons avant la mise à mort.*

Un fracas de tôles broyées.

Un hurlement.

L'odeur du caoutchouc, de l'huile, de l'essence.

Puis celle du feu.

* * *

Des langues de flammes léchaient les immenses chapoderms.

Le feu se propageait à la barrière de ronciers environnants, percée en son milieu – le passage que s'étaient frayé les démons, comprit Loreleï.

Des milliers de chouines se jetaient dans les flammes, beaucoup depuis les meurtrières des chapoderms. Mais le feu avait pris trop d'ampleur, et des boules incandescentes ne cessaient de tomber du ciel. Les « gouttes d'eau » se sacrifiaient en vain.

– *Ach so !* Comment za craint, izi !

Le petit être à la peau jaune lâcha un vibrant « tadam ! » et tomba raide sur le dos, bras et jambes écartés. Depuis les hauteurs de la forêt environnante, à près de cinq cents mètres de l'incendie, la branche épaisse sur laquelle Loreleï était perchée ne vibra pas quand elle s'approcha du gnome.

– Que pouvons-nous faire pour mettre fin à ce carnage ?

— Je n'en zais rien. Z'est toi l'Élu zuprême. Moi, je refuze de voir toute zette zucculente nourriture partir en fumée. Laize-moi mourir.

— Mais pourquoi les démons font-ils ça ? Pourquoi s'en prennent-ils aux chouines ?

— Z'est fazile à comprendre, ma bonne dame, dit-il les yeux clos. Il y a deux raizons pour que les démons inzendient ze nid de chouines. La première, z'est pour ze débarrazer des chouines elles-mêmes, car elles peuvent éteindre la peau de braise des démons lors des combats, et les tuer. Enzuite, je te rappelle que zes petites beztioles fournizent une molécule ezentielle à la zurvie des zentaures, et donc à l'un des plus farouches zennemis des démons.

— En brûlant les chapoderms, les démons font donc d'une pierre deux coups.

— Ne me parle pas de cou, le mien me fait atrozement zouffrir. Un petit mazage ne zerait pas de refus.

Elle ignora la requête à peine dissimulée de son compagnon, qui se mettait déjà à plat ventre, les bras le long du corps.

— Est-ce qu'on ne pourrait pas demander aux chouines qu'elles nous suivent ? Nous les emmènerions dans un autre nid, à l'abri.

— Zi tu zavais comme z'est ztupide, une chouine, tu ne pozerais pas zette queztion.

— Alors, nous ne pouvons rien faire d'autre que les regarder périr ?

— Zi, nous pouvons faire quelque choze.

— Et quoi donc ? Allez-y, parlez ! ordonna-t-elle, pleine d'espoir.

— Nous pouvons regarder ailleurs, comme za on ne les verra pas.

Énervée, elle lui tourna le dos et contempla l'atroce spectacle. Les êtres diaphanes poussaient des petits cris stridents en donnant leur vie aux flammes. Très vite, ils ne furent que quelques centaines, puis quelques dizaines. Le dernier se lança sans hésiter dans le brasier gigantesque.

Ici, le Mal avait vaincu.

Loreleï sentit le poids de l'impuissance peser sur elle. Ses genoux plièrent, elle ignora la douleur de l'écorce qui lui râpa la peau, et se roula en boule.

— Qu'est-ze que tu fais ? Tu boudes ? Tu te conzentres avant de me mazer les zervicales ? Tu as des flatulenzes douloureuzes ?

— Je n'ai rien pu faire pour elles.

— On ne peut rien contre za, se méprit le gnome. Pète un bon coup, za ira mieux.

Elle posa ses yeux embués de larmes sur son compagnon. Tentait-il de la faire rire ou se moquait-il éperdument du carnage qui venait d'avoir lieu ?

— As-tu donc un cœur de pierre ? N'as-tu pas ressenti la souffrance des chouines, celle des chapoderms et de toute la nature environnante ?

— *Nein!* J'ai la cloizon nazale encombrée ! Et je crois que z'est préférable, quand je te vois pliée en deux par tes gaz !

— Je n'aurais peut-être pas dû te sauver la vie, l'autre fois.

— Des regrets, maintenant ? Tu zais, je n'avais pas besoin de toi. Je zerais pazé entre les roues de zette camionnette, comme j'étais pazé entre les roues de la décapotable.

— Peut-être, oui. Peut-être…

* * *

Shane était encastré dans les tôles de la camionnette, bras en croix, ailes déployées, le corps en flamme.

Il hurlait. Un cri qui n'en finissait pas : « Loreleï ! ».

De la fumée épaisse, au cœur du brasier, était poussée par le vent vers la jeune fille. Elle ferma les yeux. Ne plus voir la souffrance. Se couper de l'horreur absolue de la chair qui fond.

Elle perçut la douleur, brutale. On la traînait sur le sol.

Des impacts tombèrent en pluie sur son corps recroquevillé. On la rouait de coups.

Elle entrouvrit les yeux et discerna, à travers un voile noir et piquant, le monde qui tournait, terre et ciel emmêlés.

Un cri, enfantin, à proximité. Gabriel l'appelait, la terreur dans la voix.

Une langue râpeuse mouilla le nez de Loreleï.

Le plus ancien, le tout premier Élu léchait son visage.

33

On lui grattait la tête.

Allongée, les yeux fermés, elle se passa la main dans ses cheveux d'ébène.

Deux petites pattes s'acharnaient sur son crâne. Loreleï se redressa.

Des vitres l'entouraient. Elle était assise sur la banquette arrière d'une voiture. Dehors, les paysages défilaient. À l'avant, son conducteur n'était autre que l'Archange à la peau noire. Près d'elle, le premier Élu la contemplait avec ses yeux globuleux, langue pendante, sa queue remuant à toute vitesse.

Elle pivota pour s'immiscer entre les sièges avant.

– Qu'est-il arrivé, Gabriel ? Qu'est-ce que je fais là ?

Concentré sur la route, il lui répondit sans se retourner :

– Baal s'est jeté sur la camionnette, sa force lui a permis de la bloquer, sinon elle t'aurait roulée dessus.

– Est-il… est-il encore vivant ?

– Il se remettra de ses blessures. Un simple aller et retour dans le monde de Siàm accélérera le processus de guérison.

Le garçon, même s'il s'était douté qu'il ne mourrait pas, n'avait toutefois pas hésité à souffrir pour elle. Une fois encore, il l'avait sauvée.

Elle trembla en revoyant son corps torturé, ses hurlements quand il l'avait appelée, dans les flammes. Elle souhaita de tout son cœur que quelqu'un, dans l'autre monde, prenne soin de lui comme elle-même l'aurait fait.

Puis lui revint en mémoire la suite de l'accident.

– Quelqu'un m'a frappée quand j'étais par terre. Racontez-moi.

— Ezequiel est intervenu pour sortir le chauffeur de la camionnette en feu. Il a dû arracher la portière. Elle s'était déformée et bloquée sous la violence du choc. James et son acolyte, Sam, ont bondi de leur voiture. Le petit nerveux t'a traînée sur le sol pendant que James m'agressait. J'ai rapidement pris le dessus mais tu n'as pas échappé aux coups de Sam.

— Pourquoi ont-ils fait ça? Pourquoi s'acharnaient-ils sur moi?

— Je pense qu'ils vengeaient leur maître.

— Leur maître? répéta-t-elle, perplexe.

— Baal les a enrôlés dans son armée. Désormais, ils ne jurent que par lui, lui vouent un véritable culte. Le culte du diable est tristement plus puissant que celui de l'entité du Bien, impalpable. Avec les six autres membres de la bande de James Callwood, ils sont des recrues de choix. Ils ignorent le Bien, adulent le Mal. Et bien plus encore à présent qu'ils ont grossi les rangs des forces adverses. Quand leur entraînement dans la Forteresse sera terminé, ils seront redoutables.

— Ils vont passer dans le monde de Siàm?

— Comme beaucoup d'autres, malheureusement.

Deux aboiements, brefs, portèrent l'attention de Loreleï sur le chihuahua. Le chien faisait des cercles en se jetant sur la portière. Il semblait surexcité, ou tout bonnement fou.

— Et lui, pourquoi ne m'avoir rien dit à son sujet?

— Tu en as parlé avec Baal et ta grand-mère. Qu'aurais-je pu ajouter?

— Grand-mère ne savait que peu de chose. Shane m'a dit que le premier Élu était un homme, vieux de cent cinquante mille ans. Or c'est… un chien! Stupide, en plus! conclut-elle, tandis que l'animal s'acharnait à mordre la poignée de la portière.

« Les apparences », avait dit le Messager aux yeux d'or. Ses propos sous-entendaient les faux-semblants, et les non-dits, aussi, y compris dans ses propres paroles.

Il avait volontairement occulté la forme du premier Élu sur Terre, avait laissé Loreleï dans l'erreur. Même grand-mère Hao avait été évasive sur le sujet quand Loreleï l'avait abordé.

— Pourquoi personne ne m'a parlé de… ce chien ?

— Comme tu le sais déjà, pour aller dans le monde de Siàm, il faut posséder un jeu. Ce jeu est une sorte de frontière entre les deux mondes. N'importe quel être vivant peut aller d'un monde à un autre, sans être un Élu ; ta grand-mère elle-même a voyagé entre les deux mondes. Les Messagers trouvent les Élus et leur apportent le jeu. Si l'Élu a choisi son camp avant de franchir la frontière, il pourra se faire accompagner d'un Messager. Mais un être humain, Élu ou pas, n'ayant pas encore choisi son camp, ne pourra passer d'un monde à l'autre qu'avec l'aide d'un guide. Nous appelons celui-ci le guide de Siàm. Ta grand-mère, dans le passé, a voyagé grâce à l'un de ces guides.

— Et ce chien en est un ? `

Le chihuahua au poil rasé, debout sur ses pattes arrière, lécha la vitre, regarda Loreleï, lança un aboiement sec.

— Il est le premier guide de Siàm, Loreleï. Mais aussi un des rares survivants. La plupart ont été éliminés par les forces du Mal. Leur but était d'empêcher les Messagers du Bien de gonfler leurs effectifs en empêchant la venue de nouvelles recrues. Pour ce faire, il leur a suffi d'éliminer les guides. Les derniers survivants se terrent. Nous-mêmes ne savons pas où. Celui-ci, bien plus malin qu'il n'y paraît de prime abord (le chien était descendu de la banquette et levait tant bien que mal la patte sur le dossier de Gabriel), a trompé l'ennemi un nombre incalculable de fois.

— Le guide vient d'uriner dans la voiture, dit-elle, dégoûtée.

L'Archange partit d'un grand fou rire. Le chien secoua la tête, sa touffe de poils s'ouvrit en parapluie sur son crâne.

Espèce de balance !

Loreleï recula vivement contre la portière.

— J'ai… J'entends ses pensées, fit-elle d'un ton mal assuré.

— La connexion est en train de se faire, asséna Gabriel. Progressivement, tu pourras lire dans son esprit et communiquer avec lui.

Communiquer par la pensée avec un chien était un rêve qu'elle avait caressé, enfant. Aujourd'hui encore, l'idée l'aurait enchantée, avec n'importe quel animal. N'importe lequel sauf celui-ci, qui prenait un malin plaisir à défaire les lacets de ses Converse du bout des crocs.

— Mais ce chien est une véritable plaie, dans le monde de Siàm comme ici. Dans mes visions, il me conduit toujours à des situations désastreuses. Et la plupart du temps, il détale après. C'est un vrai froussard !

Vas-y, je t'en prie, taille-moi un costume sur mesure !

— Ah ! non mais là, ça ne va pas être possible ! Je refuse d'entendre ses bêtises !

T'as pas le choix !

Loreleï le souleva à bout de bras et le déposa sur le siège passager avant de s'enfoncer dans la banquette. S'éloigner du guide canin, dans un espace aussi étroit, frôlait l'impossible. D'autant que le chihuahua ne tarda pas à revenir à l'arrière.

— Tu dois apprendre à fermer ton esprit, expliqua Gabriel. Les pensées du guide peuvent entrer dans ton cerveau parce que tu le permets. Concentre-toi et tu seras tranquille. Visualise un mur autour de toi.

Un mur ? Et pourquoi pas la muraille de Chine, pendant qu'on y est ? Vas-y ma beauté, exerce-toi ! Pense au mur des Lamentations, si tu sais ce que c'est !

— Il m'embrouille avec son flot de pensées ! Je n'arrive pas à me concentrer !

Arrête ton cinéma ! Dis plutôt que tu manques… de volonté !

Piquée au vif, Loreleï érigea un barrage aux teintes marbrées de gris autour de ses pensées.

Le silence du guide fut sa récompense.

— J'ai réussi, Gabriel, je ne l'entends plus !

– Déjà ? C'est purement incroyable ! D'habitude, un être humain normal n'y parvient jamais, quant aux Élus, il leur faut plusieurs jours, et souvent plusieurs mois, avant de rendre ce mur infranchissable.

– Ou alors il a la tête tellement vide que je ne risque pas d'entendre quoi que ce soit, lança-t-elle avec un air de défi destiné au chien.

Celui-ci lui tourna le dos et s'allongea, étalé de tout son long. Moins de dix secondes plus tard, il ronflait.

– Il est certes un peu étrange, mais il est loin d'être idiot. Sais-tu à quoi il ressemblait, voilà cent cinquante mille ans, et pourquoi il a été choisi pour devenir le premier Élu ?

Loreleï lui confirma qu'elle n'en avait pas la moindre idée.

– Autrefois, ce petit chien était le plus imposant et le plus intelligent d'une portée comprenant quatre louveteaux.

– Un loup ? Ça ? lâcha-t-elle, surprise, alors que l'Élu s'était calé dans le repli de la banquette, les pattes en l'air, moulinant à toute allure.

– Et à l'âge adulte, outre son intelligence remarquable, il a fait preuve d'une vaillance à toute épreuve.

– Eh bien, il a drôlement changé !

– Le temps et les épreuves ont eu raison de son aspect physique. Sa vaillance en a souffert aussi. Mais il n'en reste pas moins le plus futé des Élus. Sa connaissance de la géographie, ainsi que des mœurs des habitants de nos deux mondes, est sans égale. Elle fait de lui le plus avisé des guides. Il est au fait de nombreuses actions que même nous autres, Messagers, ignorons.

– C'est-à-dire ?

– Il connaît mieux que quiconque l'emplacement des troupes des deux camps, leur nombre et parfois aussi leurs intentions à court ou moyen terme.

– Un espion, en quelque sorte ?

– On peut dire ça comme ça.

– Mais pour quel camp travaille-t-il ?

– Je crois qu'il ne travaille que pour lui-même. C'est son insatiable curiosité qui le pousse à fouiner. Son seul maître n'est autre que sa petite personne.

– Un égoïste ?

– Le pire de tous, à n'en pas douter.

Une raison de plus pour que Loreleï ne franchisse jamais la frontière des deux mondes. Voyager en compagnie de ce personnage était la dernière chose qu'elle aurait appréciée.

Pourtant, ses visions lui disaient qu'il n'en irait pas ainsi, que le surprenant guide l'entraînerait, malgré elle, au cœur de situations dangereuses dont elle n'arrivait pas à comprendre les tenants et les aboutissants. Pourrait-elle contrecarrer les plans du destin, modifier ce qui s'annonçait comme un avenir qu'elle refusait ?

– Je ne sais même pas comment il s'appelle, remarqua-t-elle pendant que le chihuahua, dans son sommeil agité, poussait sur ses pattes arrière et écrasait sa touffe de poils crâniens sur la portière.

Gabriel épela longuement le nom de l'Élu avant de le lâcher d'une traite :

– Gerhard Von Darcoll.

– C'est super compliqué, pour un petit bout de chien.

– Pour simplifier, nous l'appelons Darcoll, ou Tadam, rapport à l'exclamation qui annonce l'un de ses nombreux troubles obsessionnels compulsifs.

Darcoll, guide du monde de Siàm. Et Gabriel, l'Archange qui emmenait Loreleï dans un lieu dont elle ignorait tout.

– Où allons-nous ?

– Là où tu souhaites te rendre depuis le début : à Des Moines, chez ton amie Katelyn.

Pour une fois qu'elle obtenait des réponses précises à ses questions, elle décida d'en profiter.

– Et quand j'aurais vu Kate, vous me laisserez tranquille ?

– Tu choisiras ta destination. Je ne te cache pas que j'aimerais te voir aller dans l'autre monde, tu es notre dernier espoir, tu le sais, mais je n'irai pas à l'encontre de ta décision si tu refuses. Et si tel est ton désir, après, je te conduirai à New York. Une fois là-bas, je ne pourrai plus te protéger, et les autres Messagers du Bien non plus ; nous serons trop occupés à contenir les forces qui s'activent dans l'ombre et ne tarderont pas à déferler dans le monde de Siàm et ici, sur Terre.

– Vous n'aurez pas besoin de moi. Je suis certaine que vous trouverez un moyen de vaincre.

Elle doutait de ce qu'elle venait d'affirmer, mais son choix était fait.

– Combien de temps suis-je restée à l'hôpital, quand Anna Tosca a tenté de m'assassiner ?

– Un peu moins de vingt-quatre heures.

La décharge meurtrière ne l'avait pas terrassée et, phénomène purement incroyable, ses blessures avaient cicatrisé à une vitesse stupéfiante. La combinaison des deux soleils était d'une efficacité redoutable.

– Les joyaux m'appartiennent pour toujours ? demanda-t-elle en contemplant le bracelet, une main posée sur le sweat qu'elle portait, à la recherche du contact rassurant de la pierre.

– Pour toujours, Loreleï.

Parfait. Elle pourrait sacrifier le pendentif. Kate en avait besoin.

Le pick-up entra dans Des Moines tandis que l'horizon se nimbait de pourpre. Les nuages s'effilochaient. La nuit s'annonçait magnifique. Loreleï, pour son septième jour d'aventure, était heureuse. Son deuxième objectif serait bientôt atteint. Après, elle retrouverait ses parents, tenterait de les rapprocher, qu'ils s'aiment encore et pour toujours, qu'ils s'aiment à travers elle ou son souvenir s'il le fallait.

Elle ne craignait plus la mort. Elle l'avait vue trop souvent, et de très près. Sa peur était pour les autres. Tous ces gens, connus ou inconnus, qui verraient le monde basculer dans le chaos.

La compassion, Loreleï. La compassion, c'est ce qui fait de toi un être de lumière.

La pensée avait soufflé sur son esprit comme une douce caresse sur la peau.

Le chien dormait.

Gabriel souriait dans le rétroviseur.

34

Le pick-up n'eut d'autre solution que de ralentir aux abords de la banque où Loreleï avait manqué périr. La circulation était dense, les véhicules contraints à faire du surplace.

– Est-ce que nous n'irions pas plus vite à pied ? s'enquit Loreleï.

– C'est fort possible. Veux-tu qu'on essaye ?

– Garez-vous là, il y a une place qui se libère.

Darcoll dressa les oreilles. Ses yeux globuleux accrochèrent le regard de Loreleï, il gronda.

– Inutile de râler, lui dit-elle, vous aurez largement le temps de dormir quand je serai rentrée à New York.

Le chihuahua secoua la tête, sa touffe de poils tomba sur son front, à la manière d'une frange désordonnée.

Loreleï sortit la première, le chien sur ses talons. Gabriel claqua sa portière et les retrouva devant un salon de coiffure « tendance ». La jeune fille regarda tour à tour les affiches de coupes à la mode et la houppette du chien. Ce dernier suivit son regard et fila entre les pieds du géant. Elle se moqua gentiment :

– Même un coup de ciseau dans le poil lui fait peur.

Gabriel repoussa doucement le chihuahua.

– On y va ?

– Allons-y, répondit-elle, pleine d'entrain.

Il prit les devants, le chien collé à ses basques, tandis qu'elle marchait légèrement en retrait. Elle imaginait sa rencontre, tant espérée, avec Kate. Plus de quatre années à échanger sur le Net. Des milliers de mots qui les avaient rapprochées, pour forger une indestructible amitié. Elle ne savait pas à quoi la jeune fille paraplégique ressemblait. Cent fois les deux jeunes filles s'étaient confié leurs joies et leurs peines, se rassurant mutuellement, ou riant de concert. L'amitié… dans toute sa pureté.

Quand l'Archange s'arrêta devant une jolie maison à la façade laiteuse, au jardin magnifiquement fleuri, Loreleï ne put réprimer un sourire de victoire. La maison de Katelyn Hoffman-Baker, enfin.

— Je t'attends ici ? demanda Gabriel, une main posée sur l'épaule de sa protégée.

— Plutôt dans la voiture, si ça ne vous ennuie pas. Je ne sais pas combien de temps nous allons passer ensemble. L'heure du dîner approche, je ne voudrais pas déranger Kate et sa famille.

— Tu sauras revenir jusqu'au pick-up ?

— Oui, ne vous inquiétez pas.

Il lui offrit ses dents du bonheur en sourire et tourna les talons. Le chien, derrière lui, jeta des coups d'œil méfiants. Loreleï songea que leur relation avait mal débuté. Rien de grave, elle n'entendait pas qu'elle se prolonge.

Fébrile, elle tapa deux coups brefs à la porte. Ses genoux tremblaient. Elle frappa une fois encore. La porte s'ouvrit.

Une femme âgée d'une quarantaine d'années, de taille moyenne, aux cheveux courts, sombres et frisés, regarda par-dessus Loreleï avant d'abaisser son regard. Des yeux noisette, qui exprimaient la surprise et la bonté.

— Madame Hoffman-Baker ?

— Oui, enfin plus tout à fait, mon nom désormais est Baker, Alice Baker. Hoffman est le nom de mon ex-époux. Est-ce que je peux t'aider ?

Loreleï se mordit la joue. Pressée de rencontrer au plus vite son amie, elle avait oublié que les parents de Kate avaient divorcé, que sa mère avait refait sa vie avec un homme, père de deux petites filles et d'un grand garçon. Ce dernier ne laissait d'ailleurs pas Kate indifférente, se souvint Loreleï.

Les cris de joie de jeunes garçons lui rappelèrent aussi que Kate avait deux petits frères. Quatre enfants et deux adolescents vivaient sous le toit de Mme Baker. Six frères et sœurs. Loreleï aurait rêvé en avoir ne serait-ce qu'un seul.

– Je m'appelle Loreleï Than. Je suis une amie de Kate.

Le visage d'Alice s'éclaira.

– Loreleï ? Mais entre, voyons ! Katie m'a beaucoup parlé de toi. Entre donc.

Elle s'écarta pour laisser passer la jeune fille, qui ouvrit de grands yeux en découvrant le joyeux bazar qui régnait dans la maison. Des jouets dans l'entrée et sur les marches de l'escalier. Des vêtements, empilés partout, en équilibre précaire. Des sacs d'écoliers, abandonnés devant la porte du salon. Et encore des jouets, dans tous les coins.

Les deux jeunes garçons, accompagnés de petites filles sensiblement du même âge, dansaient au beau milieu du séjour, devant un écran de télévision géant. Ils riaient en remuant à l'unisson.

– Katie est dans sa chambre, elle révise avant l'arrivée de la personne qui lui donne des cours particuliers. Tu sais qu'elle ne va pas au collège à cause de… (Alice se frappa le front du plat de la main.) Mais bien sûr que tu le sais, suis-je bête, cela fait tellement longtemps que vous vous parlez sur Internet. Je reviens. Installe-toi avec mes petits monstres. Les enfants ! Je vous présente Loreleï, la meilleure amie de Katie.

La meilleure amie…

Elle était tellement heureuse qu'elle aurait bien entamé un pas de danse avec les quatre enfants qui gigotaient devant la télé, au rythme d'une musique sortie tout droit d'un jeu vidéo. Elle s'abstint et contempla les petits qui l'avaient superbement ignorée.

Mme Baker, au lieu de monter l'escalier comme Loreleï s'y était attendue, fila vers le fond du salon et frappa à une porte.

Son fauteuil roulant empêche Kate d'avoir sa chambre à l'étage, comprit la jeune fille.

Son cœur battait vite et fort dans sa poitrine. Jamais auparavant elle n'avait ressenti une telle excitation. Si le pendentif et le bracelet n'avaient pas été en contact avec sa peau, une crise cardiaque aurait mis un terme à ses jours bien avant que les Messagers du Mal ne s'en chargent, dans un avenir qu'elle espérait le plus lointain possible.

La chambre s'ouvrit. La musique du jeu vidéo couvrit les paroles d'Alice Baker. Rivées à un fauteuil roulant, deux jambes tragiquement maigres apparurent dans l'encadrement de la porte. Une roue accrocha le chambranle, bloquant le fauteuil roulant qui retourna dans la chambre pour réapparaître aussitôt. Et enfin elle la vit.

Kate...

La jeune fille, clouée à son banc de souffrance, ouvrit en grands ses magnifiques yeux noirs. D'un geste gracieux, elle écarta ses mèches châtain pour mieux contempler son amie.

Les regards de Kate et Loreleï s'épousèrent un temps infini.

Des larmes de bonheur ruisselèrent sur leurs joues.

Chacune articula le prénom de l'autre.

Des prénoms étouffés dans leur gorge par un trop-plein de félicité.

Quatre longues années à patienter. Un tiers de leur vie.

Au-delà de l'amitié, deux sœurs s'étaient trouvées.

35

– Éteignez votre jeu! ordonna Mme Baker en s'essuyant les yeux.

Les regards qu'avaient échangés Kate et sa jeune amie l'avaient émue aux larmes. Tant de joie transparaissait... Tant d'amour...

Les enfants obéirent et foncèrent vers l'escalier en se chamaillant. L'un des garçons ramassa une épée en plastique qui traînait sur le sol, et se mit en tête de décapiter un poupon.

Leurs cris s'évanouirent à l'étage.

Loreleï n'arrivait pas à se détacher des prunelles couleur de nuit qui la contemplaient avec ferveur. Elle fit un pas en avant, puis un autre, et finalement se précipita vers Kate pour l'enlacer.

Elles étaient seules au monde. Les larmes se mêlaient aux mots de bonheur qu'elles échangeaient, partageaient, en un flot intarissable.

Kate finit par lui proposer de poursuivre leur discussion dans sa chambre. Loreleï la précéda et découvrit une pièce ressemblant à la sienne. Des murs aux tons pastel, des rideaux fins qui laissaient entrevoir le ciel, un lit simple orné d'une jolie couette aux motifs enfantins, des étagères chargées de livres et de petites peluches, une armoire qui devait renfermer la plupart de ses vêtements, ainsi qu'un modèle basique de bureau et son ordinateur. À un élément près, dont Loreleï sentit l'absence, les quelques meubles des deux chambres avaient une disposition quasiment identique.

– Tes parents savent que tu es à Des Moines? s'inquiéta Kate, en plaçant son fauteuil au pied du lit où Loreleï s'était assise.

- Ils ont fini par l'apprendre. Ma grand-mère les a prévenus que je vivais à Knoxville.

– Que fais-tu là-bas?

– Contrairement à ce que je pensais au début, ma grand-mère n'habite pas à Des Moines, mais à Knoxville, éluda-t-elle, d'où ma présence là-bas.

– Je suppose qu'ils devaient être morts d'inquiétude. Tu as dû les entendre te crier dessus, non?

– Même pas. Je crois qu'ils étaient soulagés de me savoir en bonne santé.

– Ton cœur, c'est ça?

Loreleï hocha la tête.

– Tu n'as pas fait de nouvelles crises?

– Aucune d'assez costaude pour m'enterrer. La preuve : je suis là.

– Donc tu en as fait! C'était quand même drôlement risqué. Tu aurais pu ne jamais arriver jusqu'ici.

Loreleï décida de tout lui raconter. Elle passa sur les détails pour se concentrer sur le principal, laissant aussi de côté les noms des personnages qui avaient croisé sa route, afin de ne pas compliquer son récit.

Kate était suspendue à ses lèvres, ponctuant de « ho! », ou de « han! », les moments tragiques de la semaine écoulée. Parfois, lors des passages les plus effrayants, ses doigts fins se plaquaient devant sa bouche et ses yeux s'agrandissaient. Le récit s'étira sur plus d'une heure durant laquelle Kate eut l'impression de vivre un film par mots interposés.

Loreleï acheva de conter sa folle épopée par une question :

– Tu me crois, n'est-ce pas?

– Oui, oui, bien sûr! Ton histoire est complètement fantastique, mais je te crois. Un monde parallèle, des créatures extraordinaires, des Archanges…

Et des démons, ne l'oublie pas.

– Évidemment, c'est le plus effrayant dans tout ce que tu m'as raconté. Mais même ce petit être coloré, le guide de Siàm, ce doit être génial de le voir en vrai.

– Pas temps que ça. Il est assez pénible, en fait. Attention, je ne dis pas qu'il est méchant, et j'aurais tendance à penser le contraire, c'est juste que, si mes visions sont justes, si tous ces événements que je vois en rêve ou lorsque je fais une attaque cardiaque vont vraiment se produire, le guide semble m'attirer systématiquement vers le danger.

– Tes visions sont peut-être incomplètes, comme celles que tu as eues avec le bel Archange.

Loreleï songea à Shane, avant l'accident de Knoxville, à son éternel sourire, ses mots agréables, ses gestes tendres. Et à Shane, encore, après qu'il lui eut sauvé la vie pour la dernière fois, lorsqu'il était prisonnier des flammes ; son cri, sa souffrance innommable. Se remettait-il de ses graves blessures ? Le reverrait-elle tel qu'il s'était présenté à elle, à New York, doté d'une beauté surnaturelle ? Elle sentit le chagrin se ficher dans sa gorge.

– Et tu ne veux toujours pas aller dans le monde de Siàm, malgré tous les pouvoirs que tu aurais là-bas ?

– Tu irais, toi, à ma place ?

Kate baissa les yeux sur ses jambes.

– Je n'hésiterais pas une seconde. Marcher, ne plus traîner mes membres, inutiles, comme des boulets enchaînés à mon corps.

Loreleï se leva et l'embrassa tendrement sur la joue.

– J'ai un cadeau pour toi.

Le regard de Kate s'éclaira.

– C'est vrai ?

Loreleï retira son pendentif. Le soleil de Siàm se balança au bout de ses doigts.

– Je ne peux pas accepter. C'est trop. Et tu en as besoin.

– J'en ai un autre, regarde.

Elle souleva la manche de son sweat pour révéler le bracelet en lapis-lazuli et son joyau incrusté.

– Il est magnifique. Mais je t'assure que je ne préfère…

– Katie, l'interrompit la voix de sa mère depuis le salon. J'ai préparé une assiette pour ton amie, tu peux appeler ses parents, s'il te plaît, les prévenir qu'elle reste dîner avec nous.

Les filles se regardèrent et ne purent s'empêcher de sourire.

– Tu veux bien que je leur téléphone ?

– Mes parents ne savent pas que je suis ici. Et de toute façon, je ne connais pas leur numéro.

Leur sourire se transforma en rire. La joie de la liberté, d'une rencontre tant espérée, d'un élan d'amitié… brisée par la voix d'Alice :

– Mais n'oublie pas qu'après tu devras travailler !

Kate fronça les sourcils.

– J'avais complètement oublié que ma prof allait arriver.

– Une prof ? Dans tes messages tu me disais que c'était un homme. Plutôt mignon, d'ailleurs, il me semble, ajouta-t-elle avec un clin d'œil complice.

La jeune infirme se tassa dans son fauteuil tandis que Loreleï remettait son pendentif à sa place initiale, autour de son cou, mais par-dessus son sweat cette fois-ci. Kate finirait bien par l'accepter. L'heure de la séparation serait la plus propice. Un cadeau d'au revoir. Et si elle le refusait encore, Loreleï se promit qu'elle le glisserait dans la boîte aux lettres.

– Qu'y a-t-il, Kate ? Un problème avec ton ancien prof ?

– Je t'avais expliqué par mail que mon beau-père est adjoint au shérif du comté. Je l'ai entendu dire à ma mère, hier matin, que Daniel D. Ryan, mon précepteur, avait été agressé la veille au soir, en pleine rue. Une bande de voyous l'a tabassé sans raison. Ils ne lui ont rien volé, ne lui ont posé aucune question, et n'ont pas prononcé un seul mot. Rien. Seulement de la violence gratuite. Il est à l'hôpital. Heureusement, ses jours ne sont pas en danger.

Loreleï songea à James Callwood et aux sept mauvais garçons qui l'accompagnaient.

– Tu ne sais pas si M. Ryan a réussi à les identifier ?

– D'après ce que mon beau-père a dit, les agresseurs portaient des cagoules, comme les braqueurs d'une banque.

– Et… combien étaient-ils ?

Kate leva les yeux vers son amie.

– Au moins six, mais il n'a pas su être plus précis. Tu penses à ces sales types dont tu m'as parlé tout à l'heure ?

– Ce n'est pas impossible. Ils sont capables du pire.

– Pourquoi l'auraient-ils agressé ?

Loreleï entrevit une réponse ; la voix d'Alice Baker interrompit brutalement sa réflexion.

– À table, les enfants ! Les filles, on mange !

– On en reparle tout à l'heure, proposa Kate en se dirigeant vers la porte. Loreleï la regarda peiner pour l'ouvrir, le fauteuil roulant entravant chacun de ses mouvements. Elle courut pour l'aider, lui éviter la fastidieuse manœuvre. Avant de refermer derrière elles, le regard de Loreleï survola le nid douillet de Kate. La ressemblance entre sa chambre et la sienne était troublante. Elles étaient réellement presque identiques. À un élément près. Mais lequel ?

– Vous venez, les filles ? s'époumona Alice Baker depuis sa cuisine.

– Tu veux bien pousser mon chariot ? demanda Kate avec un brin d'ironie dans la voix. En fin de journée, j'ai toujours les bras en compote. Surtout qu'aujourd'hui j'ai accompagné ma mère faire les courses, alors je ne te dis pas dans quel état sont mes biceps. Plus tétanisés que ceux d'un bodybuildé anabolisé !

Leur éclat de rire les accompagna jusque dans la cuisine, immense, où les quatre petits mangeaient déjà. Alice s'affairait sur un plan de travail aussi grand que la cuisine tout entière de la zone protégée.

– Ton beau-père n'est pas là, il est retenu dans l'affaire de
M. Ryan. Nous n'avons pas le temps de l'attendre, il est déjà
19 h 45, les enfants sont fatigués et ta préceptrice ne devrait plus
tarder à arriver. (Alice Baker se tourna vers sa fille et Loreleï.)
Ce soir est un grand soir, Katie, tu vas faire sa connaissance.
Tu sais que j'ai dû m'activer pour trouver un remplaçant, dans
l'urgence, à ce pauvre M. Ryan.

– Je sais, maman.

– J'ai eu une chance inouïe. Après avoir appelé en vain toute
la matinée, j'ai trouvé un petit prospectus dans la boîte aux
lettres. Une dame y avait laissé ses coordonnées. Elle cherchait
justement à donner des cours particuliers pour arrondir ses fins
de mois ; niveau collège, m'a-t-elle précisé. Et son C.V. est terriblement impressionnant. Je suis certaine que…

– Et Clive ? la coupa Kate, stressée par l'arrivée imminente
de sa nouvelle préceptrice.

– Encore à traîner avec ses amis, je suppose. Il mangera tout
seul, comme d'habitude.

– Mon grand frère par alliance a une sale manie. Il rentre à
des heures impossibles et réveille tout le monde dans la maison.

Loreleï ne releva pas. Elle avait senti l'agacement de son
amie, peut-être aussi une pointe de jalousie. Elle se souvenait
des mails où Kate lui laissait entendre ce qu'elle éprouvait pour
Clive. Des sentiments offerts à une confidente. Un amour sans
espoir. Qui voudrait d'une infirme pour petite amie ?

Installée en bout de table, Kate affichait un air morose.
Loreleï, assise à sa droite, posa le dos de sa main sur la sienne.
À sa grande surprise, son amie la retira vivement.

– Qu'y a-t-il ? s'inquiéta Loreleï.

– Tu es brûlante, lâcha Kate en serrant son poignet contre
elle, avant de souffler dessus.

La jeune Eurasienne porta la main à son front.

– Je ne crois pas, non.

– Je t'assure que tu es brûlante. Donne-moi ta main, pour voir.

Loreleï s'exécuta. Le visage de Kate s'assombrit.

– C'est étrange, il y a une seconde à peine ta main était si chaude que…

Leurs regards convergèrent vers un **même** point. Sur le dessus du bracelet en lapis-lazuli, au cœur du joyau incrusté, une lueur rouge palpitait.

– Ce n'est pas ta main qui était brûlante, c'est la pierre.

Le moral de Loreleï s'effondra comme un building au cœur du plus terrible des séismes. Seule une âme pure pouvait toucher le soleil de Siàm.

Elle leva des yeux tristes sur son amie, qui la regarda sans comprendre.

– Que se passe-t-il?

Des coups frappés à la porte évitèrent à Loreleï de lui révéler l'horrible vérité. L'âme de Kate était probablement corrompue.

Alice Baker sortit en trombe de la cuisine. Ses pas résonnèrent dans l'entrée tandis qu'elle effectuait un rangement de dernière minute.

– J'arrive, j'arrive! cria-t-elle tandis que les coups reprenaient.

Kate se pencha vers son amie.

– Je pense que c'est ma nouvelle prof. Si tu es d'accord, et si maman accepte, tu pourrais rester ici quand elle sera partie. Et même dormir dans ma chambre, qu'en dis-tu?

– Pourquoi pas? répondit Loreleï, peinant à dissimuler son trouble.

– J'ai l'impression que ça ne t'enchante pas.

– C'est que… je ne suis pas certaine. Je veux dire, peut-être que ce n'est pas une bonne…

La porte d'entrée s'ouvrit. Kate et Loreleï entendirent Alice accueillir chaleureusement une femme par un vibrant « Bonsoir, madame, très heureuse de vous rencontrer! », puis, très vite :

– Katie, viens ma chérie, ta préceptrice est là.

– Tu m'accompagnes?

Sans un mot, l'air abattu, Loreleï se leva. Les petits foncèrent vers l'entrée, curieux de découvrir la tête de celle qui allait accaparer leur grande sœur tout au long des prochaines journées.

Les roues du fauteuil tournèrent sous la poussée de Loreleï.

Elles se bloquèrent brutalement.

Dans l'encadrement de la porte, face à Alice Baker qui trépignait d'impatience, une magnifique jeune femme aux cheveux de flamme souriait.

36

L'entrée de la maison sembla soudain envahie par les ténèbres. Si, dehors, le jour était sur le point d'abdiquer face à la nuit, à l'intérieur, l'éclairage du lustre s'étiolait devant la noirceur d'âme qui émanait de la flamboyante rouquine.

– Katie, Loreleï, je vous présente Anna Tosca.

– Bonjour, mesdemoiselles, lança l'Archange du Mal en entrant dans la maison d'Alice.

Kate tenta d'aller à sa rencontre afin de la saluer. Son fauteuil refusa d'avancer. Loreleï agrippait fermement les poignées. La jeune infirme releva la tête vers son amie et surprit son regard horrifié. Le récit de l'ultime Élu encore bien présent dans son esprit, un débris de seconde suffit pour qu'elle comprenne. La vision de l'horloge, figée à 16 h 30. Les voyous dans la banque. Le fusil qui crachait la mort. La Messagère. La femme archange La femme démon.

– Eh bien, les filles, s'indigna Alice, vous ne saluez pas madame Tosca?

– Ce n'est rien, madame Baker, je suis habituée. Je suis confrontée chaque jour, au collège de Knoxville, aux jeunes démons, railla la tueuse, un éclat rouge brillant dans ses prunelles dorées.

Aussitôt, Alice courba les épaules, ses yeux se perdirent dans le vide, mâchoire pendante.

Une cigarette apparut entre les doigts d'Anna Tosca. Elle la porta à ses lèvres dans un mouvement hautain, et l'extrémité s'enflamma toute seule. Elle aspira longuement, l'incandescence se propagea jusqu'au filtre. Les cendres tombèrent sur le parquet de l'entrée. Le mégot rougeoyant valdingua dans l'escalier, projeté par une pichenette négligée.

La Messagère écarta d'un bras la maîtresse de maison et entra.

– Tu as de biens mauvaises fréquentations, Katelyn.

– Qu'avez-vous fait à ma mère? s'écria la jeune fille.

Anna posa un regard dédaigneux sur Alice.

– Je l'ai empêchée de nous importuner. Nous avons à parler, toi et moi.

Les petits la contemplaient avec effroi. Elle claqua des doigts et ils s'effondrèrent sur le sol, telles des marionnettes dont on aurait coupé les fils.

– Ne leur faites pas de mal! lança Kate pendant que l'Archange marchait vers elle et que Loreleï tirait le fauteuil roulant.

– Loin de moi l'envie de blesser ces pauvres chéris… tant que ta copine et toi vous tiendrez tranquilles, fit-elle, menaçante.

– Que voulez-vous? Ma famille et moi n'avons rien à voir avec vos histoires! Et Loreleï a décidé de ne pas rejoindre vos ennemis!

La jeune Eurasienne était impressionnée par le courage de Kate, cette façon incroyable qu'elle avait d'affronter la pire engeance sans une once de peur dans la voix.

– Ta copine n'a pas, non plus, décidé de rejoindre mon clan. Elle est une menace qu'il me faut… supprimer! hurla-t-elle en s'élançant.

Kate donna un coup de roue sur le côté, son fauteuil se mit en travers et la tueuse vint le percuter. Toutes deux s'écroulèrent dans un fracas d'acier.

– Va-t'en, Loreleï!

L'hésitation.

Son amie, enchevêtrée dans son siège de souffrance, ses membres emmêlés à ceux d'Anna Tosca qu'elle agrippait avec toute la force de ses quinze ans pour sauver celle qui s'apprêtait à l'abandonner…

Loreleï bondit par-dessus les deux adversaires, une main empoigna sa cheville, et son corps se tendit à l'horizontal avant qu'elle ne s'étale à plat ventre, souffle coupé. Elle se retourna sur le dos, et de son pied libre s'acharna sur les doigts qui l'enserraient. Au septième coup, la main de son ennemie lâcha prise.

Elle se releva, cassée en deux, l'air peinant à emplir ses poumons. Les regards des quatre petits, étalés dans l'entrée, étaient vides d'expression. Ils la transpercèrent pour se ficher au plafond. Elle prit celle qui lui parut la plus légère dans ses bras. Sauver au moins l'un des quatre. Au moins un…

– Ne t'occupe pas d'elle, Loreleï! la supplia Kate. Fonce, ne reste pas là! Elle va te ralent…

Une gifle phénoménale éclata ses derniers mots et ses lèvres, sa tête partit violemment en arrière et heurta le parquet, le sang giclant en pluie autour d'elle.

Anna souffla sur sa main puis se redressa, à genoux, le bas de ses jambes coincées par le fauteuil et celles, inertes, de sa suppliciée.

– Puisque tu n'écoutes pas quand on te dit de te tenir tranquille, maudite Élue, ta paralysée préférée va souffrir. Ensuite, ce sera à ton tour de connaître mon courroux. Et pendant longtemps, très longtemps.

Elle asséna une nouvelle gifle à Kate, qui perdit connaissance.

Loreleï serra les dents, décocha des œillades tristes vers son amie, sa mère, les trois petits à terre, et cala la quatrième contre elle.

L'enfant pesait des tonnes. Et plus encore lorsqu'elle grimpa l'escalier, Everest de bois encadré par deux rails en métal fixés au bas des marches qu'elle gravit une à une. Durant toute son ascension, et à chaque impulsion qu'elle imposait à ses cuisses, Loreleï projetait une supplique en pensée : *Gabriel, par pitié, viens les aider!*

Lorsqu'elle atteignit la plus haute marche, le bruit du fauteuil s'écrasant dans la cuisine lui parvint, tubes pliés sous la violence du choc, vaisselle explosant sous l'impact.

Gabriel! Vite!

Un couloir filait à sa droite, elle s'y engagea, son fardeau toujours plus pesant à chaque pas.

Trois portes closes s'offrirent à elle, la poignée de la plus proche tourna entre ses mains.

— Crois-tu pouvoir m'échapper, Loreleï Than? ricana la Messagère depuis le bas de l'escalier. Il n'y a qu'une issue dans cette pièce : ta mort prochaine!

La jeune fille entra dans une chambre, celle des parents, comprit-elle immédiatement. Elle referma la porte d'un coup d'épaule. Il n'y avait pas de verrou à l'intérieur. Un rapide tour d'horizon confirma les dernières paroles d'Anna Tosca : ici, point de fuite à espérer. Elle était perdue.

Elle posa délicatement la petite sur le lit et se dirigea vers l'unique fenêtre de la pièce, qu'elle ouvrit avec difficulté, les muscles endoloris.

Les marches craquaient dans l'escalier. On les montait tranquillement, avec une confiance absolue.

Le jardin s'étendait trois mètres en contrebas. Elle se tourna vers la petite. Celle-ci gardait les yeux ouverts, égarés dans le néant.

Loreleï s'approcha d'elle et lui lissa les cheveux. Sa décision était prise. Elle allait sauter du premier étage, de dos, la petite dans les bras, afin que son corps amortisse la secousse quand elle s'écraserait sur la terrasse.

Presque à bout de forces, elle la souleva et recula jusqu'à la fenêtre.

La porte explosa en une myriade d'échardes.

— Sois gentille, railla la Messagère du Mal, ses yeux lançant des éclairs de rage, laisse-moi mettre un terme à tes jours.

Ne me prive pas de ce plaisir en allant te fracasser en bas, tête la première.

– Laissez Kate et sa famille vivre en paix, et je vous promets que je ferai tout ce que vous voudrez !

Anna Tosca plissa les yeux. La proposition la déstabilisait. Elle devait entrevoir l'éventail des possibilités qui s'ouvraient à elle si elle acceptait. Rallier l'Élue à sa cause, l'amener à collaborer avec l'autre Élu et doubler ainsi les chances de conquérir les deux mondes. Une opportunité qu'elle comptait saisir, mais pas sans condition, ni sans certitude.

– Je n'ai aucune confiance en ta parole. Je veux donc bien les laisser vivre, si tu me confies ton âme.

Elle passa les mains autour de son cou, en retira un collier, simple bout de ficelle où pendait une pierre noire, marbrée de gris, un peu moins grosse que le joyau de Loreleï.

– Sais-tu ce qu'est ceci ? fit-elle en tendant le pendentif.

– L'âme emprisonnée d'une de vos victimes ?

La Messagère éclata de rire.

– Tu me fais trop d'honneur, ma chère Élue. Non, cette pierre est une lune. Une des trois lunes de Siàm.

Loreleï n'avait pas eu de vision nocturne du monde parallèle, elle ignorait que trois lunes illuminaient ses nuits.

Elle se força à ne plus penser au monde de Siàm. Il fallait gagner du temps. Le beau-père de Kate rentrerait peut-être bientôt. Il était shérif. Et un shérif portait une arme. Les Messagers, tout Archanges qu'ils soient, ressentaient la souffrance physique. Shane, en proie aux flammes, l'avait horriblement démontré.

La fillette pesait un peu plus lourd à chaque seconde. Oublier la douleur dans ses bras devint le leitmotiv de Loreleï. En même temps, elle devait se concentrer sur l'énergie des deux soleils sans perdre le fil de son échange avec la tueuse.

– À quoi sert-elle ? A-t-elle les mêmes facultés que mes pierres ?

– Celui qui la porte se voit gratifier de pouvoirs dont tu n'as pas idée. Mets-la à ton cou, tu deviendras l'une des nôtres, pour toujours, et tu ne le regretteras pas.

– De quels pouvoirs parlez-vous ?

Anna Tosca avança d'un pas.

– Les humains seront tes serviteurs, ils ramperont devant toi, te craindront, te vénéreront comme une déesse. Tu auras la puissance, la gloire, la richesse. Les deux mondes t'appartiendront.

La tentation, Loreleï. L'arme favorite du Mal.

La pensée venait de pénétrer son esprit comme une balle dans un cœur. Plusieurs claquements secs retentirent par la fenêtre, suivis d'un poids qui heurtait le sol et, très vite, d'un aboiement bref.

Sans un mot, elle pivota et lança la petite par la fenêtre. À peine eut-elle le temps de la voir atterrir dans les bras de Gabriel que, déjà, la Messagère s'élançait.

Loreleï sentit les doigts se refermer sur ses cheveux, la tirer en arrière. Elle s'effondra sur le dos, et la pointe d'un escarpin percuta ses côtes. Un craquement lui arracha un cri de douleur. Dehors, un petit chien hurla à la mort.

Tes dents, Loreleï ! Sers-t'en !

Une grimace de souffrance plissant son visage, elle mordit sauvagement la cheville de la tueuse. Un hurlement jaillit de la gorge d'Anna Tosca.

Loreleï s'agenouilla. Elle rampa jusqu'à la fenêtre. La Messagère la plaqua de tout son poids sur le sol. Poussant un cri inhumain, la tueuse laboura de ses griffes le dos de la jeune fille, qui projeta son coude en arrière et heurta le visage déformé par la haine.

Roulant sur elle-même, Loreleï vit le sang couler de la lèvre inférieure de son ennemie. Celle-ci se releva, crachant entre ses dents serrées. Ses mains étranglèrent le cou gracile de la jeune fille, qu'elle souleva comme une poupée de chiffons.

– Je t'offrais les deux mondes et tu as choisi la mort. Quel dommage, ma chère Élue.

Avec une violence inouïe, elle la projeta sur une coiffeuse d'angle dont le miroir explosa dans un fracas assourdissant.

Dos à la fenêtre, Anna Tosca toisa Loreleï, qui commença à ressentir la morsure des éclats de verre sur tout son côté gauche.

– Tu aurais fait une combattante redoutable. Ta ténacité nous aurait menés rapidement à la victoire.

Loreleï s'extirpa des lames tranchantes. Elle vacilla en se relevant. Ses jambes la portaient à peine mais elle affronta la tueuse, toute trace de peur envolée. Ne restait que la volonté. Cette volonté qui s'était affirmée, jour après jour, au cours de la semaine passée. Une volonté sans faille.

– Je ne suis pas encore morte ! lâcha-t-elle.

Elle se précipita sur la Messagère et lui enfonça dans le ventre l'éclat de verre qu'elle tenait à la main. Sa paume saigna, mais moins que l'abdomen de l'Archange du Mal, dont le tailleur rouge s'assombrit en un instant.

– Emportez votre lune en enfer, et saluez bien bas de ma part votre maître.

Une lumière écarlate pulsa dans les prunelles d'Anna Tosca. Sa bouche s'ouvrit démesurément, sa voix s'éleva dans la pièce. Ce n'était plus une voix de femme, ni même celle d'un homme, mais un chœur de milliers de rugissements d'âmes en souffrance. Loreleï plaqua ses mains ensanglantées sur ses oreilles. Le concert douloureux transperça ce maigre rempart. Il vrilla ses tympans.

– Rejoins-moi, Loreleï. Siège à mes côtés dans la Forteresse de Siàm. Regroupons nos forces pour broyer la résistance ennemie. Je ferai de toi ce que tu as en toi, mais que tu refuses de voir, de sentir, de devenir : la maîtresse des deux mondes, la reine des Archanges, une déesse immortelle. Prends la lune de Siàm, et cet avenir sera tien.

Loreleï s'empara du joyau sombre qu'Anna Tosca, bouche toujours grande ouverte et yeux exorbités, tenait dans la main. Elle le lança au-dehors, il se perdit sur l'horizon flamboyant du soleil couchant. Puis elle se pencha sur le rebord de la fenêtre et bascula dans le vide.

* * *

Le sable chaud, sous son dos.

La caresse de l'océan, à ses pieds.

L'odeur du sel, partout.

Une boule de lumière, sur laquelle étaient fixées deux ailes d'une blancheur virginale, survolait Loreleï. L'être resplendissant avait un timbre de voix féminin, doux et apaisant, presque une caresse pour les sens aiguisés de la jeune fille.

– N'aie crainte, ma douce Élue, mon ange, ma vie. Ce n'est que moi : Ydile Titlle Rod'l.

Une femme archange, qu'elle connaissait dans le monde de Siàm, se souvint Loreleï, mais sans parvenir à se rappeler à quel moment leurs routes s'étaient croisées, un bref instant, sur la Terre.

– Tu as bien fait de fuir les armées de Baal, reprit l'Archange. Le combat était perdu d'avance. Les ballozphères n'avaient pu être rechargées, car le nid de chouines le plus proche était tombé sous les assauts des démons. À quoi cela sert-il d'avoir les armes quand manquent les munitions, sinon à sacrifier sa vie inutilement ?

– J'ai mal, Ydile. Je crois que mon corps s'est brisé quand j'ai sauté du haut de la falaise.

– Non, Loreleï, ta douleur n'est que mentale. Tu es liée par l'esprit à la souffrance de Siàm. Ta compassion est devenue telle que tu perçois comme tiennes les peines et les malheurs de tous les organismes vivants. Relève-toi, ma tendre Élue, et contemple ce monde auquel tu t'es unie. Vois comme il brille d'un espoir dont tu es la dernière représentante. Respire cet air encore pur malgré les hordes sauvages qui tentent de l'empuantir. Lève-toi et vis, Loreleï, ce monde et toi ne faites qu'un, désormais.

La jeune fille poussa sur ses jambes ambrées. L'océan vibrait face à elle. Les ondulations à sa surface renvoyaient, en reflet, mille enfants des deux soleils qui illuminaient le ciel. Les éclats lumineux couraient sur l'eau pour venir s'échouer sur l'immensité de sable où l'Élue se tenait, droite comme sa conscience, ses longs cheveux dansant avec le souffle taquin du vent de Siàm.

La femme archange survola l'océan et se perdit dans le lointain. Quand elle ne fut plus qu'un mince filet de lumière, une pensée frappa l'esprit de Loreleï :

Sauve les deux mondes, ma douce. Sauve-les, toi seule peux y arriver.

Elle était seule.

Seule pour vaincre les forces du Mal, Mortourmentäe, les Messagers des ténèbres et les hordes démoniaques. Seule, jusqu'à ce qu'une petite voix monte du sol, entre ses pieds.

– Attenzion, tu vas mettre du dézordre dans ma coiffure hyper tendanze.

Le haut du crâne de Darcoll dépassait d'une bosse sableuse, sa houppette bleue dressée, telle la pointe d'un phare. Le guide de Siàm s'extirpa des grains épais, tête inclinée de côté, se frappant l'oreille pour en déloger le sable.

– Tiens ? Vous êtes là, vous ? s'étonna Loreleï.

– Za ze voit, non ? Je zuis un dur à cuire. Ze n'est pas quelques figures de cauchemar démoniaques qui zeront en mezure de rivalizer avec la puizanze que j'économize, malgré mon envie de pazer à l'aczion pour les écrabouiller.

– J'ai plutôt eu l'impression que vous cherchiez à mettre le plus de distance possible entre ces figures de cauchemar et vous.

– Z'est une ruze. Une tactique qui a fait zes preuves.

– Ah, oui ? La fuite en avant, c'est ça ?

– Mauvaize langue ! N'oublie pas qui t'a tirée du pétrin, quand tu étais enlizée dedans !

– Je ne vois pas de quoi vous parlez.

– Tadam ! lâcha-t-il en sautant d'un pied sur l'autre, comme un boxeur avant le combat. J'ai l'imprezion que tu as la mémoire courte. Aurais-tu des origines maritimes ?

– Je ne vois pas le rapport non plus !

– J'ai connu des bulots qui avaient pluz de mémoire que toi.

– Merci pour le compliment, dit-elle en s'éloignant de l'horripilant personnage pour longer la plage vers de hautes falaises qui plongeaient dans l'océan.

Darcoll la rattrapa en moulinant à toute vitesse sur ses courtes jambes.

– Tu ne te zouviens pas de ce jour où tu as prezque réuzi à zigouiller la tueuze ?

– Anna Tosca ?

– Évidemment ! Pas Mère Tereza !

Elle s'arrêta net, se pencha pour cueillir le trublion et le soulever devant ses yeux.

– Mais vous n'avez donc aucun respect pour personne ? le réprimanda-t-elle.

– Zi, je me rezpecte énormément !

Elle le lâcha et il se roula en boule pour rebondir sur le sol. Elle reprit sa marche, la mine renfrognée.

– Attends-moi, je zuis ton guide !

– Vous m'épuisez.

– Parze que tu marches trop vite !

– Non, parce que vous êtes saoulant !

Il souffla au creux de sa main et renifla son haleine.

– Minze ! Za ze zent tant que za que j'ai vidé une bouteille de twizky ?

– Allez-vous être sérieux juste une minute et me dire quand vous m'avez tirée du pétrin ?

Il gonfla ses minuscules pectoraux et se pavana sur le sable, déambulant, poings sur les hanches, comme un prince.

– Je zuis intervenu avec l'autre mouztique, là, Gabriel. Il t'a rattrapée alors que tu dégringolais par la fenêtre de chez ta copine comme une groze bouze tomberait des fezes d'un Gratta-Ziàm.

– Merci pour la comparaison.

– Je t'en prie. Mais j'exzagère un peu, tu es moins groze que la bouze et tu zens un peu moins mauvais. Mais à peine moins, zoyons bien clair zur ze point.

– Oui, d'accord, et après ?

– Après j'ai lanzé mon appel de détreze, j'ai aboyé zi tu préfères, et tous les copains du mouztique ont rappliqué.

Loreleï ferma les yeux.

– Oui, je me souviens... Je te revois, tu mordais des mollets, au hasard, pendant que des Archanges se battaient. Je me souviens...

* * *

La bataille faisait rage sous un ciel de flammes.

Le chihuahua donnait des coups de dents à toutes les jambes, amies ou ennemies, qui passaient à sa portée.

Calée sous le bras de Gabriel, Loreleï assistait au combat dans une conscience vaseuse. L'Archange, avec la petite sœur de Kate sous son autre bras, tentait une percée dans la mêlée, fonçant tête baissée, comme un bélier.

Ezequiel était là aussi. Ses poings monstrueux cognaient le faciès hargneux des triplés qui revenaient sans cesse à la charge.

Une femme, petite et les ailes déployées, bondissait par-dessus James et sa bande de voyous. Sam, toujours aussi nerveux, réussit à atteindre la femme archange à l'épaule avec la pointe de son couteau. Elle hurla en lui griffant la joue. Quatre profondes zébrures de sang venaient de le défigurer à vie.

Un autre Archange, que Loreleï ne connaissait pas, presque aussi grand qu'Ezequiel et le corps couvert de poils, faisait la toupie bras tendus, fracassant les mâchoires que ses poings velus rencontraient, prenant garde de ne pas toucher les Archanges du Bien.

Du côté du Mal, deux Archanges, aux yeux dorés se précipitaient sur leurs ennemis, qu'ils frappaient pour refluer aussitôt. Des attaques fugitives, toujours portées de dos, en traître.

Depuis la fenêtre du premier étage, Anna Tosca poussa un cri et fondit, ailes grises déployées, sur Gabriel. Il lâcha Loreleï et la petite. Celle-ci roula près d'un cerisier en fleurs. Caché derrière le tronc, Teddy Balmore, le vieillard malsain, jubila en se frottant les mains. Il empoigna la fillette par les cheveux et la tira à l'abri des regards, l'emportant avec lui dans un sourire concupiscent. Loreleï vit les jambes de l'enfant entraînées sous la pénombre du feuillage et disparaître.

La petite! Archanges du Bien, la petite est en danger!

Gabriel, Ezequiel, la petite femme et le géant velu, visages marqués par les coups, se tournèrent à l'unisson vers l'Élue. Elle pointa du doigt le cerisier; des pensées furent échangées et la femme archange se précipita dans cette direction.

Loreleï rampa vers le fond du jardin. La dernière image qu'elle discerna fut celle d'un petit chien au crâne surmonté d'une curieuse touffe de poils, qui la rejoignait en tremblant. La dernière pensée qui infiltra son esprit fut celle, pénétrante, de ce chien.

Sans moi, les moustiques n'avaient aucune chance! Qu'est-ce que ce monde deviendrait si je n'étais pas là!

37

Des bras puissants l'avaient soulevée, puis entraînée à l'écart du combat.

Celui qui avait éloigné Loreleï du danger portait un ample vêtement noir. Une large capuche dissimulait son visage. Au début, la jeune fille avait craint pour sa vie, persuadée que l'inconnu profiterait de la confusion pour l'achever. Elle n'avait pas eu la force de résister et s'était laissé faire. Après tout, pourquoi lutter ? Elle aurait déjà dû mourir depuis bien longtemps, malgré ses quinze années trop vite passées où, à chaque instant, son cœur aurait pu abdiquer.

Et puis, les forces du Mal étaient en surnombre, leur victoire était proche. Or Loreleï avait refusé leur offre. Elle devenait donc une ennemie. Et le Mal traquait ses ennemis sans relâche, pour les éliminer. Alors pourquoi résister ?

Quand l'inconnu l'avait déposée sur la banquette arrière d'une décapotable garée devant la maison de Kate, il avait prononcé quelques mots qu'elle n'avait pas compris. Mais le ton était rassurant, et elle connaissait la voix qui l'employait.

Shane…

– Reste tranquille, tes blessures sont sérieuses. La durée du trajet jusqu'à la zone protégée laissera aux soleils de Siàm le temps d'apaiser ta souffrance.

Elle voulut le questionner, mais il était déjà au volant et lançait le moteur. Les rues défilèrent sous la coupole étoilée du ciel libéré de ses nuages. Elle contempla la brillante clarté des milliers d'étoiles. Existait-il d'autres mondes habités que celui de Siàm et de la Terre ? D'autres conflits les mettaient-ils à feu et à sang ?

L'Élue, aussi vaillante qu'elle soit, avait atteint ses limites. Les épreuves étaient trop difficiles à franchir, les obstacles trop nombreux, les coups reçus beaucoup trop durs, féroces. Les journées d'une adolescente ne devaient pas ressembler à cela, elles devaient se cantonner à lui faire découvrir doucement la vie, ses joies et ses aléas, pas à lui jeter des enclumes sur les pieds ou sur ceux de ses proches, parents ou amis. Loreleï ne voulait pas de ce destin qui l'avait choisie. Son désir le plus cher était de le maîtriser, non de le subir. Elle ne serait pas l'Élue.

Et rien ne la ferait changer d'avis.

Sur cette dernière pensée, le sommeil s'empara d'elle.

La nuit, calme et sereine, enveloppait les abords de la zone protégée.

La portière se referma et Loreleï se lova contre la poitrine de l'Archange. Elle distingua les lampions de la petite maison, son chez elle, pour quelques heures encore. Dès qu'elle serait guérie, la route vers New York s'offrirait à elle. Un voyage de retour qu'elle espérait moins mouvementé que celui de l'aller.

Shane la déposa délicatement sur le matelas de la balancelle. Sous la capuche, deux billes dorées, au cœur d'une forme sombre, la fixaient avec une incroyable intensité. Elle y lut la douleur, tant physique que mentale, mais aussi la peur, les regrets et la gêne.

– Est-ce que tu vas bien, Shane ?

– Tu es incroyable, Loreleï. Ton corps est en miettes, et tu te soucies de moi.

– Les brûlures que tu caches te font-elles souffrir ?

Elle devina un sourire dans l'ombre de la capuche. Le reflet de son merveilleux sourire.

– Mes ailes ont brûlé, une partie de mon corps a été sévèrement touchée, ainsi que mon visage.

Elle écarta de son esprit l'image du garçon atrocement défiguré.

— Personne ne peut guérir tes blessures ? demanda-t-elle avec douceur.

— Mortourmentaë le peut. J'irai le rejoindre bientôt.

— Dans la Forteresse ?

Il acquiesça et posa sa main sur le genou de Loreleï. Elle découvrit la peau déformée par le feu, l'effleura du bout des doigts. Il se laissa faire, ses yeux d'or disparaissant sous ses paupières.

— Oui, dans la demeure du maître.

— N'as-tu pas d'autre choix ?

— Non, Loreleï. Je suis comme toi. Mon destin est tracé, je ne peux le changer.

— Le mien m'appartient. J'ai choisi de ne pas être celle que l'on attendait. Je ne serai pas l'Élue.

Il inspira longuement et son regard doré réapparut. La gêne y était encore plus présente qu'auparavant. Se penchant vers elle, il resta immobile, l'ombre de son visage à un souffle d'air du sien.

— Sois forte, Loreleï. Ne baisse jamais les bras. Avance, la tête haute. Ne deviens pas ce que je suis.

Son vêtement claqua quand il fit demi-tour. Elle tendit le bras mais Shane se fondit dans la nuit. Ses pas, troublant la sérénité des herbes du champ, l'emportèrent vers l'étendue d'eau, loin de Loreleï.

Des claquements d'ailes au-dessus de la jeune fille lui firent lever les yeux. Ezequiel, le colosse, atterrit à deux mètres d'elle. Le vent qu'il avait déplacé fouettait maintenant le visage de Loreleï. Un mouvement d'air suivi par d'autres, ceux de Gabriel, de la petite femme archange et du géant velu. Ce dernier portait une boîte sous un bras et le chihuahua sous l'autre. Les quatre soldats du Bien affichaient les stigmates du récent combat qu'ils avaient livré : des joues gonflées, des yeux pochés, des vêtements déchirés et du sang, partout. *Pas forcément le leur*, se dit Loreleï.

La femme archange approcha. Son regard exprimait une douceur que la jeune fille n'avait vue qu'une seule fois dans sa vie, au cours d'un songe.

– Ydile Titlle Rod'l?

Le magnifique sourire d'Ydile inonda Loreleï, qui se tourna vers le géant couvert de poils.

– Et vous êtes celui qui a apporté, une seconde fois, après Gabriel, le jeu à grand-mère Hao lorsqu'elle vivait à New York, et que mon père n'était qu'un enfant, n'est-ce pas?

– Damian m'avait vu, ce jour-là. Je me suis toujours demandé si je l'avais effrayé.

– Je ne pense pas, le rassura-t-elle. Comment vous appelez-vous?

– Xabi Cousdéus, pour te servir, fit-il en s'inclinant, ses longues mèches grises tachées de pourpre tombant en cascade.

Le chien gronda sous son bras. L'Archange desserra son étreinte et une pensée frappa l'esprit de Loreleï.

Et moi c'est Gerhard Von Darcoll. Mais tu peux m'appeler Darcoll, ma poulette. Dis, j'ai un peu les crocs. Tu n'aurais pas un…

Elle érigea un mur mental qui bloqua la pensée de l'intrus.

Gabriel s'approcha à son tour. Il paraissait épuisé.

– Nous avons été contraints de fuir le combat. Les six Messagers du Mal sont arrivés peu après ta disparition, ne manquait que Baal à l'appel. À quatre contre eux, sans compter la meute qui les accompagnait, nous n'avions aucune chance de vaincre.

– Et la famille de Kate? s'inquiéta Loreleï. Qu'est-il arrivé à ses frères et sœurs, à la petite, à sa mère?

Il lui répondit, les yeux rivés au sol.

– Je crois qu'ils n'ont rien. Les démons sont partis presque en même temps que nous. Ils avaient ce qu'ils étaient venus chercher.

– De quoi parlez-vous? Que cherchaient-ils?

Gabriel recula, incapable de poursuivre. Ydile Titlle Rod'l prit le relais:

– Ils ont emmené Kate.

L'horreur s'abattit sur Loreleï.

– Pourquoi ? Elle n'a rien à voir avec eux !

– Je pense qu'elle va leur servir d'appât. Ils savent ce dont tu as été capable pour la retrouver. Ils se doutent de ce que tu seras prête à faire pour la rejoindre encore.

– Aller dans le monde de Siàm…

– Oui, ma douce. Mais si c'est un Messager du Mal qui t'y emmène, tu appartiendras à son camp, d'où notre présence ici.

– Pour que j'appartienne au vôtre. Finalement, l'enlèvement de Kate vous arrange bien !

Loreleï se leva péniblement de la balancelle. Elle écarta la main que Gabriel lui tendait pour l'aider.

– Donnez-moi ce jeu ! ordonna-t-elle, la colère à fleur de voix.

L'Archange échangea des regards avec les autres en lui tendant la boîte.

– Lequel d'entre nous choisis-tu pour t'accompagner ?

– Je vais y réfléchir !

Elle boitait quand elle longea le mur, tête haute comme Shane le lui avait conseillé, avant de disparaître à l'angle de la maison. Les Archanges la suivirent de près jusqu'à la porte.

Une main sur la poignée, elle se retourna :

– Je vais aller chercher Kate. Où qu'elle soit, je la retrouverai. Et personne ne m'en empêchera !

La porte claqua violemment derrière elle, laissant les quatre Archanges médusés.

Alors seulement, Loreleï baissa les yeux sur le jeu. Une simple boîte en carton de couleur bleue, couverte de motifs incompréhensibles, ressemblant à des hiéroglyphes. Et en plein milieu, en lettres rouge sang imprimées en relief : *La Frontière de Siàm*.

Elle déposa la boîte sur la première marche de l'escalier et tira le rideau jaune pâle du salon. Comme elle s'y attendait, un fauteuil, un seul, y avait fait son apparition. Elle rejoignit la cuisine et y trouva sa chaise, seule aussi, là où elle l'avait laissée. Elle fonça dans la salle d'eau. À l'intérieur de la cabine de douche, elle découvrit un tabouret qui n'y était pas auparavant. Elle retourna dans l'entrée et ramassa la boîte. Les rails fixés le long des marches s'étaient élargis.

Une fois à l'étage, Loreleï savait déjà qu'il y aurait toujours une chaise manquante dans la chambre attenante à la sienne et que, dans sa chambre, la chaise dont elle s'était servie l'attendrait devant son bureau.

Ce n'était pas une, mais plusieurs inconnues qui l'avaient empêchée de résoudre l'obsédante opération mathématique : un fauteuil et un tabouret manquant, qui ne pouvaient apparaître plus tôt. Car la maison, elle, savait depuis le début qu'il y avait deux Élus. En conséquence, elle avait préparé deux chambres. La première pour Loreleï, la deuxième pour la seule personne que la jeune fille connaissait et qui avait son siège à elle, pour le salon et sa chambre, mais qui en avait malgré tout besoin d'un autre, totalement différent, quand elle se lavait, d'où la présence du tabouret dans la douche.

La maison, tel un jeune être vivant qui évoluait en grandissant, s'était apprêtée à recevoir le deuxième Élu. Un élu rivé à son fauteuil roulant.

Loreleï fixa les étoiles par la fenêtre de sa chambre.

Les messagers du Mal ne t'ont pas enlevée pour m'attirer, Kate. Ils sont venus chercher leur Élue…

Pendant des années, celles que les Archanges convoitaient avaient partagé leurs émotions sans jamais se rencontrer. Pendant des années, toutes deux avaient ignoré l'enjeu qu'elles représentaient. Pendant des années, toutes deux avaient tissé des liens plus forts que ceux de la fraternité. Et aujourd'hui, Loreleï ne permettrait à personne de briser ces liens. Elle irait chercher Kate au bout du monde s'il le fallait, et même encore plus loin, afin que le Mal ne pervertisse pas l'âme de cette sœur qu'elle s'était trouvée.

Elle posa la boîte sur son lit, souleva le couvercle et en retira un plateau de jeu plié en quatre. Elle redressa les pans du jeu qui formèrent un grand rectangle où une multitude de couleurs s'entrecroisaient en une fresque abstraite, sans représentation précise.

Une douce chaleur envahit son poignet. Une autre se propagea dans sa poitrine. Loreleï sentait l'énergie des soleils de Siàm se diffuser dans ses veines.

Ses blessures oubliées, elle bondit sur le palier et dévala l'escalier. En seulement trois enjambées, elle fut dans la cuisine.

La nuit qu'elle découvrit par la fenêtre était si sombre que la pièce semblait perdue dans le néant. Une parcelle de vide coincée entre deux mondes.

Trop petite, Loreleï dut grimper sur l'évier pour ouvrir cette fenêtre fermée à l'obscurité.

L'instant suivant, elle détruisait le mur qu'elle avait bâti autour de son esprit.

Guide de Siàm, venez à moi.

Un aboiement bref précéda une pensée :

Tu en auras mis du temps, à te décider. Les nuits sont encore fraîches à cette époque, je commençais sérieusement à me les geler, moi, dehors.

Une touffe de poils surgit dans le noir. Le chien sauta sur la balancelle puis vers la fenêtre. Il visa trop court, et son corps se plia en deux lorsqu'il atterrit sur le rebord en bois. Sous la violence de l'impact, ses poumons se vidèrent instantanément.

Argl, ça fait un mal de chien !

La réflexion arracha un sourire à Loreleï, concentrée à ne pas rameuter les Archanges s'ils entendaient du bruit.

– Dépêchez-vous, chuchota-t-elle.

T'es marrante, toi ! Si tu m'aidais un peu au lieu de te marrer !

Elle tira sur ses pattes avant. Le chien couina.

Doucement, là, tu râpes mon machin! Il a beau avoir cent cinquante mille ans, il peut encore servir!

Elle referma la fenêtre et remonta les marches, le chien derrière elle.

– Gabriel m'a affirmé que vous pouviez emmener un être humain dans le monde de Siàm, est-ce vrai?

Et ça tombe bien, tu ressembles à un être humain, en plus maigre!

Elle s'arrêta sur le palier et le fusilla du regard.

– Je vous préviens, encore une réflexion de ce genre et je vous livre au seigneur Baal.

J'ai en effet cru comprendre que toi et lui avez, disons, des affinités. Si vous faites des petits, soyez gentils de ne pas m'en garder un, merci!

Partir avec cet agaçant perturbateur n'enchantait guère Loreleï. Mais si elle voulait préserver sa neutralité dans le conflit qui opposait les Messagers, elle devrait faire avec.

Ils entrèrent dans la chambre.

– Voici le jeu. Emmenez-moi dans le monde de Siàm!

Houla, doucement ma petite dame, pas de précipitation! Ce n'est pas si facile que ça!

– Qu'est-ce que je dois faire? Dites-le moi, vite, le temps presse!

Toi, tu n'as rien à faire. Par contre, moi, je dois me concentrer.

– Vous concentrer sur quoi?

Laisse faire un professionnel.

Ses muscles ridicules contractés, les babines retroussées, le chien sembla faire des efforts dantesques tout en restant immobile.

– Alors? Il ne se passe rien! s'emporta Loreleï.

Je n'y arrive pas. Tu n'arrêtes pas de me regarder et ça me déconcentre. Jette un œil au plafond, je te prie, jusqu'à ce que je te dise « stop ».

Loreleï ne voyait pas en quoi elle le perturbait, mais elle ne tarda pas à le comprendre quand le bruit d'un liquide coulant sur le plateau se fit entendre, écœurant.

Elle patienta, essayant de s'intéresser à la noirceur de la nuit, aux sons qui pourraient couvrir celui qui n'en finissait pas de durer sur le plateau du jeu.

C'est bon. J'ai fini. Tiens-toi prête, songea enfin le guide.

Les couleurs du plateau avaient pris de nouvelles teintes. Le plateau lui-même paraissait plus grand. Très vite, les couleurs s'organisèrent pour former de fins ruisseaux sinuant dans de minuscules prairies. Puis le plateau s'agrandit, à une vitesse stupéfiante. Il gonfla en son centre, comme si une force tentait de s'en échapper. Un modèle réduit de montagne déchira la surface du jeu, qui ne cessait de grandir. D'autres boursouflures éclatèrent un peu partout, de la vapeur enroulée à leur base.

Loreleï recula jusqu'à se cogner sur l'angle de son bureau. Le jeu dégoulina sur les bords du lit, recouvrit le parquet, épousant chaque forme qu'il rencontrait.

Elle grimpa sur sa chaise tandis que le chien se ratatinait, sa peau virant au jaune, sa touffe de poils au bleu.

Une gigantesque cascade d'eau se forma au pied du lit, projetant des litres d'eau sur le parquet. Le jeu disparut en dessous des tourbillons pour réapparaître sur le pas de la porte.

Loreleï vit qu'il montait à l'assaut des pieds de la chaise. Elle hurla :

– Darcoll ! Je vous en supplie, dites-moi ce que je dois faire ! Vous êtes mon guide !

Alors qu'elle s'attendait à être percutée par la pensée du chien, elle entendit une voix connue, lointaine et proche à la fois, qui emplit la pièce tout entière :

– Je n'en zais ztrictement rien, z'est la première fois que j'ouvre le pazage à une Élue. *Hazta la vizta, baby !*

Loreleï monta sur son bureau et recula d'un pas. Elle pouvait y arriver. Si elle s'y jetait de toutes ses forces, elle sentait qu'elle pourrait atteindre le pas de sa porte. Elle s'élança et bondit par-dessus le jeu.

Elle se reçut sur les mains et se roula en boule. Le jeu débordait déjà sur le palier. Un autre bond et elle atterrit au bas des marches, dans l'entrée. Les paysages glissèrent sous ses pieds. Elle fonça dans la cuisine, des rivières, des collines et des prairies lancées à ses trousses.

Arrivée dans la salle d'eau, elle sursauta. Vêtue d'une ample tunique blanche, une femme à la peau ambrée, debout, l'observait, aussi surprise qu'elle. Une femme d'une telle beauté qu'elle aurait éclipsé celle d'Anna Tosca si elle s'était trouvée à ses côtés. L'étrangère était grande, son corps doté de proportions parfaites. Ses jambes fuselées s'apprêtaient à la porter vers l'arrière, comme celles de Loreleï souhaitaient le faire, pour fuir. Un mouvement hésitant, mais perceptible.

Quand la jeune Eurasienne hocha la tête, la femme aux longs cheveux parcourus de reflets bleu nuit l'imita. Lorsqu'elle porta ses doigts à ses lèvres, la superbe créature calqua son geste sur le sien. Et si Loreleï avait une paire de Converse aux pieds, ceux de l'inconnue s'ornaient de spartiates blanches. Toutes deux portaient un pendentif autour du cou, ainsi qu'un bracelet. Celui de Loreleï ceignait son poignet gauche, tandis que celui de l'apparition enserrait son poignet droit, les joyaux étant parfaitement semblables.

Depuis l'entrée de la salle d'eau, elle plongea son regard vert clair dans celui, identique, de la belle jeune femme.

Avant que le monde de Siàm ne l'engloutisse, Loreleï adressa un sourire à son reflet dans le miroir.

Cet ouvrage a été imprimé en France par

BUSSIÈRE

à Saint-Amand-Montrond (Cher)
en septembre 2011

N° d'impression : 112443/1
Dépôt légal : octobre 2011